目次

主な登場人物

〈アスタリット星国国立図書館メンバー〉

コボル　セピア派の写本士見習い。十五歳。しゃべることができず、筆談で他者と会話をする。架空の冒険物語をノートに綴っている。

ホリシイ　ブルー派の写本士見習い。十五歳。コボルの綴る物語の唯一の読者。

ニノホ　セピア派の写本士。十八歳。鯨油《げいゆ》バイクを猛スピードで運転する。

ユキタム　ブルー派の写本士。十七歳。ニノホの親友でみんなのまとめ役。

モルタ　玄《くろ》派の写本士。十八歳。大人と同じような体格で、負けん気が強い。

モダ　玄派の写本士見習い。十五歳。モルタの陰に隠れていることが多い。

アスユリ　ブルー派の写本士。十八歳。長く伸ばした髪を三つ編みにしている。

ノラユ　ブルー派の写本士見習い。十五歳。同郷出身のアスユリを信頼している。

イオ　メイトロン龍国の王城で出会った子ども。コボルとだけ意思疎通ができる。

アスタリット星国　周辺地図

イラスト　吉田ヨシツギ
デザイン　原田郁麻
地図　　　日向理恵子

第1章　アスタリットの写本士

空をはじめて見たのは、八歳のときだった。

僕は〈発見〉され、〈救出〉された。そのときの記憶に焼きついているのは、ガラスの温室ととけ残った雪。それらが自分に関係があるのかないのか、そこのところはさだかではない。しゃべるのがだめだった。僕は喉《のど》がつぶれているとかで、すきま風のようなかすかな音しか出せず、しかも喉を使おうとすると痛みが出てくるので、声で何かを伝えることができなかった。

そこで、文字を書くことが教えられた。こちらは僕に適していたらしい。「とても美しい文字を書く」と驚かれ、つぎつぎに新しい言葉とその書き方を教えられた。僕はいくらでも新しい文字と言葉、それらの組み合わせを覚えることができた。声を出してしゃべることは難しくても、文字ならば、僕はどんなに長くても書きつづけられる。

十二歳になると、自分専用のペンが与えられた。いまも毎日使っている、このペンだ。軸は樹脂製で深い苔色《こけいろ》と青のマーブル模様、ペン先の金属には遠い大陸での略奪品である金がふくまれている。僕やここにいる人たちの使うペンには大抵、略奪品という出自を持つ貴金属が使われているが、遠い過去の略奪行為なので不問のこととされている。キャップの天冠には、魚の紋章。

これは僕が師事しているナガナ師率いるセピア派のマークで、ペンに吸わせてよいインクはセピア一色と厳格にさだめられている。

このペンで文字を学び、言葉を定着させるための修行を積む。〈発見〉された八歳のあのとき以来、僕は言葉を覚えては書きつづけ、いまでは図書館員の資格を得た。アスタリット星国《せいこく》国立図書館に籍を置く、写本士見習いだ。

毎日毎日、僕は文字を書く。やがてはそれが本になって、図書館の新たな蔵書のひとつに加えられる。あるいはほかの図書館や学院へ運ばれ、そこでたくさんの人に読まれるのだ。


アスタリットのあらゆる書物が収められた、国立図書館。そのもっとも奥まった片隅に、写本室はある。分厚い扉で図書室から隔てられたこの部屋には大勢が集まっているのに、室内の空気はほとんど動かない。

写本室には、ペンが紙の上を走る音ばかりがひそやかに響いている。新しい葉皮紙《ようひし》に罫線《けいせん》を引くため、定規がまっすぐに当たる音。ときおり加わる、ページをめくる音。ずらりとならぶ写本台に、僕と同じ見習いから、正式な写本士の資格を得た年長の者までが向かい、手を動かしつづけている。

高い天井に嵌《は》まった飴色《あめいろ》のガラスから陽差しはこぼれてくるが、室内は暗かった。館内の書物や紙の劣化を防ぐためだ。写本室は暗く、そして寒い。ペンが走る音は冬の木の葉が風に吹かれる音か、静かに雪が降り積む音に似ている。

僕たちが写しているのは、他国から図書館へ救出されてきた本だ。周辺国はすべて、かつての植民地だったので、書物はアスタリットと共通の言語で書かれている。僕がいま担当しているのは、北方にあるペガウ犬国《けんこく》で書かれた物語の本。アスタリットの北方、急峻《きゅうしゅん》なカガフル山脈を背後にした、かつては鉱石の産出で名高かった国だ。だけどいま、そこで働く者はいない。ペガウの鉱山とそこで働く労働者たちの町は、七年前に壊滅してしまったから。

写本士見習いは、はじめは図書館の蔵書を正確に書き写すことから訓練をしてゆく。与えられたノートに、何冊も何冊も、本を書き写す。一行も、一文字もまちがえることなく。書物の膨大さをまずは手に記憶させるのだと、ナガナ師は僕に教えた。分厚い本を何冊もまちがえずに写せるようになること。そして手本と同じ書体を、ひとつの揺らぎもなく書けるようになること。それらを習得すると、いよいよ葉皮紙にペンを載せ、他国から救出された本を甦《よみがえ》らせる作業に就く。

滅びた他国から運び込まれた本は、塵禍《じんか》の被害によってほぼ例外なくぼろぼろだ。汚れで文字が読めない、ページが欠けているなどざらで、少しの衝撃で紙が崩れ去るほどもろくなっている。塵禍に襲われた土地に置かれたままにしておけば、二、三週間もしないうちに紙の劣化は進み、本は完全に、読むことも手で触れることもできない状態になってしまう。ただでさえ扱いに注意が必要な書物を、写本士は手間をかけながら、それでも可能な限りの速さで書き写し、新たな本として甦らせる。

このごろはそれでも、間に合わないことが増えてきた。

カタン。誰かがペンを置く。椅子から立ち上がり、写していた本を抱えて移動する。写本士の平服である裾長《すそなが》のチュニックと革製のサンダルで、音を立てず風を起こさずに床を歩く。

「先生」

どんなに低めた声も、写本室の中ではっきりと聞こえてくる。写本士の一人が、抱えた本を写本室の後方にいる三つの流派の老師に見せているのがわかった。何を見せているのかも、その返事も、写本士たちはわかっていながら写本の手を止めない。

「……また白亜虫《ブランカー》か」

老師の一人のつぶやく声に、頭の中に真っ白なページが現れる。雪のように白くてまっさらな、文字を奪われたページだ。

静かに本が閉じられる音が、後ろから聞こえる。ぼろぼろに傷んだその表紙を、インクの染みたしわだらけの手で撫《な》でながら、老師がゆっくりと首を横にふる。しぐさも表情も、ふり返らなくても目に浮かぶようだった。

メイトロン龍国《りゅうこく》で異常発生しているという、文字を食う虫……それが白亜虫だ。ほかの周辺国からアスタリットへ運び込まれる本にまで、その虫たちは忍び込み、ページから文字を吸い取ってしまうのだという。白亜虫に食われた本は、真っ白になったページの内容を捏造《ねつぞう》でもしない限り、甦らせようがないんだ。

失われた書物を取り戻すことはできない。まだ戦争の爪痕《つめあと》が深く残っているこの国で、一冊でも多くの本を、後世に残さなくてはならない。

「コボル、つづき書けたか？」

ペンとノートを持って宿舎へ向かっていると、後ろから肩を叩《たた》かれた。ホリシイだ。僕と同じ、十五歳の写本士見習い。

僕がはっきりしない音を喉の奥にくぐもらせると、ホリシイはぱっと表情を明るくした。

「見せろよ、早く早く。先生に取り上げられちゃう前に」

ホリシイは遠慮なく、僕のノートに手を伸ばしてきた。革製の表紙をかけた小型のノートは、写本士全員が練習のために与えられているものだった。ノートの紙は写本用の葉皮紙よりにじみやすく、わずかの水分に触れるだけでインクが溶けてしまう。その代わりに安価な紙でできているため、大量に使うことができる。均一の文字と多種多様な書体を完璧《かんぺき》に書きこなせるようになるため、ノートの上で絶えず手を動かして修行を積むのだ。

そのノートに、僕はこっそり物語を書いている。写本士の修行とはまったく関係のない、架空の冒険物語だ。図書館でこれまでに読んできたあの本、この本のつぎはぎのような文章を、僕は勝手にノートに書きつらねている。完全に自分で創作したものとも言えず、かといって多くの書物に綴《つづ》られた物語のような格調もない。とても人に見せられるような出来ではなく、もちろん見せるつもりもないまま、書きつづけていた。それをホリシイが読むようになったのは、以前写本室でノートの取りちがえをしてしまったという、じつにありふれたきっかけからだった。

上下を引っくり返して最後のページから書き綴っている出来損ないの物語を、ホリシイは歩きながら読んでゆく。

集中を遮るからという理由で、写本士は十四歳まで髪を伸ばすことを禁じられている。男女の区別なく、全員が耳の上で切りそろえ、襟足は剃《そ》り上げる。十五歳になり、その規定から自由になるや否や伸ばしはじめた髪を、ホリシイはまったく切るつもりがないらしく、僕と同じ灰色の髪が顎《あご》のあたりで奔放に揺れている。

ブルー派に所属しているホリシイとは、写本士見習いになる前、よく一緒に訓練室に居残っていた。ホリシイは課題が終わらないという理由で、僕は一秒でも長く本のそばにいたいという理由で。ホリシイは相手がしゃべらなくても気にならないくらい、一人でよくしゃべるから、僕といることもあまり苦にならないみたいだ。ノートの取りちがえも、暗くなるまで訓練室で練習をしていたために起こったのだった。

ホリシイのペンは深い青と金を基調にした軸が太めのもので、書く文字は伸びやかだ。癖を出しすぎるきらいがあるとしょっちゅう注意されているけど、僕はホリシイの伸び伸びとしなる文字こそがいいのに、と思う。

宿舎の周囲には菜園が広がり、僕たちの食べるものは主にここで育てられる。ここへ来るのは、身寄りのない子どもたちだ。家が貧しくて食べる口を減らすため図書館へやられる子や、そもそも家族がいない子や。ただ一人発見されて、家族も引き取り手もいない僕のような者もいる。

使われなくなった井戸の陰には、硬くなった雪がうずくまっている。サンダルから出たつま先も踵《かかと》も冷たかったけれど、友達がノートを読んでいると、いつも血流が速くなるのを感じる。まるで、一度も口にしたことのない上等のご馳走《ちそう》を頬張るみたいな横顔で、ホリシイは僕の書いたものを読む。感想が気にならないと言えば、嘘になる。いまノートに書いている物語はちょうど完結したところなので、なおさら僕はそわそわと足の指を動かした。

「うわあ、今回、ここで終わりか?」

最後まで読んだホリシイが投げかけた質問に、僕はうなずいて答える。寒さで鼻の頭を赤くしながら、友人は唇を奇妙な形に結び、真剣な目でうなずいた。

「面白いよ。コボルの書く物語は、最後にみんなぶっ壊しちゃうところがいいんだよな」

褒められてるんだか、けなされてるんだかわからない。

変わったやつだなあと思う。わざわざこんな稚拙な創作物なんて読まなくても、もっとおもしろい本が、図書館には山のように収められている。一生かけても読みきることのできない膨大な蔵書を、写本士は自由に読んでいいのに。

「なあ、これ、ちゃんとまとめてみないか？」

読みおえたページをぱらぱらとめくりながら、ホリシイが言う。

「俺たちで、本にするんだよ。ほかの人も読めるように」

僕は目をしばたたく。ホリシイのやつ、いきなり何を言い出すんだろう。そんなことできるわけがないじゃないか。首を横にふる僕に、ホリシイはちらりといたずらっぽい笑みを見せた。

「図書館の書架に加えるのは無理だよ、もちろん。羊皮紙も使わせてもらえないだろう。だけどメヅマさんの雑貨店で紙を買って、手分けすれば、六冊くらいはすぐに作れるんじゃないか？そんなに長い話じゃないし。それを、ほしいっていう人にそんなに高くない値段で――」

「また紙とインクの無駄遣いかよ」

声がして、大きな手が後ろからホリシイの持つノートをひったくった。慌ててふり返ると、背の高い写本士が僕らを見下ろしている。顔をしかめながらもにやにや笑いを浮かべているのは、モルタだ。僕らより三つ年上の、玄派《くろ》の写本士。

「返せよ。コボルのだぞ」

すかさずホリシイが食ってかかると、長身のモルタはノートを高く掲げて、僕らの手が届かないようにした。モルタの後ろにほとんど身を隠しているもう一人の見習いが、引きつった顔でこちらをうかがっている。玄派の見習いのモダだ。ホリシイのように抗議の声を上げることができず、ただじっとモルタの方を向いている僕に、モダは怖い生き物でも見るような視線をそそいだ。

「お前たち、こんなことして遊んでる場合か？　もうすぐメイトロンでの任務が控えてるんだぞ。なんだってお前らみたいなひよっこを引率していかなきゃならないのか、いまだに納得できないけどな」

吐き捨てるように鼻で笑うモルタに、ホリシイはひるまず肩を怒らせた。

「モルタが引率するのは、モダだけだろ。俺もコボルも自分たちの流派の先輩に世話になるから、玄派に迷惑はかけないよ。よかったじゃないか、お気に入りの子分を連れていけることになってさ」

まずい。モルタの目に、さっと怒りが宿る。モルタは僕のノートを睨《にら》みつけ、片手でページを開いた。蝶番《ちょうつがい》の壊れたドアみたいに、文字で埋まったページがめくれてゆく。

「……くだらねえ。こんなものを書くひまがあるなら、もっと練習しろ。下手くそが。お遊びで貴重な紙を浪費するな。いくら書いてもこんなもの、ごみにしかならないんだ」

「くだらなくない！」

ホリシイが大声を上げると、モルタの後ろでモダがびくっと身をすくめる。縮れた髪が、煤《すす》みたいに揺らいだ。

「図書館にある本も、全部遊びで書かれたっていうのか？　俺たちがこれから救出しに行く本も、ごみなのかよ」

モルタの顔から、からかいの表情が消え去る。代わりに、憎悪がその顔の色を暗くした。これ以上は口答えするな。僕はホリシイの服を引っ張っていた。

「まだくくりの文字も書けない、お前らみたいな未熟者が書くものが、ごみだって言うんだ。実際、書いても書いても捨てられてるじゃないか。知ってのとおり、新しく書かれた書物は発禁扱いだ。過去にどれだけ書物が量産されても、誰も賢くならなかった。情報が流通するほど野蛮な連中が増えて、暴力が勝つだけだってことが、証明されたからな！」

モルタが投げつけたノートが、僕の額に命中する。モダが息を呑《の》む音が聞こえた。力いっぱい投げつけられた衝撃で、たまらずその場に尻《しり》もちをついてしまった。痛い。モルタは、ホリシイに怒っているんじゃない。僕のことが気に入らないんだ。

と――モルタの背後から丘の道を駆けてきた誰かが、走る勢いを一切殺さずに、手にしていたノートで、モルタの後頭部に一撃を加えた。思わず悲鳴を漏らしたモルタの前に、走ってきた人物が立ちはだかる。

「わたしの後輩をいじめないでもらえる？　任務前にトラブルを起こすなら、あなたにメンバーから外れてもらうことになるけど」

ひとつにくくった長い髪を揺らし、モルタに向かって威圧的な声をぶつけるのは、セピア派写本士のニノホだった。僕の先輩であるニノホは、傲然《ごうぜん》と腰に手を当てる。

「……いきなりなんだよ。お前にそんな権限はないだろ」

「あるわよ。このことは老師や館長に伝える。そうしたら彼らには、チームを乱す危険分子としてあなたのことを軍に報告する義務が生じる」

ニノホがノートを突きつけると、モルタはほとんどどす黒い顔色になり、怒りのために歯を食いしばった。十八歳のモルタの体格はすでに大人のもので、渋面を作るといっそう威圧的だ。

「親が軍人だからって、いい気になるなよ」

食いしばった歯のあいだから、モルタが低い声をしぼり出す。

「あなたこそ任務の経験が少し人より多いからって、後輩に威張り散らすのはやめてくれる？」

僕もホリシイも、先輩写本士たちのやり取りをただ見守っているばかりだ。下手に口をはさんでこの事態が悪化することを、僕もホリシイも恐れた。問題になっているのは、僕のノートなのに。モダはすっかり委縮しきって、いまにも泣きそうになっている。

「おーい」

そのとき、図書館の方から新たな写本士が小走りに近づいてきた。ホリシイが、ほっとした顔をする。

「やめろよ、任務に行く写本士がそろって、何やってるんだよ」

泰然とした声音で言って、近づいてきた写本士は草の上に落ちた僕のノートを拾う。任務地でホリシイと組むことが決まっている、ブルー派のユキタムだ。

「二人とも、落ち着こうぜ。任務地では流派関係なく、チームとして動くのが鉄則だろ」

「黙ってて、ユキタム。そのチームから、この人に外れてもらう必要がありそうなの」

ニノホの強い物言いに、ノートを拾ってくれたユキタムが少し目をまるくした。モダが小声で何かを言っているけれど、いまその声が耳に入っている者はいないようだった。日が暮れて、丘の上が暗くなる。もう宿舎へ戻らなくてはならない時間だが、この件が片づくまで誰も動く気配はなさそうだ。いたたまれなさに、僕は手に戻ってきたノートを力任せに握りしめる。

「どっちも、もうよせってば。今回は、ただでさえ少人数での異例の短期間任務なんだ。一人でも外れてもらっちゃ、全体が困ることになる。一番に考えなきゃならないのは、メイトロン龍国の書物の救出だろ」

ユキタムはそう言うと、冷たい顔をしているニノホの肩を軽く叩いた。そのままモルタの背中を押して、宿舎へ向かおうとする。モルタは身をよじってユキタムの手を払いのけ、ふり向かずに古井戸のそばから歩き去った。小柄な体をますます縮め、モダが慌ててそのあとをついてゆく。

ふん、とニノホが、軽蔑《けいべつ》しきったようすで鼻を鳴らした。白い息が荒々しい旗みたいに、空気の中に立ち現れる。

「ユキタムめ、あれでまるく収めたつもりなのかな。つまらない言いがかりをつけてきたのは、あっちなのに」

それからニノホは、ふり返って僕の顔を睨んだ。モルタが目の前にいたときよりも、はるかに凶暴な顔だ。

「コボルも、もっと毅然《きぜん》としていなさい。あなたがそんなじゃ、あいつ、これからセピア派の全員を舐《な》めてかかるようになる」

それはまちがいだ。モルタは、僕のことだけが嫌いなんだから。ニノホのように親兄弟が軍人だからでも、ホリシイやほかの多くの写本士のように両親がこの世にいないという理由で図書館へ身を寄せたのでもない。ちゃんとした身元も知れず、国境近くの町で発見された僕のことを、不気味に思っているんだ。

力任せにモルタの頭部へぶつけたニノホのノートの革表紙には、傷がついてしまっていた。

「あなたたちも、早く戻らないと夕食を食べ損ねるわよ。明日の外出の許可も取り消されてしまう」

ニノホは長い髪を大きく揺らして、先に歩き出す。外出というのは、町の広場に来ているサーカスのことだった。各地を巡業するサーカスが図書館のふもとの町に来ており、出発前に僕たちは羽を伸ばしてきていいと、館長から許可をもらっていた。

太陽は西の山の下へ溶け落ちて、丘の下の市街地はもう暗い水みたいな夜に浸りはじめていた。街灯がともりはじめるのに先駆けて、中央の広場が明るく光っているのが見える。年に一度やってくる、あれがサーカスの灯《あか》りだった。

僕は服についた枯れ草を払い、ノートの表紙を撫でた。いまの諍《いさか》いの原因になったノートと、ここで起きた些細《ささい》な出来事。まるでアスタリットで書物の発行が禁止された理由を、裏付けてしまったみたいだ。そう思っているのを見透かしたように、ホリシイが頭の後ろで手を組み、わざととぼけた声を上げた。

「先が思いやられるなあ、過干渉な先輩だらけで」

僕が視線を向けると、ホリシイは舌を出してみせる。

「気にするなって。モルタは後輩の才能を恐れてるんだよ。それにしてもみんな、ぴりぴりしてるよな。今回の任務が、それだけ特殊ってことだよなあ」

これまでにも写本士は、塵禍に襲われた他国に赴いて書物を運び出してきた。だけど、塵禍の被害に遭うのは辺遠地域が多く、国の根幹を揺るがすほどの事態に至ることはなかった。今度のように、王都が被害を受けた例ははじめてだという。この先メイトロン龍国がどうなってゆくか、まだ誰にもわからない。書物を運び出せるかどうかすら怪しいと、ニノホが言っていたんだ。

『才能じゃないよ。』

僕は自分の言葉を伝えるため、ノートに文字を書いた。ホリシイはちらりと視線をよこしてそれを読むと、何も言わず、幾分芝居がかったしぐさで肩をすくめた。

僕もホリシイも、それにモダも、他国へ書物の救出に赴くのは今回がはじめてだ。図書館から遠く離れるような任務には、もっと熟達した写本士が選ばれる。……だけどもう何年も、若者や子どもの写本士しかいない。大人の写本士たちは前の戦争の終局になって戦闘員として駆り出され、一人も戻ってこなかったんだ。

「将来、好きなだけ本を作っていいようになったらさ、絶対にコボルは物書きになれるよ」

ホリシイの声ははつらつとしていて、だけど今度は、うなずくことができなかった。

モルタの言ったとおり、アスタリット星国では、新しい書物を発行することができない。山岳の向こうの大国、ヴァユ空国《くうこく》との戦争で、アスタリットの製造業は徹底的な破壊を受けた。印刷技術もそのひとつで、いまだに完全復旧のめどが立っていない。

たくさんの書物がいまよりずっと人々のそばにあった時代、人は賢くなるどころか、狡猾《こうかつ》に、好戦的になっていった。極めつけに起きたのが、ヴァユとの戦争だった。終結から、まだ十七年。この国は、暗い時代の渦中にある。

だけど、いずれアスタリットは立ち直って以前よりも豊かになる。そうなれば、高度な教育を受けた賢い国民が増えるだろう。そのときにこそ書物は必要となるはずだ。写本士はそのために、一冊でも多くの書物をつぎの時代へつながなくてはならない。……図書館の責任者である、アサリス館長の言葉だった。塵禍に襲われた周辺国で、そのままにしておけば消えてゆく書物をかき集め、後世に残してゆく。それが使命だ。

だからほんとうは、新しい物語を書くなんていうのは写本士のするべきことじゃない。練習用のノートに、僕みたいに自作の文章を書いている者はほかにもいるらしいけれど、読んだことはないし、僕だってホリシイ以外に見せたことはない。ノートは使いきるたびに、それぞれの流派の老師に渡す規定がある。そして一旦《いったん》渡すともう戻ってこない。いくら書いても失われる。完全な無駄なんだ。いつか国が持ち直したら。知識のためだけじゃなく、物語を楽しむためにたくさんの書物を必要とする人間が増えたら……そうしたら、無駄ではなくなるのかもしれない。だけどそんな遠い未来のことを、僕はうまく考えることができなかった。

いまの僕たちはいつもうっすらと空腹で、自分だけの家庭というものを持たず、未来に期待しない。期待するほどの力がない。

図書館の建つ丘の上に、名前のない星が光った。一等星なのに名前がないあの星は、アスタリット星国でしか観測できないのだという。夕間暮れの冷たい空の色と、そのただ中に毅然と輝く星が、ますます地上を暗い場所に思わせた。

先のことを考えないように、僕は下を向き、ホリシイは空に視線を向けて、宿舎への残りの道のりを歩いた。窓から灯りの漏れている宿舎まで、サーカスから漂うチョコレートのにおいがほのかに届いていた。


海を足下に、北大陸のほぼ中央に位置するアスタリット星国。アスタリットを縁取るかっこうで、周りを五つの旧植民国が取り囲んでいる。北のペガウ犬国。アクイラ翼国《よくこく》。南のナビネウル鱗国《りんこく》。西のトトイス円国《えんこく》。そして東、半分海にせり出した形の、メイトロン龍国。

アスタリットとこれらの周辺国は、南は海が、北は山脈が、西は砂漠が壁となって、そのほかの国とは行き来が簡単にはできない。そんな広大な土地を、風に乗って訪れる災い、塵禍が襲うようになった。

何が原因でこの災いが発生したのか、いまだ誰も知らないらしい。

塵禍が通過していったあとには、廃墟《はいきょ》しか残らない。人も家畜も、空気に乗ってやってくる大量の黒い塵《ちり》にふれるや否や、表皮が灰色の塵になり、内側からも同時に壊死がはじまる。直撃に遭えば即死。わずかでも吸い込めば確実に塵禍に体を蝕《むしば》まれる。治療法はなく、罹災《りさい》した者は本来とはかけ離れたすがたになって、苦しみながら死んでゆく。やがて細かな粒子に砕かれた体は、新たな塵禍の一部となってさまようのだ。

十五年前のアクイラ、七年前のペガウ。そしてたった二週間前に塵禍に呑まれたメイトロンの王都。風に乗ってさすらう性質のためか、何度も塵禍の被害に遭う土地というのはない。ひとつまたひとつと周辺国が塵禍に見舞われるたび、つぎは自分たちの番ではないかと、アスタリットに重い空気が漂う。

実際、いつそうなってもおかしくはないのだ。

メヅマさんの雑貨店で、僕たちは採寸して仕立てられた制服を身に着けた。袖《そで》やズボンの丈を調整しておいてもらった全員分の制服が、完成したんだ。

「あなたたち、ちっとも大きくならないわねえ。生地も糸も、ほんの少しで足りちゃう」

声音に頬笑みをふくませて、メヅマさんは首をかしげた。雑貨店の奥の、物置と住居を兼ねたスペースに同じ意匠の服を着てならんだ僕たちは、髪が伸びかけたマネキン人形みたいだ。ブルー派のホリシイとノラユは青、玄派のモダは黒、セピア派の僕はくすんだ茶色。制服の色はそれぞれの流派のインクに合わせてある。左袖にはめる腕章があって、流派ごとのペンの天冠にある紋章が刺繍《ししゅう》されている。

セピア派の魚、ブルー派の鳥、玄派の象……写本士はインクの色だけでなく、流派ごとのシンボルと老師からの教えを背負っている。

「子ども扱いしないでほしいなあ。俺たち、これから国外での任務に行くんだぜ」

腕や足を動かしてみながら、ホリシイが訴えた。袖が細く、二本の足に合わせたズボンのある制服は、写本士の平服よりはるかに動きやすい。紐《ひも》を編み上げる革製のブーツも、履くだけでどこへでも歩いてゆけそうな気分にさせた。身に纏《まと》うものが変わっただけで、自分自身が大きくなったと錯覚するには充分だった。

だけどメヅマさんは、決してからかいを込めて言ったわけではないんだ。

僕たちは少しずつ縮んでいる。ヴァユと戦争をしに行ったアスタリット人の兵士たちは、みな僕たちよりも背が高く、しっかりとした筋肉もついていた。戦争で農地が失われ、充分な食糧が分配できないせいで、若ければ若いほど体格に恵まれないのではないかと言われている。

体格だけではない。たった十五歳の、正式に修行も明けていない見習い写本士が塵禍が通過した土地へ書物の収集に行くのは、今年がはじめてなのだという。熟練した写本士が足りないせいで、なんの経験も積んでいない見習いが、突然現場へ投入されることになったんだ。

「あなたたち、危なそうなところへは、絶対に近づいてはだめですよ。仕事よりも何よりも、命が大切なんだから」

メヅマさんは、戦争が終わってまもなく旦那《だんな》さんを亡くしたそうだ。周辺国とアスタリットを行き来する物資運搬をして働いていたメヅマさんの夫は、国境の向こうで命を落とした。運搬トラックが元民兵の強盗グループに襲われ、そのまま二度と戻ってこなかった。

そのせいで、メヅマさんはいつでも全身が灰色だ。頭髪や目が灰色なのは一般的なアスタリット人の特徴だけれど、メヅマさんは喪に服していることを表すため、身に着ける衣服も上から下まで灰色なのだ。いつも、何曜日であろうとも。

「大丈夫です。二度も塵禍は来ないし、先に国軍が入って安全を確保しているから」

姿見に映る自分を眺めていたノラユが、メヅマさんを安心させようとふりあおいだ。やっと結わえられる長さになったノラユの髪の先が、新品の制服の肩をさらりと払う。

「それでも、気をつけなさい。帰りを待っていますからね。帰国後には、うちの店でお祝いをしましょう」

メヅマさんが、ノラユの肩を痩《や》せた手で包む。それから椅子にかさねていたハンガーを抱えると、たぶん無理矢理に明るい表情を作った。

『新しいノートと、チョコレートをください。』

僕は、雑貨店で買いたいものをノートに書いた。ページを向けると、メヅマさんは眼鏡を軽く押し上げ、顔を近づける。

「はいはい。ほかの子たちも、買うものがあったわね。だけど、あまり荷物を増やしすぎないでね。重量超過すると、軍に取り上げられてしまうから」

ちょうどそのとき、雑貨店の入口のベルが軽やかに鳴った。

「みんな、準備できた？」

入ってきて声をかけたのは、ブルー派の写本士、アスユリだった。彼女も今回の任務の参加者だ。長く伸ばして三つ編みにした髪が、肩の下で揺れる。僕らが着ているものと同じ意匠なのに、アスユリの青い制服はしっかりと体になじんでいた。

「完璧ですよ。どの子も体にぴったり」

「ありがとうございます、メヅマさん。――それじゃ行こう。みんな待ってるよ。スピード狂のセピア写本士さんが、早く走りたくてうずうずしてるの」

おもてで警音器が一度、高く鳴った。鯨油《げいゆ》バイクに乗った先輩写本士たちが、外で待っているのだ。

はりぼてのドラゴンがホットチョコレートの湯気を引き連れて、中央のテントの周りを踊っている。

サーカスの照明は観客がうっかり転倒しない程度に辺りを照らしてはいるけれど、控えめで、冬の星座はひとつもかすれていなかった。名前のない星も、いつもと変わらず夜空にある。移ろう星座の動きに乗ることなく、いつもと同じ位置から、サーカスを見下ろしている。

ゲートをくぐるとまず見えてくるのは魔術師のテントで、入口からは絶え間なく細かなシャボン玉が湧き出ていた。去年までいたチケット売り場のわきの小柄な曲芸師は、今年はいなくなっていた。どこかのテントで技を見せているんだろうか。

魔術師と占い師のテントのあいだには大小さまざまの檻《おり》がならんでいて、いつまでも歳を取らない猛獣使いの女の子が一人で番をしている。全身が真っ赤なクジャクはアクイラ翼国、てのひらに載るほど小さな象たちはトトイス円国で生まれた生き物だ。退屈そうな顔で桶《おけ》に半身を浸している人魚は、ナビネウル鱗国の出身だろうか？　去年はいなかった新顔だ。

「コボル、大丈夫？」

ぼそりと小さな声で、ノラユが訊《き》いてきた。僕はうなずきながら、ふいに襲ってきた気持ち悪さに口を覆う。

「すごかったよなあ」

ホリシイが笑いを噛《か》み殺しながら、肘《ひじ》で僕の脇腹をつついた。

正直なところ、まだ足許《あしもと》がおぼつかない。噂には聞いていたけれど、ニノホの鯨油バイクの運転があんなにも乱暴だとは思わなかった。任務地で見習い写本士は同じ流派の先輩と二人組で行動するので、今日のサーカス見物は、乗り物の訓練も兼ねていた。十五歳ではまだ法律上運転できないから、見習いは全員、自分と組む先輩写本士の後ろに乗るんだ。

……だけど、ニノホだけほかの写本士たちと走り方が全然ちがっていた。宿舎の裏から、ホリシイの先輩であるユキタムと競うように発進したときから、なんとなく不穏な空気は感じていたけど。

菜園の外側の下り坂をふもとの街まで、轍《わだち》あとのついた道を、ニノホのバイクは飛ぶように走った。文字通り、何度かは飛んだ。タイヤが完全に宙に浮く瞬間が何度かあって、そのたびニノホは短い歓声を上げていた。カーブのたびに後ろに乗った僕はふり落とされかけ、体をさらおうとする重力をいやというほど味わった。僕の安全への配慮も僕が味わっている恐怖も、ニノホは平気で無視した。一度も地面に投げ出されずに広場までたどり着いたのは、ほとんど奇跡といってよかった。

あれに、メイトロンでも乗るのか……無事に帰ってこられるのか、心配になってきた。

「約束通り、ユキタムのおごりだよ」

くしに刺さった飴菓子を手にいっぱい持って、ニノホが僕たちの方へ歩いてきた。高くくくった髪を揺らすニノホの後ろを、青い制服のユキタムがついてくる。先輩たちは、誰が真っ先にサーカスへ到着するか、賭《か》けをしていたらしい。

「もうよそうぜ、結果がわかってて賭けるの。……ニノホは、軍に入ればよかったんだ。写本士が任務地であんな走り方したら、即刻送還されるぞ」

「ちょっと、ユキタム」

アスユリが慌てた顔で、ブルー派の仲間を肘で小突いた。

「任務地じゃできないから、ここで思いっきり走るんじゃない」

けろりと答えて、ニノホは見習いたちに、色とりどりの飴菓子を二本ずつ配った。飴の中に、小さな果物が閉じ込められている。

「あんたたちは、固まって行動してね。二時間後にバイクのところに集合。じゃ、あとで」

一方的に告げると、ニノホはアスユリと連れ立って屋台の方へさっさと歩いていってしまった。モルタはすでに一人で行動していて、どこにいるのか誰も知らなかった。ユキタムは肩をすくめ、見習いたちに示しをつけなくてはと思ったのか、飴菓子を手渡された僕たちを指さした。

「そのマフラー、なくさないようにしろよ。貴重品だからな」

先輩写本士たちも僕たちも、そろいのマフラーを首に巻いている。これも制服の一部で、目を細かく編んだマフラーは、鼻の上まで引き上げてマスクとしても使えるようになっていた。塵禍の被害に遭った土地には粉塵が残っていることがあり、このマフラーは防寒のためだけでなく、呼吸器を守るための装備でもある。

言われたとおり、僕とホリシイ、モダとノラユの四人でテントのあいだを練り歩くことにした。飴菓子は頭がしびれるほど甘くて、中の果物はいくらか汁気を失っていた。食べおわるとホットチョコレートを買った。日が暮れて気温は下がっているのに、サーカスにいると寒さは感じなかった。僕らがさっき食べたのと同じ飴菓子を持った子どもが、親らしき大人と手をつないで歩いてゆく。

僕はサーカスが好きだ。サーカスの人たちは、座長やホットチョコレートの売り子をのぞいて、おおむね喋《しゃべ》らない。占い師はよく喋るらしいけれど、僕はテントに入ったことがない。口から生まれる言葉を使わずに、一風変わった人たちが、訪れた客を魅了し、楽しませている。このサーカスのどこか、ほの暗いひとすみに、ひょっとして僕の帰る場所があるんじゃないかと、そんな気持ちになる。

いつでも丘の上に構えている図書館とちがって、サーカスは興行の期間が終わると、この街を去ってしまうのだけれど。

「メイトロンの龍は、紅《あか》いんだって」

踊りつづけるはりぼてのドラゴンを見上げて、ノラユが言った。いつも気弱そうで青白い顔が、今夜はほのかに上気していた。ホットチョコレートのせいなのかもしれないし、図書館での平服よりもずっと温かい新品の制服を着ているせいかもしれない。

「あれ？　青いんじゃなかったっけ？　メイトロンの神話の本をいくつか読んだけど、海と同じ色をしてるって書いてあったぜ」

ホリシイが首をかしげると、ノラユがうなずいた。

「うん、わたしも読んだ。……何百年かに一度、紅い龍が生まれるの。それは大きな変化の兆しで、特別丁重に扱われるんだって」

「……龍は、伝説上の生き物だよね？」

モダがたいして興味もなさそうに、青い目の蛇を肩に這《は》わせている曲芸師をながめる。

「メイトロンの王族は、龍の血を引いてるとも書いてあったぜ。龍の力で国を治めているんだって」

ホリシイが口をはさむけど、屋台で買ったドーナッツをめいっぱい頬張っているせいで聞き取りにくい。

「ただの伝説だよ、そんなもの」

モダが唇を尖《とが》らせる。しかめっ面をすると、モダの丸顔がモルタに似るので不思議だ。

「──だけど、これからメイトロンはどうなっちゃうんだろう。王族のいた王都が、塵禍にやられてしまって。ほかの土地が無事でも、これじゃ、アクイラと同じようになっちゃうかもしれない」

ノラユの声は、古い物語を読み上げるような響きを帯びた。僕たちもつられて、それぞれ神妙な面持ちになる。これから自分たちが赴くのは、大勢の人が死んだ場所なのだ。

「ノラユとアスユリは、アクイラの出身なんだっけ」

ホリシイが問うと、ノラユはサーカスに視線をさまよわせながらうなずいた。

「そう。といっても、わたしもアスユリもアクイラで暮らしたことはなくて、親たちがアスタリットへ移住してきたの。だから、どこにもほんとうの住処《すみか》がないような気が、いつもする。メイトロンからも、そんな人が出てくるのかも……」

ノラユのまだ幼げな横顔に、読み取りがたい表情が宿り、言葉にしきっていない何かが白い息になって吐き出された。息はテントの上空を舞うドラゴンへ届くずっと手前で、夜空に溶けて消えてしまう。

はりぼてのドラゴンは、支えも操り手も必要とせず、ゆらゆらと空中をうねっている。その体は金と緑の格子模様に塗りわけられていて、紅くはなかった。どこを見るでもない菫色《すみれいろ》の目玉が、サーカスの全体とその上の夜空を映している。音楽に合わせて、ドラゴンは作り物の体をくねらせつづけていた。

縞《しま》模様の襟巻をつけた銀色の熊が、背中に道化師を乗せて向こうの通路を歩いてゆく。その後ろから、ふわふわと浮かぶ風船の群れが近づいてきた。ワニの頭骨のお面をかぶった風船売りと、背の高い奇術師が腕を組み、寄り添いながらこちらへ歩いてくる。

「こんばんは。いかがですか、おひとつずつ」

金色に近い砂漠の色の衣裳《いしょう》をまとった奇術師が、僕たちに頬笑みかけた。頭髪をすっかり剃り上げているせいで、表情がとても広々として見える。確かこの奇術師は、いつも中央のテントにいるはずだ。一昨年だったか、一番背が高く大きなテントで、この人が指先に乗せた象をまばたきのあいだに消してしまうのを見たことがある。

「丘の上の図書館のみなさんでしょう？　これから外国へ行かれるとか」

二人のサーカス芸人の上で、銀色と紺色に塗りわけられた風船が揺れている。紐の先におみくじを結わえた風船だ。しゃべらない風船売りと腕をからめ合った奇術師に尋ねられ、僕達はまごついて、顔を見合わせた。サーカスでこんなふうに話しかけられるのは、はじめてのことだった。

ごくんと口の中のドーナッツを飲み下したホリシイが、真っ先に向き直り、うなずいた。

「メイトロン龍国へ行くんだ。塵禍の被災地から、本を救い出すんだよ」

奇術師は、サーカス流の所作でうなずき返した。大きな目と大きな顎。瞳《ひとみ》はほのかに青みがかり、角度によって金色にも見える不思議な色をしていた。

「龍国では、白亜虫とかいう虫が大量発生しているとか」

「そうだよ。そいつらが本の中身を食い荒らす前に、図書館へ救出してくるんだ」

「アスタリットで、救出した書物を保管しているのですね」

「それだけじゃなくて、必要とする人のもとへ届くように、写本士が書物を複製するんだ。俺たち全員、もうすぐ見習いが明けて、正式な写本士になるんだよ」

はじめて口をきく相手にも、ホリシイは物怖《ものお》じしない。それどころか、サーカスを訪れている高揚感と任務を前にした期待がないまぜになって、その声ははずんでいた。

奇術師が笑みを浮かべると、口の両脇にくっきりとしわが並んだ。

「それはすばらしい。ぜひサーカスからのお祝いを贈らせてください」

奇術師が両手の指先を合わせ、大きく広げると、空中に包み紙を数珠つなぎにしたチョコレートが出現した。先日終わったばかりの冬至祭の飾りみたいなチョコレートだ。奇術師との距離が近いので、どこに隠してあったのか見えるかと思ったけれど、それはなにもない空気の中から出現したようにしか見えなかった。

奇術師はチョコレートの鎖を一人一人に渡すとそう言ってお辞儀をし、風船売りだけをその場に残して立ち去った。

「よい旅を」

風船に結わえられたおみくじは、十歳で外出を許可されるようになってから、サーカスへ来るたびに買っている。冗談半分で読んで、すぐ忘れてしまえるところがいい。占い師に予言を求めるほど未来に興味はないけれど、風船売りのおみくじはほんのひととき、未来や過去や僕たちのいまを、意味のあるもののように錯覚させてくれる。おみくじの風船を、僕たちはひとつずつ買うことにした。

〈真水を飲み干すこと　吉なり〉――ノラユの風船のおみくじ。

〈歌う鳥の声　能《よ》く聞くべし〉――モダのおみくじ。

〈月の重力をあなどるなかれ〉――ホリシイのおみくじ。

僕のには、こんな言葉が書かれていた。

〈雨は吉　雪ならば凶〉

それぞれの託宣を見せ合って、僕らは曖昧《あいまい》に笑った。毎年そうだけど、サーカスのおみくじには意味のわからないことばかり書かれている。奇術師がくれた数珠つなぎのチョコレートをそれぞれ首にかけ、ごく短い言葉の書かれた紙を、開いたときとは反対の折り目でたたんでまた紐の先にくくりつけると、四つの風船を夜空へ放した。

シャボン玉の群れを抜け、ドラゴンの背中のとげをかすめながら、風船たちはあっというまに上昇し、見えなくなった。

◆

むかし。大地と海がまだたがいをわかつ境目を持たなかったころ。

空を渡る大きな鳥が、卵を落としていった。ゆらゆらとたゆたう泥水の中でぬくめられ、卵の中では、鳥の仔《こ》が刻一刻と育っていった。しかし世界は不安定であったため、泥水とともに卵もまた上へ下へ、さだまらぬ方位へとさまよい、泥水の中の卵には、冷たい雨が、雷と火の粉が降りかかった。

そのせいだろうか。

七日と七晩ののち、卵はかえったが、生まれたのは鳥ではなく、鱗《うろこ》をまとったしなやかな龍だった。龍は息を吹いて、自分の寝床であった泥水を追いやり、四つの足で土を踏み固めた。十日にわたってそれをくり返し、大地と海とをわけた。

龍は地の上に落ち着いたが、そのうち、自分を産み落とした大きな鳥をなつかしんだ。しかしあまりにすがたがちがうため、鳥には龍が血族であるとわかるまいと思われた。嘆いた龍が天へ向かって呼ばわると、その声にこたえて雨が降った。

滋養に満ちた雨は土を豊かにし、やがて龍の周りに人間たちが田畑を耕した。農地の周りに町ができ、国が形をなした。

人間たちは龍をよく世話し、大切に扱ったため、龍は土地が枯れぬよう、季節ごとに雨を呼んだ。雨と土に恵まれ、人間たちは飢えることなくこの土地に栄えた。

龍は人間たちを慈しんだが、自分の血族であるはずの大きな鳥への思慕を忘れることはなかった。

いまも空へ首を延べ、戻らない血族を呼ばわる声を響かせているという。

◆

時間はほろほろと煤のように散りこぼれてゆく。

図書館の灯りはほとんど落とされていて、写本室には、小さなランプがひとつともっているきりだった。机に向かっているのは僕一人。明日に迫った出発までに、このページの写本だけは終わらせておかなくてはならなかった。

セピア派の見習いたちと五人体制で書いている、五巻構成の本。ペガウ犬国の古い英雄物語だった。メイトロンから帰るころにはほかの本も仕上がり、挿絵がつけられて工房で製本されているだろうか。

普段はこんなに遅くまで写本室を使わせてはもらえないのだけど、何しろ一旦この国からいなくなってしまうので、いまだけ特別許可が下りていた。ホリシイもノラユもモダも、もう自分が担当するページの写本は仕上げていて、僕が最後だった。一ページの写本にこんなに時間がかかるのは久しぶりだ。自分の手が、わざと紙の上で時間稼ぎをしているみたいだった。

ペン先から、葉皮紙の表面へインクが伝わってゆく。ほのかなインクのむらを作りながら、いままで何もなかった紙の平面に文字が連なってゆく。

紙が文字を受け入れる一瞬ごとに、僕は息を潜める。何か途方もないものと、自分の手にあるペンがつながっているという、とらえどころがないのに確信めいた気持ちがそうさせる。僕は、この不思議な一瞬の連なりが好きだ。この手が動きつづける限り、ずっと写本台の前にかじりついていたかった。

写本室には、三つのインクのにおいが染みついている。

セピアインクは海洋の深みから生まれる。陽の射さない大海原の水の底、知と思索の深淵《しんえん》からその色は現れた。

ブルーインクは遥《はる》かな天から生まれる。もっとも空に近い山の峰に、天と地をつらぬく閃《ひらめ》きとはてしのない思考の広がりを携えてその色は宿った。

玄のインクは大地のまぶたの奥から生まれる。人と野の生き物と、恵みと病と、生と死と、万物の記憶を抱く土の中から、その色は得られた。

——三つの流派それぞれの訓示だ。写本士は訓示を胸に刻み、自分が扱うインクに恥じない文字を書かねばならない。いつかまた、誰もが本を手にすることができるようになる日に備えて。

……いや、それだけじゃない。少なくとも僕はちがった。いつか、の未来のためじゃなく、いま、膨大な過去からの遺産である書物がおさまっているここで、自分よりはるかに偉大な書物たちに仕えるために手を動かしている。

それでもとうとうペンを置くときがやってきて、僕は注意深く、ペン先を紙から離した。

最後の一行の、終わりの文字を書き終えて、僕はペンを置く。くくりの文字は書き入れない。お終《しま》いの飾り文字を書き入れていいのは、熟練した写本士だけなんだ。

インクを乾かすため、葉皮紙を壁ぎわの長机に移し、写本台を片づける。照明を落として部屋を出ようとしたとき、ブルー派の列の写本台の椅子に、一冊の本が置いたままになっているのに気がついた。ホリシイの椅子だ。ホリシイも今日、宿舎へ戻るべき時刻を過ぎるまで写本をしていた。それで図書館の読みかけの本を、置き忘れていったらしい。メイトロンに行く前に、本は書架へ返しておかなくてはいけない。手に取ってみると、いつもの癖で栞《しおり》の代わりにどこかで拾った葉っぱが挟んである。もう終盤近くの、たぶんクライマックスの直前まで読んでいるらしいけど、残念ながら返却だ。本人はもうとっくに休んでいるだろうから、代わりに本を戻しておくことにした。

図書館の中は暗く、携行型の照明をかかげて歩く必要があった。完全に真っ暗ではないのは、三人の老師と館長が、毎日遅くまで図書館にいるためだ。

老師たち、それに館長は、写本士たちが宿舎へ戻ったあとも、毎晩図書館の書物を紐解いている。夜更け、ときとして夜明けまで読みつづけている。それでも命のあるうちに図書館のすべての蔵書を読み終えることはできないと、ナガナ師は残念というより感慨深げによく言うのだった。

それに今日は、館長が軍部との会合から遅くに帰る予定で、司書たちも残っているはずだった。その証拠に、廊下の先に灯りが見え、人の声が聞こえてくる。ホリシイの読みかけの本は二階の書架に返さなくてはならず、僕は自動的に階段わきの館長室のそばを通ることになった。

「……突き止めて相応の罰を与えねば、また同じことが起きてしまいます」

ふいに聞こえてきた声は、穏やかなものではなかった。僕はほぼ無意識に、自分の手元の照明を消していた。足音を忍ばせ、声のする方へ近づいてゆく。

「いいんだよ。とくに困ったことは起きていない。荒らされてもいないし、何かが盗まれたというのでもない」

館長の声だ。本棚の陰からうかがうと、開け放たれた館長室のドアの前に、館長と三人の老師が集まっている。……泥棒でも入ったんだろうか？

「しかし、見逃してはほかの者たちに示しがつきますまい」

語気を荒らげているのはブルー派のシラメニ師だ。ナガナ師がシラメニ師と館長のやり取りを見守り、その隣で玄派のマハル師がむっつりと腕組みをしている。

三人の老師を前に立つアサリス館長は、きわだって若い。実際の年齢は三十歳を超えているらしいけれど、灰色の髪をまっすぐ伸ばしたすがたは、もっと若く見えた。杖《つえ》をつき、背もあまり高い方ではないのに、いつでも毅然と背筋を伸ばしているので、りゅうとした木のように見える人だ。

「写本士たちの出立前だ。ただでさえみんな神経質になっている。いまは、騒ぎにはしない方がいい」

館長がそう告げると、三人の老師は一様に小さくうなずいた。うなずくというより、頭を下げたのだった。人生の長い時間をこの図書館に捧《ささ》げてきた老師たちを、年若い館長は穏やかな言葉だけで従わせてしまう。

館長室の奥で、くう、とくぐもった鳥の声がした。アサリス館長が飼っている、飛ばない鷲《わし》だ。アクイラ翼国の出身であるアサリス館長が、いつもそばに置いている天帝鷲。シルベという名の鷲は、同じくアクイラ出身の先輩写本士であるアスユリが図書館へ来るのと同時にもらわれてきたらしい。見習いのつまみ食いも本の無断持ち出しも見逃すことのない鷲が館長の見えない目のかわりを務めているのだと、老師たちは異口同音に言う。あいつがいたのに、泥棒だなんて。

僕は心臓を大きく脈打たせながら、本棚の陰で息を潜めていた。ありえない、と咄嗟《とっさ》に思う。図書館の中に館長へのよくない感情を持っている者がいるなんて聞いたことがなかった。館長はまるで、人のすがたをした蔵書の一冊、この国立図書館の一部のような人なんだ。

それとも……外部の誰かが、入り込んだっていうんだろうか？　それもおかしい。物が盗られていないなら、侵入する理由がわからない。それにやっぱり、館長の鷲がいる部屋へ侵入なんてできるわけがない。

老師たちはまだ戸惑っているみたいだ。憤然たるため息を吐き出したのは、マハル師だ。

僕は自分がここに居合わせてはまずいと感じ、そっと踵《きびす》を返そうとした。ホリシイの本は、明日の朝いちばんに本人に返却させればいい。

が——気配を殺して立ち去ろうとする僕に、穏やかな声がかかった。

「おや、コボルか」

ナガナ師だった。僕は一瞬息を止め、観念して本棚の陰から横歩きに足を踏み出す。館長室から漏れる暖かみのある灯りが、僕の肩をますます縮めさせた。

「仕事は終わったかな？」

館長の顔と老師たちの視線が一斉にこちらを向く。もしも体を透明にできる技があるなら、僕はいますぐそれを試したにちがいない。

「こんな時間まで、写本をしていたのですか？」

シラメニ師が切れ長の目元に、どこか冷ややかな表情を浮かべた。それに対し、ナガナ師は柔らかな皺《しわ》を幾十と目尻にならべる。

「出発前の仕上げです。終幕を構成するページなので、とりわけ丁寧に書いておったのですよ」

ナガナ師の言葉に、マハル師がいかにも怪訝《けげん》そうな顔をした。

「僭越《せんえつ》ながら、もう少し余裕をもって仕事を終えるよう、指導された方がよいのでは？　出発前に遅くまで写本をして、体の調子をおろそかにするのは感心しませんな」

老齢にもかかわらず軍人並みに逞《たくま》しい体つきのマハル師が眉間《みけん》に皺を寄せると、思わず身がすくむほどの迫力があった。

「まったく、まったく」

ナガナ師は朗らかな笑みを崩さないまま、そう言ってうなずいた。

そのとき三人の司書たちが、廊下の向こうから静かに走ってきた。

「誰もいませんでした。どこかから侵入されたらしいようすもなくて……」

廊下に漏れる館長室の灯りが、司書たちの蒼《あお》ざめた顔を浮かび上がらせる。

「そうか。ご苦労さま」

「あの、お部屋を片づけましょうか？」

司書の一人がおずおずと申し出るが、館長はてのひらをかざしてかぶりをふった。

「いや、それは必要ない。かわりに、お茶を淹《い》れてきてもらえるとありがたい。外が寒かったので、脚が痛むんだ」

館長の言葉に、司書は丁寧にお辞儀をし、三人で簡易キッチンのある司書室へ向かおうとした。と、中の一人が、はっと見開いた目を僕に向けてきた。

これはよくない状況だ。司書はどうやら、僕が犯人だと疑っているらしい。

しかしナガナ師が僕の肩に手を置き、ひげの奥に笑い声をくぐもらせた。

「彼はずっと写本室におったので、悪事を働く暇はなかった。シラメニ師も何度も写本室をのぞいておられたので、彼がずっとあそこで書いていたのをご存じだ」

シラメニ師が、かすかに眉《まゆ》をひそめた。僕は思わず、ブルー派の冷徹な印象の老師をまじまじと見上げた。老師に見られていたなんて、まったく気づいていなかった。

「……うちの流派にも、これくらい熱心な書き手が増えてほしいものです。いずれ、いまよりも多くの書物が必要となるときのために」

シラメニ師は静かな声でそう言うと、ごく短い挨拶《あいさつ》をしてその場を辞した。マハル師もそれにつづく。僕もナガナ師にうながされて館長室の前をあとにした。

立ち去る間際、館長室の中へ視線を向けると、天井から吊《つ》るされた人間の子どもでも入れそうな鳥籠《とりかご》に、風切り羽を切られたシルベがうずくまって、くり抜いたみたいに光る目をこちらへ向けていた。


「その本は、わしが棚へ戻しておいてやろう」

ナガナ師が、使い込まれて古びた絵筆みたいなあごひげを、節の浮いた長い指でしごいた。

セピア派の老師は標準的なアスタリット人で、肌の色は白に近い灰色なのに、その両手だけはつやが出るほど茶色い。長年のあいだに染み込んだインクの色だとナガナ師は言うけれど、ほんとうかどうかはわからない。玄派のマハル師の手は、インクまみれではあるけど真っ黒ではないし、ブルー派のシメラニ師はいつも手袋をはめていて確かめられない。

「さて、コボル。もう宿舎へ戻って休みなさい」

さっきの館長室での出来事が気になったが、僕はおとなしくうなずくことにした。この暗さでは文字を書いて言葉を伝えることができないし、きっとナガナ師は僕に聞かせても構わないこと、つまりたいして重要でないことしか教えてくれないだろう。

図書館の外廊下は痛いくらいに寒かった。

ナガナ師が細い体にまとっているのは写本士たちの平服とほぼ変わらない仕立ての服で、だけどちっとも寒さにすくむそぶりはなかった。外廊下の照明はとっくに消されていて、ナガナ師の持つカンテラが唯一行く手を照らしている。

「わしが教えてきた中でも、コボル、お前はとりわけたくさん書く」

ナガナ師の声は、真夜中のコウモリの羽音みたいだ。

僕は黙って歩きながら、自分が発見されたときの切れ切れの記憶のこと、このセピア派の老師から文字を教わった日々のことを思い起こしていた。

魚の紋章のついた、青と苔色のマーブル模様のペン。喉がうまく使えない僕にも、このペンがあれば感じたことを伝えることができた。何を書くか、どう伝えるか、あるいは隠したままにしておくか。あらゆることを教えてくれるナガナ師は、頭の中にもうひとつの図書館を持っているとしか思えなかった。老師のおかげで、僕が書ける言葉は増えつづけ、編む文章は長くなっていった。

しゃべることができなくても、文字を書くことで僕は自分の感情に名前をつけ、状況を整理し、学んだことを記憶してそれを別の物語に組み立て直すことができた。もし書くことができなかったら、僕はとっくに出口の見つからない言葉に溺《おぼ》れて身動きが取れなくなっていたと思う。

「アサリス館長は、思い切ったことを決断されたものだ。お前たちのような見習い生まで、塵禍に見舞われた土地へ出張《でば》らせるとは。オラブ総統からの要請とはいえ、まさか館長が承諾するとは思わなかった」

オラブ総統というのは、アスタリット星国軍の最高指揮官、この国の最高権力者だ。僕はもちろん会ったことがないけれど、ニノホが昔一度だけ、遠目に見たことがあるという。この世の苦痛や悩みを一身に背負ってしまったかのような、不幸そうな顔をしていて、そのくせ目つきは鋭利で力を漲《みなぎ》らせ、見ているとなんだか不安になってくるような人物だと、ニノホは説明した。

「塵禍に見舞われた土地へ赴くとな、教え子たちは見聞きした物事を書いてみるものだ。ここにいては一生涯見ることのなかったものに出会い、その記録を書いておかずにはおれんのだろう。お前が毎日しているように、物語の形で書く者もある。だがな」

誰もいない外廊下を、カンテラひとつで進む僕とナガナ師は、幽霊の一族みたいに見えるにちがいない。外廊下から枯れ草の上へ踏み出し、闇夜に溶け込んだ菜園を抜け、すでにすべての灯りの消えた宿舎へ向かってゆく。

「ノートはかならず提出する決まりでな。とくに国外へ行った写本士の書いたものは、図書館ではなく政府に回収される」

ナガナ師の声は、ほがらかさをふくんだままだった。この老師はいつも口の中に飴玉を転がしたような面差しをしている。茶色い両の手は、そこだけ夕焼けの中へ差し出しているみたいだ。

冬枯れながらかろうじて土にしがみつく草が、刻々と凍《い》てついてゆく。そんな夜の気配が、地面から凍った空までいっぱいに満ちていた。

僕は、任務に行った写本士の書いたものがどこにもないことに、いまようやく気がついた。新しい書物が発行できないとしたって、直筆の手記くらい、図書館に保管されていてもよさそうなものなのに。任務に就くことが決まってからも、先輩写本士から口頭で任務内容を教わるばかりで、文章の資料はひとつも与えられなかった。書かれていたのに、図書館に残っていないんだ。

かじかむことに慣れている足の先から、夜気とはちがう冷たさが這い上がってきた。

「お前は、人一倍書く写本士だ。龍国の王都では、いままで見たこともなかったものを目にするだろう。いままでに書いた経験のないものを。――書くときはな、コボル、人に読ませるに充分なものを書くことだ」

人に読ませる。……政府の誰かに？　いったい誰が、写本士見習いのノートなんかを読むというんだろう？

だけど僕は、口を引き結んでうなずいていた。普段と変わらず穏やかなナガナ師の声の芯《しん》に、鋭い警告の響きがこもっていた。注意していなければ聞き逃すにちがいない、ほんのかすかな。


飛空艇は、目のない海洋生物に似ている。

浮力を得るための気嚢《きのう》が大部分を占めていて、頑丈な繊維で覆われたそれは白い鯨にそっくりだ。目も口も胸鰭《むなびれ》もない鯨の腹部に、僕らの乗る船室がくっついている。技師たちや軍人たちが慣れたようすで動き回っているのだけれど、目の前の光景に現実味がまるでないせいで、彼らの顔をうまく見わけることができなかった。

早朝四時、陽が昇るより前に図書館を出発した。輸送トラックに揺られ、三時間。僕たち八名の写本士は、アスタリット中央部に近い陸軍の基地に到着した。休憩なしで飛空艇に乗り換え、いよいよメイトロンを目指す。

強い風が吹いているのに、飛空艇はびくともしなかった。鉄塔に係留され、その威容を空に浮かべるときをいまかいまかと待ち構えている。

オラブ総統を頂点に、アスタリット星国、そして周辺五国を護《まも》る軍隊。その国軍が擁する乗り物は、さながら冒険物語に登場する、凶暴で神秘的な巨大生物だった。徹底的に無機質で、寒々しい色の船体に朝の太陽光をぎらぎらと照り返している。

あれに乗って海にせり出したメイトロンへ行き、救出したたくさんの本を積み込んで、また帰ってくるんだ。……予定されているひとつひとつの行為が、現実のことだと思えなかった。目に映るものを残らず記憶しようとするのに、何もかもが大きすぎて頭に収まりきらなかった。

誰かに背中を小突かれる。ふり返ると、ユキタムがこっちに手を差し出していた。

「乗る前に、食っとけ。はじめてのときは、みんな酔うからな」

小さな銀のチケットのようなそれは、包みに入ったライムガムだった。隣を見ると、ホリシイが夢中で黄緑色のガムを口に入れているので、ユキタムに頭を下げ、僕も真似をした。酸っぱい香料の風味が舌先から鼻へと広がる。包み紙からは、どうしてかサーカスのテントのにおいがした。

「メイトロンには、幻の密造酒があるっていうぜ。ちっとも酔うことができないかわりに、飲むだけで若返るっていう」

ユキタムの軽い口調に、ニノホが肩をすくめる。

「〈龍王酒《りゅうおうしゅ》〉ね。王族だけが秘密で嗜《たしな》んでいるっていう、甦りの妙薬。作り話だろうけど」

するとモルタが、片方の眉を跳ね上げた。

「作り話というより、そうやって宣伝してるんじゃないのか？　王室御用達の特別な酒だという触れ込みで、大勢がほしがるように。メイトロンでは一般に出回ってる飲み物だろう？」

「あんたが言ってるのは、〈龍涎酒《りゅうぜんしゅ》〉でしょ。〈龍王酒〉は、会食やお祝い事なんかでふるまわれるお酒よ。メイトロンではいろんなものの名に〝龍〟がつくわよね。国の守護神だから。……わたしはそれより、メイトロンで作られる紙が気になる。〈流《なが》る瀬《せ》の紙《かみ》〉という、薄いのにとても丈夫で、インクを美しく留める紙。葉皮紙よりもずっと軽くて、分厚い本を作るのに向いているそうよ。メイトロンにある技術でしか作れなくて、戦前はアスタリットやヴァユでも流通していたって。いつか、その紙に文字を書いてみたい」

「お気楽だな」

モルタが口をひん曲げた。

「そんなものは今回の仕事じゃ手に入らないし、向こうの人間だって、俺たちなんかには売りたくもないだろうさ。とくに今回は、こっちは完全に……」

モルタが途中で口をつぐんだのは、一人の兵士が横目にじっとこちらを睨んでいたからだった。ユキタムが肩をすくめ、ニノホが兵士を睨み返して、また飛空艇に視線を戻す。

ガムをもぐもぐやっているホリシイの向こうで、ノラユが緊張した横顔をアスユリに向けていた。防塵マフラーに巻き込んだアスユリ自慢の三つ編みの先が、風にあおられて揺れている。それは、逃げ出したがってもがいている魚のしっぽみたいだった。

僕の口の中に、ライムガムの酸味の強い味が定着する。

いつか目の前のこの光景が、はっきり思い出せないほど僕の記憶から薄れたとき、真っ先に甦るのは毒々しい色の小さなガムと、その味にちがいない。

こうして僕たちは、旅立った。

第2章　最初の災い

飛空艇から降りたとき、足が立たなくなってはいないかと不安だった。座りどおしなのは写本室と同じでも、空を移動する乗り物はこれまで想像したことのないくらい体力を奪っていった。浮揚感と揺れ、絶え間ない気流のうなりで、この旅をはじめて経験する見習いは、一人残らず神経をすり減らしていた。

国土の大半が山林と農耕地であるメイトロン龍国の王都は、天然の地形に人間が長年にわたって手を加えた台地の上に築かれている。立入禁止の広大な平野のただなかの円形に近い台地は、遠くから見ると平らな断面を上に向けた切り株みたいだ。その切り株の上に、王城を中心に道と水路が走り、街が載っている。……というのは図書館の本から得た知識で、飛空艇の船窓からこの目で見たわけじゃない。あんな小さな窓からでは、見えるのは空の断片だけだった。

大気は冬の冷たさで、でも不思議な湿り気があった。この国が海にせり出した形であるせいだろうか。防塵《ぼうじん》マフラーを鼻の上までずり上げながら、僕は船を降りたとたんに全身を刺激するにおいに、圧倒されていた。埃《ほこり》と、壊れた木材、流れる水のにおい……大きな災いによって人がいなくなった土地の、それでもいまだ生々しいほど残っている活気の名残り。

人の肌に触れていた布地と、湿気たジンジャークッキーみたいなにおいが、僕の鼻を通過して肺の奥深くに潜り込む。そのにおいが、ここに人間がいたのだと主張している。

メイトロンの王都は、さして大きな街並みには見えなかった。高くとも三階を超えることのない、汚れて黒ずんだ建物の群れを、あとから来たアスタリットの軍用車輌《しゃりょう》やテント、低い雲のように群れて浮かぶ監視用の小型気球が占拠してしまっている。

飛空艇の係留地点は王都の東の端で、王城へとつづく大通りが目の前に延びていた。公園なのか緑地なのか、アスタリット軍のテントが立ち並ぶ臨時基地に目立った建物はなく、まるで大急ぎで立ち退きをさせたあとの土地のようだった。

ふり向いて、係留されている飛空艇をふり仰ぐ。船を係留しているのは鐘楼を模した鉄塔で、はじめからこのために建てられていたかのようだった。メイトロン龍国の王都のためじゃなく、アスタリットから来る船のために。

「図書館員は第六テントへ」

先にこの拠点へ到着していた兵士の一人が、バインダーを片手にこちらへ歩み寄ってきた。がっちりとした顎《あご》に、点々とひげが目立ちはじめている。鋭い目は、僕たちの顔の表面すれすれ、決して各々の人格に触れない上辺を、冷ややかにすべっていった。

たくさんのテントがならぶ臨時基地の中を、兵士に指示されてさらに移動する。まだ地面をとらえきれていない僕の足は、ふらつきながらもどうにかみんなに歩調を合わせてくれた。

空は鈍い灰色だ。曇っているんだ。ただの天気のせいで、あれは塵禍《じんか》じゃない。頭ではわかっているのに、緊張のために肺が痺《しび》れた。

無人の街。変色した建物と空っぽの道。一羽の鳥もいない。塵禍にやられてしまったのか、それともアスタリット軍のものものしい車輛や監視気球に怯《おび》えて近づいてこないのか。

指定されたテントは、円錐《えんすい》形のサーカスのものとちがい、四角い灰色ののっぺらぼうだった。アスタリットで生まれるものは、大概灰色をしているらしい。テントの外に運搬車が乗りつけ、兵士たちが荷台から鯨油《げいゆ》バイクを下ろしては並べた。ニノホたちが操縦するバイクだ。

「すげえ。お客さま扱いじゃないか」

ホリシイがずり上げたマフラーの下でつぶやく。すかさずユキタムが、ホリシイの頭をはたいた。

「ばか。俺たちが運ぶより早いからだよ。ここじゃあまともに統率が取れてなくて力仕事もできない〝図書館員〟は、お荷物扱いだからな」

どうやら軍の中では、僕たちは写本士ではなく『図書館員』と呼ばれるらしい。

案内役の兵士がテントの入口をくぐる。

中には机が置かれ、書類を前にした分厚い眼鏡の兵士が、大きく眉《まゆ》を上げながら写本士たちを迎え入れた。

「今回はずいぶんと、小さいのが増えたな」

眼鏡の兵士は、失笑を隠そうともしないでそう言うと、銀色の軸のペンにキャップをはめた。書き味よりも丈夫さと量産できることを優先させた、鋼鉄製のペン先のものだ。椅子を引いて立ち上がると、兵士は写本士の中で一番背の高いモルタよりも、頭ひとつ大きかった。身長だけでなく、骨格そのものがまるで別種の生き物みたいだ。

「国立図書館員、全八名です。見習い生が四名、今回はじめて任務に参加します」

モルタが兵士に向き合い、仏頂面のまま告げる。船を降りてからかすかな耳鳴りがつづいていて、モルタの声はいつもより低く感じられた。

兵士は、銀色のペンを鞭《むち》のように自分のてのひらにくり返し打ちつけながら、ならんで立つ僕たちを順に品定めした。

「国軍は入隊募集をかけすぎると批判されるが、人手不足は図書館の方が深刻そうだな」

モダが何度もまばたきをし、ノラユが歯を食いしばっている。僕の手はいやな汗でじっとりと湿っていた。

「数は集まるのにうまく育たない新入りが多いと、父が手紙で嘆いていました」

冷ややかなまなざしをテントの壁に向けたまま、ニノホが言った。

「新人教育の下手な部下が多くて困る、だったかな」

「ふむ」

兵士はペンを握り込み、眼鏡をはずした。瞳《ひとみ》の灰色は淡く、濁った白目の方が目立つほどだった。

「ご忠告はしっかりとどめておこう。しかしこの任務地で、君はシキニ少佐のご息女ではなく一人の図書館員だ。そのつもりで行動してもらいたい。——さて、今回から、きみたち図書館員の滞在期間が短縮される。五日の行程のうち、最終日は帰国のための移動に充てられる。四日で書籍のリストアップと搬出を行うように。王都であるだけに範囲が広いが、すべてを洗う時間はない。活動場所を王城の書庫に絞ってもらいたい」

「今回から？」

ニノホが、圧倒的な体格差のある相手の言葉に嚙《か》みついた。相手は堅い意志をこめて口を引き結び、厳然と言葉を返した。

「そうだ。アスタリットの図書館員が勝手に持ち出した書物を書き換えていると、周辺国の一部で悪評が立ちはじめている。書籍持ち出しに割く時間も人員も、今後増やすことはないと決定された」

ニノホとユキタム、そしてモルタが色めき立った。もともと今回は異例の短期間任務だと、僕たちは聞かされていた。それをさらに一日、短縮するということだ。

「悪評って、誰がそんなでたらめを言ってるんだ？　書き換えなんてするもんか。写本士は、救出した本を一字一句まちがえずに書き写して、本を甦《よみがえ》らせてるのに」

ユキタムの声を、兵士はまなざしの動きだけで制した。

「事実かどうかではなく、そういう評判が立っているということだ。周辺国からの心証を悪くしては、軍の活動に支障が出る。ひいては、アスタリット国民の不利益にもつながる」

腹にしっかり力がこもっているのに、兵士の話し方はあからさまにぞんざいだった。僕たちのお守りを任された苛立《いらだ》ちが、眼鏡のあとが残る顔の皮膚やきれいに爪を切った指のすきまから滲《にじ》み出ていた。

テント内には王都の地図が掲げられており、僕たちはそこで作戦についてのレクチャーを受けた。市街地の状態。王城までのルート。補給船の位置。近づいてはいけない汚染区域。

ごくり、と唾《つば》を飲む音が、マフラーを巻いた喉《のど》から聞こえてきた。ほんとうにこの場所へ来たのだという実感が、否応なく体の中に湧き上がる。流派ごとに色違いの制服を着た写本士たちは、うっかりまちがった住所へ届けられた小包に思えた。

肩掛け鞄《かばん》の上から、中に入っているペンとノートを押さえた。ホルダーで鞄とつながった、蓄《ちく》電獣脂《でんじゅうし》を燃料にする小型カンテラが、不安定に揺れた。

「日没は五時五十一分。四時二十分には全員ここへ戻っておくように。何か質問は？」

ルートを書き込んだ地図を背に、兵士が鋭い眼光で僕たちを見回した。誰もが口を引き結んで、あるいは不満げに視線をそらして、問いを発することはなかった。


鯨油バイクが、メイトロンの王都を走り出す。楕円《だえん》形の気球が浮かぶ下を行くバイクは、さながら回遊魚の腹の下をくぐる一列の小魚だった。

「ほんと、軍人って嫌味な連中」

エンジン音に負けじと、ニノホが声を張り上げた。

「任務地へ到着してからあんなことを聞かせるなんて。きっと館長にはこの五日のあいだに、任務期間の恒久的短縮を知らせるのよ。学問も芸術も、戦争で役に立たないものはみぃんな無価値だと思い込んでるんだから。何が大事かは、歴史が証明するわよ。時間をかけて」

僕からの返事を期待しているのではなく、ただ怒りを吐き出して気を鎮めようとしているらしい。もしくは移動で疲弊した体と頭を、臨戦態勢に持ってゆくための燃料投入なのかもしれない。ニノホの憤りはタイヤへじかに伝わって、僕らのバイクは縦列をあっというまに置き去りにして疾走した。

市街地のはずれにひしめくのは木造の民家だったけれど、中心部へ向かうにつれて木とレンガを組み合わせた建築が増えてゆく。街灯があり、商店の看板があった。道幅は決して広いとは言えず、要所要所に停まっているアスタリット軍の装甲車が、いかにも不釣り合いだった。

塵禍が襲った街に、ほんの二週間前までここに暮らしていた人々の影はない。いるのは泥の色の軍服を着たアスタリットの兵士だけ。家があり、店が開いたままになり、道が延びているのに、それらを使っていた人たちは、もういない。ここに住んでいた人々の大半は、突如飛来した砂嵐状の有毒な塵《ちり》によって体内から分解され、ほぼ一瞬のうちに死んだんだ。

人の形をした影が、路地の端にこびりついているのを見た。誰かが路面に倒れふし、助けを求めて手を伸ばした恰好《かっこう》のようだった。あるいは風に取り残された塵が、そんな形に見えただけかもしれない。どのみち、もうすぐ風に乗って消えてしまいそうな影だった。

塵禍によって死んだ人間は、みずからも強毒性の塵の一部となる。そうして新たな災いに仲間入りして、またどこかの土地を犠牲にするんだ。

王城はたくさんの木々に囲まれた、すべらかな白木の建造物だった。ただし、建物は周囲の街並みと等しく黒ずんで、年をかさねた木々は葉を落とし、むき出しの枝が奇怪な模様を屋根に差し掛けていた。

濠《ほり》にかかった橋を渡り、城門の中までバイクで乗り入れる。門にもライフルを持った兵士が立っていて、うるさくエンジンをうならせてやってきた僕たちに迷惑そうな視線をよこした。ここでもモルタが自分たちの人数を告げ、立ち入るための許可を取っていた。

前庭でバイクから降りるなり、ノラユとモダが土に向かって吐いた。黒い土の上に、白っぽい液体がこぼれて湯気を立てた。

「吐いたものは、自分で埋めとけよ。中では絶対に吐くんじゃないぞ」

モルタが、マフラーにはねた嘔吐《おうと》物を慌てて拭《ぬぐ》う見習いたちを睨《にら》みつける。移動と大量死の痕《こん》跡《せき》に内臓を揺さぶられ、青い顔をして泣くノラユの背中を、アスユリがさすっていた。

「おい、大丈夫かよ？　今回は期間が短いんだ、子守りまでしてられないぞ」

ユキタムがわざと全員に聞こえるように言い、入口の前で僕たちを見回した。

「この城の中にある書物を持ち帰れば、将来、アスタリットだけじゃなく、メイトロンで生き残った人たちのためにもなる。しゃきっとしろよ。メイトロンの文化を死なせるな」

焚《た》きつけるユキタムへ、見張りの兵士がかすかな蔑《さげす》みのこもった視線をよこした。それに気づいたはずなのに、涼しい顔をしたままニノホが先に歩き出す。写本士たちは背の高い扉を抜け、メイトロンの王城へ踏み入っていった。

「……お前、よく平気だな」

ホリシイが、こっそり肘《ひじ》でつついてきた。戻しこそしなかったものの、ホリシイは顔を真っ白にしている。僕だって、ちっとも平気なんかじゃなかった。自分が歩いているのが不気味なくらいだ。ただ、あまりに途方もない破滅のあとを駆け抜けてきて、僕の頭は麻痺《まひ》してしまったんだ。

人が生きていた街。古いメイトロン龍国の母語で書かれた、僕には読めない看板の文字。狭い路地に立てかけられていた自転車や箒《ほうき》、たぶん犬らしきものの黒い死骸《しがい》。

この光景を文章にするなら、どう書けばいいのだろう。

書くなら、人に読ませるに充分なものを。

ナガナ師の警告が耳の奥に甦る。王城へ立ち入る直前、僕は黒ずんで死んだ庭園と、その向こうに浮かぶ気球群と飛空艇をふり返った。

アスタリットとヴァユとの戦争のとき、メイトロンはふたつの国の補給ルートであり、戦場だった。戦争当事国であるアスタリット、ヴァユ両国よりも、メイトロンで戦場となった土地の面積の方が広いという。密偵の疑いがかかって両方の国から追われ、処刑されたメイトロン人は五百人を下らないともいわれている。

この国で書かれたものは不思議だった。アスタリットと同じ言語で書かれているのに、メイトロンの本は意味のつかめない表現にたびたびぶつかる。文章や物語がはじまりから終わりへと進んでゆくのではなく、何度も円環を描くように、行ってはまた戻りをくり返す。だけど決して堂々巡りにはならず、まるで時空を自在に行き来する思考によって書かれたかのような印象を受ける。メイトロンの人々は、僕らとは精神の構造がちがっているのではないか。そう感じることが何度もあった。

ふたかかえはある太い柱の並ぶ広間を、奥へと進んでゆく。木の床は継ぎ目もわからないほど平らで磨きがかかっており、靴のまま踏んでいいのかとためらわれた。

「……立派そうに見えるけど」

ニノホが、絵の施された天井を見上げる。

「建て替えられたばかりなんだよね、この城。戦争で一度めちゃくちゃになって、王族の信頼も落ちて、ようやく国民からの支持が戻って王城も再建して――結構急ごしらえだから、あちこち補修しながら維持してるはずだよ」

高い天井は四角く仕切られていて、そのひとつずつに多様な図柄の絵が描かれている。人、植物、獣、鳥、天候、星、龍……

「とてもそんなふうには見えないけどなあ。王さまが住む場所なのに、そんなおざなりなこと、するもんかな」

ユキタムが眉をひそめると、ニノホは顎を上げて長い髪を揺らした。

「確かに、誰かさんの鞄の中身よりは、ずっとちゃんとしてるわね」

「うるさいなあ。あれは……」

「前の任務のときだったね。鞄の中で水筒が開いて、ノートがびしょ濡《ぬ》れになったの」

二人の後ろでアスユリが小さく笑うと、ユキタムは口をとがらせてそっぽを向いた。

「不測の事態だったんだよ。ノートがだめになったのは、インクの溶けやすい紙のせいだし……」

「溶けやすいのをわかってて水筒の蓋《ふた》をきちんと閉め忘れるなんて、信じられない」

ニノホが同輩を睨《にら》んで、黙らせた。

「王城の書庫は、本殿の北の角」

軍が作成した城の見取り図を確かめる。どうもニノホは機嫌が悪いみたいだ。

「そのほかは、写本士立ち入り禁止の部屋ばっかり。……まあいいや。今日やるのは、救出する本のリストアップ。大事な仕事だから、見習いたちはよく見て覚えること。三日目以降は、ふた手にわかれて街に残っている本も探索する」

王城の書庫だけを調べろと言われたはずだけど、ニノホに異議を申し立てる者はなかった。

僕たちは、長い長い王城の廊下を進んでいった。ここでも兵士たちがライフルを手に、扉の前や曲がり角ごとに立っている。異様に緊張感が漂っているのは、アスタリットから軍の高官が基地を訪れているからだとニノホが説明した。

「ここにアスタリットの暫定当局を立てるつもりね」

ニノホがささやくと、モルタが顔をしかめた。

「はぁ？　それじゃ、もう一度メイトロンを植民地に――」

廊下にいる兵士がまなざしだけをこちらへ向けているのに気づいて、ニノホが「しっ」と会話を打ち切る。

ごとんごとんと、革靴の足音がやけにうるさく響いた。

早く、ペンを動かしたかった。どこかにしゃがんでノートを広げ、なんでもいいから書きたかった。すでに習得した字体を一から復習するのだっていい。ペンを走らせていないと、インクがペン先から生まれて紙に定着するのを見ていないと、気が変になってしまいそうだった。

王城の中にもともといたはずの人たち、この建物の主だったはずの人々は、影も形もない。それなのに建物の内部はどこも乱れていない。

僕たちこそが、侵入者だ。

そう感じたのをまるで見透かしたみたいに、廊下を進みながらニノホが言った。

「塵禍が過ぎ去ったあとには、かならず略奪者が湧く。人だけが消えて、財産がそっくり残された土地に。——だけど、わたしたちだって、立派な略奪者の一員かもしれない。もともとの国民からは、そう思われたって仕方ないかもね」

ニノホの背中で、長い髪がリズムを刻んで揺れる。

「……ニノホ。だめだよ、この子たちははじめてなんだから。自信をつけさせないと」

アスユリが声をひそめて忠告したが、ニノホは肩をすくめただけだった。

王族が住む場所だけあって、建物はどこを見ても壮麗だった。アスタリットの建築様式とはかけ離れているけれど、高度な技術を使って建てられたのだということはわかる。一本の木から削り出された巨大な柱が幾本も、天井を支えている。天井と壁の境の雲の形の透かし彫り。金粉を混ぜ込んで施された壁画と天井画。ニノホの言うとおりなら建物自体に長い歴史はないのだろうが、それでも美しかった。すさまじい技巧が凝らされているのだと、詳しくない僕でも推測できる。

ここから書物を持ち出したりして、ほんとうにいいのだろうか？　いまにも、この城にふさわしい所有者が現れるんじゃないか——ここで国を治めるのにふさわしい者が、生き残ったメイトロン国民の中から。

廊下の左側から、ちらちらと揺れる光がこぼれ込んだ。空だ。中庭があり、その上の雲間から光がさしている。それを見たとたん、ぐらりと頭の中身が回転した。どうやらモダたちが外ですませてきた吐き気が、やっと僕にも訪れたらしかった。

口を押さえて壁に駆け寄る僕を、ニノホがため息交じりにふり返る。

「中で吐いちゃだめ。書庫の入口はあのドアだから、迷わないわね？　中庭ですませてきて」

うなずく僕を心配して、ノラユがついてこようとしたけど、ニノホが許さなかった。とにかく重厚な床に汚物をぶちまけることだけは避けなくてはと、出口を見つけて中庭へ急いだ。

木でできた簡素な階段を駆け下りると、まるで別の場所へ迷い込んだような錯覚が、平衡感覚をおかしくさせた。

空からさす光は金色で、手で触れられそうなほどくっきりとした温度を持っていた。そして、緑。前庭の無残なありさまとちがい、ここの植物たちはまだ生きていた。庭の四方は細い溝で囲まれ、水が流れている。人工物なのか自然なのかわからない、澄んだ翡翠《ひすい》色の池がある。塵禍が襲ったあとでなければ、豊富な種類の虫や鳥が戯れていそうな庭だった。いまがほとんどの植物が葉を落として寒さに耐える冬で、もうすぐ年が新しくなる時期だというのを、この庭は忘れてしまったのかもしれない。

茂みの陰に身をかがめて胃が空っぽになるまで吐くと、僕は思う存分空気を吸った。清澄で湿った空気で、肺をふくらませる。メイトロンは湿度が高いと感じたけれど、外とは比較にならないくらいにここの空気はみずみずしかった。まるでつい数時間前に、雨が降ったかのような……

中庭のあちらこちらに、腰の高さほどの石像が立っていた。何かの生き物の形をしているらしいけど、哺乳類《ほにゅうるい》なのか両生類なのか、それすら判然としない、奇妙な造形だ。

胃の中身をぶちまけて少し体が軽くなると、中庭のようすに惹《ひ》きつけられた。図書館の建つ丘には、菜園があり、ふもとの森へ出かけたことも何度もある。だけど、こんなに豊かな植生は見たことがなかった。本の中、文字でならこんな光景に出会ったことがあるけど、自分がそんな景色の中に立ち入るのはまったくのはじめてだ。

僕は白い玉砂利の敷かれた小道を、庭の中心へ向かって歩きはじめた。珍しい植物が、それぞれの形の葉を広げ、呼吸をしている。花はない。いまはその時季じゃないのだろう。よく観察すれば、土からまだ硬い芽だけを宿して突き出ている細い切り株もあり、暖かくなればこの庭がどれほどにぎわうのだろうと想像させた。

僕はほとんど、何かに導かれるように歩いていた。庭の造りが、人を誘い込むようにできているのかもしれない。ちりん、と音が鳴る。見上げると、木の枝から枝へ細い糸が張り渡され、その赤い糸に、金色の鈴がいくつも結わえられているのだった。鈴と一緒に紙でできたらしい飾りが垂れている。よく見れば庭のあちらこちらに、同じような飾りつけがあった。紙の飾りには何か文字が書かれているが、メイトロンの古語なのか、読めるものはひとつもなかった。この国の、冬至祭りか何かの飾りだろうか?

小道の形状、石像と植物の現れる順序、そういうものが奥へ奥へと足を進ませる。庭の奥にある何かに向かって。

小道のつきあたりにひときわ古そうな巨樹が構えていた。ひと目見てこれこそが庭の主なのだとわかった。何年、何百年ここに根を張っているのか想像もつかない、堂々たる巨大さだ。大きさだけでなく、その形も異様だった。何百という枝から気根が垂れ、幹の前面はごっそりえぐれて空洞になっている。人工的に彫られたのではなく、どうやら自然にこの形に育ったらしい。なめらかな凹凸としわの寄った樹皮、シダなどの着生植物が柔らかな葉を差し伸べる、それは人の手を使わずに生まれた聖堂のようだった。

腹の底を、さらさらと寒気がよぎった。

ここに、人の背丈よりはるかに大きくまろやかな空洞に、何かがいたんじゃないか——この空間にふさわしい何かが。

おそるおそる幹の表面に手を触れ、空位の樹の洞を見上げた。みんなのところへ戻らなければという焦りを、僕は自分の手足にうまく伝えることができなかった。

頭上でかすかに枝が揺れる。

顔を上げた。大樹の枝に、小さな影が見える。

視線が合う。まばたきをする目が、こっちを見ている。

動物……じゃない。子どもだ。

とたんに、動悸《どうき》が突き上げた。生存者？　都市ごと塵禍に呑《の》まれたのに、生きている者がいたのか？　軍の人間じゃないことは明らかだった。枝に隠れてはっきりと確認できないけれど、幼すぎる。僕らの仲間の誰かでもない。

とっさに僕の喉から、ひしゃげた音が漏れた。呼びかけようとしたんだ。みんなみたいに。枝の上の顔が、首をかしげた。でも、決して下りてこようとはしない。

何かを書いて伝えようとノートとペンを取り出しかけて、ここからでは相手に文字が見えないだろうと思い直した。みんなに知らせなくては。あそこに誰かいる、生き残った誰かが。

あたふたと踵《きびす》を返しかけたときだった。その声が耳に沁《し》みたのは。

〈誰?〉

〈——え?〉

驚いた。話しかけられたことにではなく、自分がすんなりと返事をできたことに。ありえないことだった。僕は返答していたんだ、声を使って。

細い声が、僕に話しかけた。

〈みんないない。誰も、いなくなってしまった〉

まるで、鳥が鳴いているみたいだった。それほど自然で、きれいな声だった。

〈お前は誰だ? どこから来た?〉

樹の上の子どもが問う。怯《おび》えた猫みたいに背中をまるくこわばらせている。その周りに、きらきらと金の鈴が吊《つ》るされていた。赤い糸で結わえられ、星か雨つぶみたいにさまざまな高さで吊るされたそれは、やっぱり何かのお祝いの飾りのようだった。金の鈴と赤い糸、文字を書かれた白い紙の飾りのただ中で、子どもは警戒しきって、気配をとがらせている。

〈お、下りておいでよ。そんなところにいたら、危ないよ〉

〈誰だ?〉

不思議だ。おかしい。会話が成立している。ノートもペンも使わずに、はじめて会った相手と。

〈僕は……写本士だよ。アスタリット星国の国立図書館から来た。ここにある本を救出するために——〉

伝えきる前に、枝が騒いだ。空気が尖《とが》るのを、全身の皮膚が感じる。

〈書庫へ入ってはだめだ〉

相手の声が、危うげに揺らいだ。命令するというより、懇願の響きだった。うつろを抱いた巨樹の、枝という枝がざわめく。風もないのに揺らぐ枝が、吊るされたおびただしい鈴を震わせた。樹の上の子どもがとっさに耳をふさぎ、幹に頭を押しつけて体を縮めた。

このときになって、僕はやっと恐怖を感じた。状況の異様さが、ようやく神経をかき乱しはじめた。

〈だめ。書庫へ入るな。……あれが、起きてしまう〉

樹の上の誰かは、はっきりと怯えていた。枝葉を透かしてこぼれ込んでいた陽光が、青黒く翳《かげ》っていることに僕は気がつく。細い悲鳴が、廊下の向こうから聞こえた。

何が起きたのか理解できないままに、心臓だけが拍動で恐怖を訴えた。浅くなる呼吸に、防塵マフラーが邪魔だった。

樹が鎮まる。同時に鈴が鳴りやみ、ふいに重力すら消えたかのような、無音が訪れた。

静けさの中を、ととと、と軽やかな足音が鳴る。廊下をのぞける窓の向こう。誰かが走ってくるのが見えた。黒くて顔はわからない。ただ、兵士でないのは確かだった。もっと細身で小柄だ。そして背中に、長く伸ばした三つ編みが揺れている。

樹の上の誰かは、完全に気配を消している。そうやって生き延びる小動物みたいに、巧みに。だから、真下に突っ立っている僕の存在が、とてつもなく邪魔なはずだった。

中庭へ下りる階段の上に、影が立つ。それは真っ黒で、濡れていた。まるで頭のてっぺんから黒いインクをかぶったみたいだ。その黒に染まりきらない、細い二本の三つ編みは灰色だった。たった四段の階段を下りて、さまようような足取りで中庭へ入ってきた真っ黒な影――それはまちがいなく、アスユリだった。

何かまずいことが起きたにちがいない。アスユリに、何かあったんだ。怪我をしているのか、足取りが不自然だ。僕は自分がここにいることを知らせようと、身を乗り出しかけた。だけど片方の手は、空洞のある巨樹から決して離れようとしなかった。

怖がっている。樹の上の子どもが、アスユリのことを。

玉砂利を踏んで近づいてくる足音は、いびつなリズムを刻んでいた。膝《ひざ》をまったく曲げないで、片足を引きずってくるみたいな。

一瞬だけ——僕はちらと、樹の上の誰かを見上げてしまう。そのわずかな視線の動きが、アスユリの形をした影にこちらの存在を知らせた。影がこちらを見る。

地面を蹴《け》る音。砂利がかみ合って軋《きし》み、はじける。つぎの瞬間には、黒く濡れた顔が、息がかかる距離に迫っていた。

目も口もなかった。ただ人の輪郭をした真っ黒なものが目の前にあって、それがこっちを向いてるんだということだけがわかった。

アスユリ、と呼ぼうとした。さっき僕は、樹の上にいる子どもと会話をすることができたんだ。なのに喉がぴたりとふさがって、声が出ない。いつものかすれた音さえ出なかった。アスユリの顔の真ん中、やや下あたりがくぼんだ。真っ暗な穴。口を開けたんだとわかった。

叫び声が、ばくりと開いた黒い口から噴出した。アスユリの声じゃなかった。獣が吠《ほ》え猛《たけ》っているみたいだ。言葉も知性も、そこにはなかった。

黒い影は獰猛《どうもう》に叫びながら上を向き、やがてけたたましい笑い声を上げた。影が動き、伸びてきた手が僕の腕をつかんだ。気づくと僕は、植え込みに背中から突っ込んでいた。投げ飛ばされたのだと気づくがすぐに起き上がることができず、天地の感覚を捉《とら》えそこなう視界に、巨樹の幹を伝い上る黒いすがたが映った。

しゃんしゃんと、鈴が鳴る。何かをことほぐような音色が中庭にあふれ、真っ黒な人影が樹を這《は》い上ってゆく。

大気がうねり、空が暗くなる。サイレンが響く。軍の警報だ。

鳥の断末魔のような長い音が、樹の上で響いた。あの子どもが、人間とは思えない声で叫んでいるのだ。仲間に危険を知らせようと、必死で悲鳴を上げている。だけどあの子がこの国の人間であるなら、危険を知らせるべき仲間は、もうここにはいないんだ。

黒い影はアスユリの三つ編みを背後に引き連れて、あっというまに枝の上へ到達した。

鈴が騒ぐ。無数の音の連なりが、血管の中まで入り込んでくる。庭の枝葉が鈴の音におののいて、その震えが体に伝染する。

僕は走った。どうやって起き上がったのかは憶《おぼ》えていない。なにが起きているのかわからない、でも樹の上に登って、あの子を助けないと――

ちょうど僕が、巨樹の幹にしがみついたときだった。羽虫の群れみたいな影が、空を黒くしていった。日蝕《にっしょく》のように辺りが暗く沈む。

恐怖が体をつらぬいた。手足が動かない。目がとらえる危機に、意識が追いつかない。

「コボル、何やってるんだ！」

ずっと後ろで誰かがどなる。足音。悲鳴。エンジン音。さっきまで満ちていた鈴の音が静まり、現実味のある音が耳に戻ってくる。だけど、その音のすべてが小さい。

中庭から見える空を、真っ黒な砂嵐が覆ってゆく。本物を見たことがなくても、わかった。塵禍だ。あれが。でも、どうしていま？　塵禍が短期間に同じ場所を襲うことはないはずなのに。もしその危険があるなら、国軍が立ち入っているはずがない、そのはずなのに――

頭上から破滅が降ってくる。アスユリそっくりの黒い影が、枝の上に両手両足で立つ。僕は完全に、なすすべがなかった。

〈逃げて〉

慌てた声が、こちらへ響く。だけど僕は、動けなかった。同じ声が二重になって、同時にこう叫ぶのが伝わった。

〈助けて〉

無我夢中だった。砂利を拾い、渾身《こんしん》の力で樹の上へ投げた。枝の上の黒い影を狙った。ふたつ。三つ。四つ。当たらない。五つ目の小石を投げたのは、僕じゃなく青い制服の写本士だった。

「なんなんだよ、あれは！」

ユキタムの投げた小石が、黒い影をかすめた。目も鼻もわからない顔が、ゆらりとこちらを向く。それが見えたかと思うと、僕は後ろざまに転倒していた。上から重いものがのしかかる。黒い影だった。枝の上から飛び降りて、邪魔をする僕に襲いかかったんだ。

叫び声がして、いくつもの手が伸びてくる。書庫から中庭へ出てきた写本士たちが、僕から黒い影を引きはがそうとする。

膝がみぞおちにめり込み、冷たい手が喉を絞めつけた。暗かった視界に、赤い色が滲んでゆく。黒くて冷たい影の肩から、やっぱり二本の三つ編みが垂れていて、丁寧に編まれたその髪は、アスユリの灰色のままだった。

「アスユリ、やめて！」

ノラユが泣き喚《わめ》く。必死の思いでつかんだ相手の手首は、こちらの手が痺れるほどに冷え切っていた。

そのとき、空が千々に砕けた。鮮烈な光と轟音《ごうおん》。雷が僕の目と耳を麻痺させ、直後にすさまじい雨が、衝撃とともに全身を打ち据えた。中庭を襲う雨は、まるで滝だった。

気道を塞《ふさ》がれ、腹部に体重をかけられて、僕は完全に抵抗するすべを失った。

◆

大地の中央に、巨人が立ち上がった。

石と土を母胎とし、地中から生まれた巨人である。

目路の限り、まわりに生きた獣はおらず、そよぐ草さえなかった。ただ頭上に星々がひしめくばかりであった。

巨人は手を伸ばし、星のひとつを取った。空からつかみ取っても、星はあかあかと輝きつづけていた。

巨人は手すさびに、星を北へ向けて投げた。遠く飛び、やがて地面にぶつかると、星ははぜて明るく燃えた。大変温かな炎であった。

その炎を気に入った巨人はまた星を取り、投げた。北東へ、東へ、西へ、南西へ。それぞれに炎が生まれた。海へ投げた星だけは、水に飲まれて燃え立たなかった。

火の手を上げる五つの土地が、巨人の周りに生まれた。その明るいかがり火を目印として、巨人は星の落ちた地を巡り歩くことにした。火のもとに、自分の仲間となる者が集っているかもしれぬと考えた。

最初の土地へ行った。北の土地である。巨人の投げた星の火で目をぎらつかせた犬たちが、無数に群れておぞましいにおいを放っていた。悪臭を嫌って、巨人は犬の群れに背を向けつぎの地へ向かった。

北東へと、巨人は星の火をめざした。たどり着いたそこでは、巨人の投げた星に翼を打たれた大鷲《おおわし》が横たわり、ゆっくりと燃えていた。大鷲はすでに動かなかった。巨人はまたつぎの地をめざした。

東の地では、しのつく雨が絶えることなく降っており、巨人が到達すると同時に星の火は消えた。雨はますます激しくなり、巨人は自分の手すら見えないほどであった。

からがら雨雲の下から逃れると、巨人はつぎの地へ向かった。西の地には炎に耐えるため甲羅に隠れた大亀がおり、決して巨人のために顔を出そうとはしなかった。南西の地では海の波が、少しずつ炎を削り去ろうとしているところであった。

巨人は疲れた足を引きずり、大地の中央へ戻った。

どこにも、巨人を歓迎する者はいなかった。なぜ周りの地に仲間がいないのかと訝《いぶか》った。

巨人の体は、まだ東の地の雨でぬれており、ひどい寒さがかれを悩ませた。

体が乾くのを待ちつづけるうち、巨人の足許《あしもと》から草木が芽を吹いた。茎を絡め、根を張り、植物は巨人の体から滋養を吸い取って生長した。

やがて植物に縛《いまし》められ、巨人はその場から、二度と動くことができなくなった。

草木に満たされ、葉陰と果実を求める鳥や獣を憩わせながら、巨人はいまもそこに立っているのである。

「とても人間には見えないな」

はじめて聞いた人間の言葉はそれだった。僕を〈発見〉した大人の一人が、そう言ったんだ。僕はそのときまだ、言語を知らなかった。音だけを記憶していたその言葉の意味を知ったのは、だからナガナ師に読むことと書くことを教わってからだった。

発見されたあのときも、とても寒かった。大人たちが扉を開けていなかったら、僕は真っ暗なところで凍え死んでいたと思う。寒くて、最後の食料は尽きていて、みんな冷たくなって……

あのときと同じように、外へ通じる扉を開かなくては——このままではまずいことになると、僕は恐れに突き動かされて、必死に念じた。

開いたのは扉じゃなく、僕のまぶただった。

息を吸うと、防塵マフラーが鼻と口にへばりついた。雨で濡れているんだ。制服もぐっしょりと重く、全身が冷たかった。

ふたつの目が、こちらをのぞき込んでいた。こぼれてきそうなくらい大きな雨雲色の目と、貧弱な頬。知らない顔が、僕のことをじっと見ている。

慌てて起き上がった。生きているわけがなかった。空に塵禍が見えたのに。塵禍が通過したあとに、生きている者はいない……

マフラーを引きはがして思いきり息を吸う僕のそばに、大きな目の持ち主がぺたりと座り込む。白いマントを身に着けた、小さな体。六つか七つくらいの子どもだった。

〈大丈夫か？〉

樹の上から響いてきた、あの声だった。

〈……生きているか？〉

まなざしは睨みつけるようだった。それなのに、声はひどく狼狽《ろうばい》したようすで頼りなく、それぞれがちぐはぐだった。

〈死んでないの――？〉

僕からの問いは、いかにも間が抜けていた。なぜ質問できるのか、まだ混乱していた。僕は声を出していない。口すら動かしていない。なのに、言葉を発している。

自分の生死すらまともにわからないというのに、肺は新鮮な空気をほしがり、圧迫された首は鈍く痛んだ。

中庭全体が、黒く澱《よど》んでいた。つややかな葉を差し伸べていた植物たちの枝から、濁ったしずくがしたたり落ちる。

すすり泣きが聞こえて視線を上げると、植え込みの陰にうずくまって、ノラユが肩を震わせている。周りにはほかの写本士たちが頭をかばったり、おそるおそる空を見上げたりしている。

……みんな、生きていた。

地面に触れた手に、ずるりとぬめる感触がある。僕の手の先に、断ち切られたロープのように、細い三つ編みがのたくって落ちていた。その三つ編みの先に途方に暮れたアスユリの顔があって、ぐにゃりとおかしな姿勢で体を横たえていた。顔色が真っ白で、目と口を薄く開けているのに胸は上下せず、瞳はぴくりとも動かない。

四つん這いになって、アスユリの肩を揺すった。触れる前から体温が完全に失われているのがわかったけれど、そんなことには構わずアスユリを起こそうとした。僕が揺するのに合わせて頭がぐらぐらと動くのに、アスユリの表情は微動だにしない。黒く広がる汚れのただ中に、生気をなくして横たわっている。悲鳴が喉元へせり上がったけれど、外へ出すことはできなかった。

〈その人間は死んでしまった〉

子どもが言った。瘦《や》せた頰の周りに、赤い髪が波打っている。

〈書庫に呪具《じゆぐ》が残っていたんだ。触れて呼び覚まして、体を乗っ取られた。……ここにいることを、向こうに気づかれた。じきに追いかけてくる〉

この子は何を言ってるんだろう、それどころじゃないのに。

〈アスユリが。仲間が大変なんだ〉

「アスユリ！」

誰かが叫んだ。全員、頭からずぶ濡れだ。ニノホが仰向けに倒れたアスユリに覆いかぶさるように、その顔をのぞき込む。ユキタムもモルタも、アスユリに呼びかけ、それからほかの者たちの無事を確かめようとした。ホリシイが水を吸ったマフラーを引きはがして咳《せ》き込む。モダはノラユのそばで、愕然《がくぜん》と目を見開いていた。

〈黒犬の呪具に触れたんだ。呪いに操られて、この人間は食いつぶされた。死んでしまったんだ〉

黒犬？　呪いってなんだ？　ここを襲ったのは、塵禍じゃないのか。

〈早くここから逃げろ。黒犬が来る。殺されてしまう〉

塵禍はどうなったんだ？

サイレンはもうやんでいた。すさまじい勢いの雨も上がり、だけど中庭にこぼれ込んでいた陽光はその名残すらなかった。

〈逃げて。早く〉

子どもが立ち上がる。まっすぐに立っても、背丈は僕の胸までほどしかなかった。

〈……逃げて〉

逃げる？　何から？　その前に、アスユリを助けなきゃならない。脈も呼吸もないみたいだ、でも助けなきゃ――

「コボル！」

声に打たれて、僕はびくりと顔を上げた。モルタが顔を引きつらせ、喰《く》らいつきそうなほど歯を剝《む》いて僕を睨んでいる。

「何があったんだ。なんだこれは、説明しろ！」

モルタが僕の胸倉をつかんだが、マフラーや制服にまとわりつく泥のような汚れがその手を滑らせた。

「静かにして！」

一喝すると、ニノホはアスユリの胸の上に両手を重ね、蘇生術《そせいじゅつ》を試みはじめた。心臓をなんとか揺すろうとし、口から空気を送り込む。……だけどアスユリの体は、ただぐらぐらと揺れるばかりだった。

「塵禍……やっぱり、塵禍だったよな」

ホリシイが青ざめながら、かすれきった声でつぶやく。

「なんで、俺たち生きてるんだ……？」

友達の困惑が、空気を伝ってくるのがわかった。きっとここにいる全員が、同じ疑問を抱いていた。ちがうのは、あの子だけだ。

写本士たちは、一斉に視線を一か所へ集めていた。

マントをすっぽりとまとった子どもが、立ちすくむ。その目はまばたきすることをやめて、中庭へ集まった者たちを真っ向から注視していた。

「……誰?」

息の上がったニノホが、引きつった顔を向ける。アスユリが息を吹き返すことはなかった。蘇生を試みたぶん、体の周りに溜《た》まった濡れた黒い泥が、制服と頭髪、色を失った頬を汚していた。

小さな子どもは一歩も動こうとせず、写本士たちへまなざしを注ぎつづけた。一瞬、その視線が僕を見た。……うろたえているみたいだった。顔に表れた狼狽がすぐさま恐怖に変わるのが、文字を読むように読み取れた。

子どもは短い手をふり回し、僕らの背後を指し示した。中庭の出入口を。

子ども、なんだろうか。言い表しようの見つからない不自然さが、その全身に絡みついている気がした。

――と、冷えきった体を鋭くつらぬく気配が訪れた。――音もなく、何かが来た。何かよくないものが。混乱しながらも、追い詰められた神経が危険を感じ取る。

突然、ホリシイが叫んだ。

「あ、あれ……!」

子どもの後ろ、中庭の奥を指さすホリシイの手が、ぶるぶると震えた。

濡れた植物たちの向こうに立つそれが、僕の目にははじめ、アスユリに見えた。ニノホのおかげで息を吹き返したんだ。また全身が真っ黒になってしまっているけど――中庭へ入ってきたときのアスユリとほんとうにそっくりな、黒い影がそこにいた。

だけど三つ編みをくねらせたアスユリは、息をせず同じ場所に倒れている。

影は人のようにも、獣のようにも見えた。ぴたぴたと、その足元へ葉末から雨のしずくが垂れる。目も口も確認できないそれが、こっちを向いているのがわかった。首筋があわ立つ。

あれは、ここにいてはならないものだ。理屈を無視して、その直感が僕たちに襲いかかる。

「な、なんだよ……なんだよ、あれ！」

ユキタムが叫ぶ。逃げようとして足をもつれさせるモダを、モルタが突き飛ばすようにまっすぐ立たせた。

来る。四つ足を地につけ、黒い影が力を込める。

「は――走って！」

ニノホがノラユの手を引いた。中庭の出入口へ向けて、全員が駆け出す。モルタがあらん限りの力で、先頭を走った。

僕は、みんなと同時に走ることができなかった。あの子が怯えきった目を見開いたまま、同じ場所に立ち尽くしていたからだ。

そこにいたら危ない。アスユリとよく似た黒い影が、枝も木の葉も一切揺らさず近づいてくる。

あれに捕まってはまずい。

なのに逃げ道を指し示した子どもは、凍りついたように動こうとしない。

手を伸ばした。小さな体は、僕の力でもあっさりと動いた。子どもを引っ張って、僕は仲間たちのあとを追った。アスユリは地面に横たわったままで、薄く開いていたはずの目が閉じていた。

ニノホがやったんだ。

アスユリの鞄が、動かない体のわきに投げ出されている。口が開きかけて中身までひどく濡れている鞄に、僕は手を伸ばした。――鞄の中のノートとペンを、つかみ取った。ここへ置いていったら、失われてしまう。アスユリの書いたものと、書くための道具。それを持って逃げろと、頭の中で誰かががんがん叫んでいた。

ぬかるみをまともに踏んでしまい、ずるんと足がすべった。膝をついて立ち上がろうとするけど、僕に引っ張られたあの子が倒れ込んで、すぐには起き上がれない。

わずかのすきに、黒い影が迫ってくる。関節を無視して、泳ぐように近づく。まともな生き物の動きではなかった。

「何やってる、この間抜け！」

重いもの同士がぶつかり合う音が、頭蓋《ずがい》の真上から降ってくる。モルタだった。真っ先に廊下へ走ったモルタが、取ってきた燭台《しょくだい》を黒い者の頭部へ振り下ろしていた。一撃を加えるとモルタは燭台を投げ捨て、僕の襟首をひっつかんだ。マントの子もろとも引きずりあげられ、あとは無我夢中で廊下を走った。

全速力で、正面玄関へ向かう。黒い影が迫ってきていた。モルタの攻撃も、大してスピードを落とさせてはいないようだった。

もうすぐ外だ。だけど――外へ出て、平気なのか？

何もわからないまま、僕たちは走って逃げた。追われるままに、ひたすらに逃げた。王城の中にいたはずの兵士たちがいない。一人もだ。かわりに深くつやめいていた床に、黒い煤か塵のようなものがばらまかれている。小さな山になった塵のそばに、ライフルによく似た形の棒が転がっているけど、頭がそれを認識することを拒む。

先頭に立って外へ駆け出たニノホが、バイクに飛びついていた。

外で鯨油バイクのエンジンが始動する。

「コボル、乗って！」

ニノホの髪が、いつもと同じに勇ましく揺れていた。

僕は子どもを自分の前へかかえ上げ、バイクにしがみついた。ユキタムとモルタがそれぞれのバイクを発進させる。重力を振り払って、濠に架かる橋を駆け抜ける。ユキタムのバイクにノラユも乗っているのが見えた。三台の鯨油バイクが、メイトロンの王城を離れる。

「とにかく、基地まで――」

叫ぼうとしたニノホの声が、ふつりと途切れる。

来たときよりもひどい光景が、バイクが切り開く景色につぎつぎと立ち現れた。

監視気球の三分の二は屋根の上に落ち、残りは大きくかしいで苦しそうに空中にとどまっていた。路上に、人の形をした黒い煤の山がいくつもできている。

基地の向こう、僕らを乗せてきた飛空艇が係留されているはずの地点に、船のすがたはなかった。

「……冗談でしょ」

ニノホが歯噛みする。

ありえない。だけど目に飛び込む光景が現実だと教える。ここは二度目の塵禍に襲われたんだ。

ふり返ると、あの黒い影が王城の門の上に見えた。飛び降りて、追ってくる。

バイクのタイヤが路面に積もる黒い塵――塵禍そのものか、あるいはアスタリット兵士だったもの――を巻き上げ、乗っている僕らに噴きかかりそうになる。加えて、ニノホとユキタムのバイクには三人ずつが乗っていて、普通に走れる状態ではなかった。

三台のバイク以外、動くものはない。大きな音と埃を立てて走るバイクを、黒い影は執拗《しつよう》に追ってきた。サイドミラーをのぞき込んだニノホが、苛立ってうなり声を上げるのが聞こえた。

「コボル！　その子、落とさないでよ」

怒鳴り声が飛び、僕は片腕で抱え込んでいる子どもをさらにきつく太腿《ふともも》と座席に固定した。自分の体もバイクからふり落とされないようにしながら、どうしてそんなことをやってのけられたんだろう。あとで僕の両腕は、ひどい痛みに襲われるにちがいなかった。

マントを着た子どもは、全身を固くして息を殺している。

ニノホのバイクは先頭に出ると、煤が積もる大通りをやにわに右へ折れた。体が重力にもぎ取られそうになる。タイヤが舗装に噛みつき、すさまじい埃を巻き上げる。横合いの路地へ入り込むと、ニノホは鋭く弧を描いてバイクを停めた。飛び降りて走るニノホと、後続の二台がすれちがう。

「おい、ニノホ――」

急停止しようとしたユキタムのバイクがバランスを崩しかけ、きわどいところで後ろの二人の重みを支えた。路地のさらに奥まで進んで、モルタもバイクを停止させる。視界の端に、モダがきつく目をつむっているのが見えた。

「そのまま走って！」

ニノホは叫ぶと、道端に倒れて塵の山と化している兵士の亡骸《なきがら》、そのそばに落ちている黒い塊を拾った。ライフルだ。

弾倉の底を叩《たた》いてセットされているのを確かめ、ニノホは建物の影に片膝をつく。ためらわずに銃を構える。

「ばか、逃げるんだよ！」

ユキタムがどなった。僕は子どもの頭を押さえてバイクから離れ、建物の壁にぴったりと背中を貼りつけた。

「逃げきれない。ここで止める」

低く言うニノホの横顔は、まるで別人だった。写本をするときの集中とはちがう。何かが顔面の皮膚を突き破っていまにも飛び出してきそうな、痛いほどの集中だ。

前触れはなかった。すさまじい音が城下の路地に響き渡り、音のあとで僕たちは引き金が引かれたことを知った。十発、二十発の連射が、ニノホのまっすぐな髪にでたらめな波を描かせる。全身が痙攣《けいれん》しているみたいだった。金属と火薬のにおいが、マスクをしていても鼻に襲いかかってきた。

空になった薬莢《やっきょう》が路面に散らばり、頭蓋を引《ひ》っ掻《か》く耳鳴りが居座りつづけた。発砲しながらニノホは叫んでいて、でもそれは言葉でも人間らしい声でもなかった。がむしゃらな連射が空気を引き裂き、耳が完全におかしくなっていたから、突如目の前へ躍り出たそれは真っ黒い夢みたいだった。あの黒い影が、渦まく嵐の形をして、横道へ逃げ込んだ僕らの前に立ちはだかった。

銃口が赤く光る。ほぼ距離のない相手へ、ニノホがとどめの一発を撃った。眉間《みけん》に穴を穿《うが》たれて、黒い影の動きが止まる。

撃たれた相手は倒れなかった。その瞬間、僕は夜が眼前に現れるのを見た。暗闇が視界いっぱいに拡散し、その中心に、正しく並んだ牙《きば》があった。獲物に咬《か》みかかろうとする牙は大きく上下に開き——黒い霧と一緒に空気中に拡散し、ばらけていった。……消えた。

ニノホが立ち上がる。ライフルを支えようとして、手を滑らせた。鉄製の武器が、重い音を立てて落ちる。引きずられるようにもう一度膝をつくニノホの肘を、バイクから飛び降りたユキタムがつかんだ。

「……倒した、よな？」

ユキタムがささやくが、ニノホは呼吸しているだけで精いっぱいのようすだ。僕は子どもの頭を抱え込んだまま、建物の外壁に背骨を這わせ、どうにか立ち上がった。目がとらえる距離がでたらめに伸び縮みする。寒さも恐怖も、皮膚の表面から剝離《はくり》して漂っているようだった。

「行こう」

ユキタムがニノホを支えながら、こちらへふり返った。

「ど、どこに？」

ユキタムの鯨油バイクを支えているホリシイが、裏返った声を上げた。

「とにかく近くの建物に入る。こいつにいまバイクの運転はできない」

僕はそのときのニノホの顔を、忘れないだろうと思う。顔面は石灰の色になり、引きつった目だけが燃え立つようにぎらついていた。防塵マフラーの下に牙が生えていたとしたって、驚かない。……乱暴ではあっても、ニノホは信頼している先輩写本士だ。それが、仲間に支えられていなければいまにも誰かに襲いかかりそうな緊迫感に支配されている。

ニノホが使ったライフルは、塵禍の一部となった兵士のかたわらに重々しく横たわっている。銃身がまだ熱いのが、触らなくてもわかった。モルタが下を向き、短く悪態をつく。誰もその銃を拾おうとはしなかった。

ユキタムが力の入っていないニノホの体を支えながら、そばの建物のドアを蹴った。施錠されていないドアは、あっけなく開いた。

視線を下へ向けると、白いフードの陰から大きく見開いた雨雲色の目が、じっと僕を見ていた。

第3章　青い書き置き

空がますます暗くなる。日が暮れつつあるのだった。王城の中庭へ入ってから、いつのまにこれほど時間が経っていたんだろう。

僕たちが逃げ込んだ建物はちょうどメヅマさんの店みたいな雑貨店で、無人の店内には商品が棚いっぱいに陳列されたままになっていた。店舗横にガレージがあり、三台のバイクをそちらへ運び入れた。

ほどなく、雨が降り出した。王城の中庭で浴びたような豪雨ではなく、細く長く、夜通し降りつづけることを予感させる雨だった。

ニノホはまだ震えが残る手を腕組みをして抑え込み、ガレージをうろうろと歩きまわった。

「……落ち着かなきゃ」

そうささやくのが聞こえてきた。ニノホの髪や肩に、火薬のにおいがまつわりついている。

照明をともさなくては周囲が見えないほど、屋根の下は暗かった。各自が持っている小型照明をつけて、毛布を探すため居住スペースへ踏み入った。全員が王城の中庭で雨を浴び、凍えそうになっていたから、とにかく体を乾かして暖を取る必要があった。

タオルと缶詰のスープを見つけ、それを抱えてガレージへ運びながら、僕は必死で口を引き結んだ。吐き気とは別の何かがこみ上げた。質素な調度品も床や壁も、生活のためのこまごまとしたものも……建物の中のあらゆるものが、生々しすぎた。まだここに、住人がいるんじゃないか。いまにもドアを開けて、帰ってくるんじゃないか。ここで生きて暮らしていた、ほんとうの持ち主たちが。

耳には泥でも詰まっているみたいだった。まともに聞こえない周囲の音のかわりに、自分の呼吸音と心音が異様に大きく聞こえた。

ガレージではユキタムが、ひどく古そうな薪ストーブに火をつけようと苦戦していた。脚つきのバケツみたいな、移動式のものだ。

制服の上着を脱いでスチール製の棚や椅子にかけたみんなは、僕の持ってきたタオルで髪や体を拭《ふ》いた。もちろん完全に体を乾かすことはできなかったけど、いまは我慢するしかない。みんな鯨油《げいゆ》バイクのそばや棚の前に身を落ち着け、冷えた手足や不安を訴える心臓を、どうにかなだめようとむなしく努力した。

あの子どもはみんなから離れて、床の隅で背中をまるめ、目だけをフードの陰から光らせていた。気の立った猫みたいだ。

鞄《かばん》に簡単な食料は入っているし、この建物の居住スペースから食べられそうなものも集めてきた。だけど誰も、何かを口にする気になど到底なれないでいた。家の中からいろんな道具を拝借しながら、それでも侵入者であることへの引け目から、誰もが冷たい床の上にじかに座っていた。

雨音がつづく以外は、耳が麻痺《まひ》しそうなほど静かだ。誰もいないから……だけどそれならどうして、僕たちは生きているんだ？　蓄電獣脂《ちくでんじゅうし》の照明と、簡易ストーブの火明かりが、三台のバイクを照らす。ガレージに運び込まれた鯨油バイクは、急に知らない場所へ連れてこられたサーカスの猛獣たちみたいに心許《こころもと》なげだった。

「……何が起きたのか、誰か見てたか?」

寒々とした静けさに破れ目を作るように、ユキタムが問いを発した。無理やり絞り出した声には、いつもみたいな力がない。

「アスユリに、何があったんだ? どうしてあんなことになった?」

あのとき書庫にいた者、つまり僕以外の全員が顔を見合わせ、銘々にかぶりをふった。

「なんで、アスユリがあんな……」

ニノホが指の爪を噛《か》むと、押し殺したすすり泣きがガレージの中に響いた。ノラユだった。

舌打ちをして、モルタが僕を睨《にら》みつけた。

「お前、中庭で見たんだろ? アスユリは、お前のところで死んだ。……お前が何かしたんじゃないだろうな」

「やめろよ、モルタ。コボルがするわけないだろ、あんな……」

言いかけて、ユキタムが言葉をすぼませる。具体的に何が起こったのか、それを表す言葉を僕らは持ち合わせていなかった。はっきりしているのは、アスユリが死んでしまっていたということだけ。それから――

モルタをいさめながら、ユキタムが僕の後ろへ視線をふり向けた。

「……おい、コボル。その子ども、誰なんだよ?」

まったく気配を消して、あの子どもはガレージの隅から写本士たちを注意深く観察していた。

怯《おび》えたようすで、ずっと体をこわばらせたままだ。僕にもわからない、そう伝えようとするのに、声が出なかった。……中庭にいたときにはあれだけ自然と会話できていたのに、僕の喉《のど》は、またもとに戻ってしまっていた。

いつもみたいに書いて伝えるしかない。膝《ひざ》の上にノートを広げて、ペンを走らせた。手の震えが制御できずに、線はあちらへこちらへとのたくった。

『わからない。中庭の、樹の上にいた。』

僕の乱れた文字を、モルタやユキタムは眉間《みけん》にしわを寄せて読んだ。

「どういうこと？　この街の子どもなの？　生存者なんて……」

こめかみを押さえて言いさし、ニノホは言葉を飲み込む。生存者がいるはずはない、僕らはそう信じてきた。事実、外に生きた人間は一人も見当たらなかった。だけどそれならば、僕たちが生きているということも疑ってかからなくてはならなくなる。

『一人でいたんだ。怖がってた。』

「だろうな。こっちも怖くてどうにかなりそうだ」

言うなりモルタが棚を殴り、大きな音を立てた。モダがびくっと肩をすくめる。

「モルタ。この子たちを怖がらせても、あんたの生存率は上がらないわよ」

いくらか血色を取り戻したニノホが言うと、モルタが激昂した。

「うるせえよ！　親が軍人だからって、わかったふうに指図するな！　仲間が、アスユリが死んだんだぞ、なんで平然としてられるんだ」

その言葉が、ふたたびニノホから表情を奪った。

ユキタムが点火した小型の薪ストーブが、ガレージ内をゆっくりと暖めはじめる。だけど腹の底に根を張ってしまった寒さは、決してほぐれようとしなかった。

モルタが子どもを睨みつけ、近づいてくる。僕は慌てて立ち上がった。完全に頭に血が上っている。止めないと、何が起きるかわからない。だけど僕が立ったからといって背の高いモルタ相手にはなんの威嚇にもならず、ますます苛立《いらだ》たせる効果しかなかった。

モルタは僕を押しのけると、うずくまっている子どもに手を伸ばした。

「こいつが何かしたんじゃないのか。おかしいだろ、王都は滅びたはずなのに、こんなガキが残ってるなんて――」

モルタの手から、子どもはすばやく逃れる。思いがけず、その動きは速かった。ユキタムとホリシイが暴走しかけるモルタを後ろから羽交い締めにしようとし――目をまるく見開いて、そのまま体の動きを静止させた。

床を這《は》うように走って逃げた子どもの、白いマントの裾《すそ》から何かが伸びている。小型照明の光をはね返して、それは赤く輝いた。細いロープに似た、硬質なつやをまとうそれは、装身具でないことを誇示するかのように床と水平に空中をくねり、積み上げられた箱の後ろへ隠れる子どもにぴたりとついていった。

全員の視線が子どもに、正確には子どもの体についていった赤いものの軌道のあとに、釘付《くぎづ》けになった。モルタは怒りをぶつけようとしていたことを忘れ、驚愕《きょうがく》のまなざしを子どもの盾になった木箱へ向けている。

あの赤いものは、しっぽだとしか思えなかった。確かに、そんな動きだったんだ。猫や馬の尾じゃない、あれは――

「……龍」

うずくまって泣いていたノラユが、凍えるようにささやいた。

「は？」

戸惑いが声になって、モルタの口から漏れた。ほかのみんなも、モルタと同じ顔をしていた。僕もだ。

龍？　メイトロンの龍は紅《あか》いのだと、そう言っていたのは確かノラユだ。サーカスのテントの上を舞う、はりぼてのドラゴンを見上げながら。龍なんて、伝説上の生き物だ。サーカスにだって、人魚や人馬や高山の猛獣はいても、龍はいない。実在しない生き物なんだ……

「龍、って……だってあの子、人間だろ？」

ホリシイが言うけど、その声にはちっとも自信がなさそうだった。

モルタが動かないのを察して、子どもがゆっくりと木箱の陰から顔を出す。

慌てて走ったせいで、頭巾《ずきん》が後ろへずり下がり、頭部があらわになっている。瘦《や》せて顎《あご》のとがった小さな顔の周りを覆う、赤い髪。波打つ頭髪はまばらにしか生えておらず、髪に覆われていない部分はてらてらと光っていた。とぼしい灯《あか》りしかない中でも、その光る部分がサーカスで見た人魚の下半身を覆っていたものとそっくりなのが見て取れた。それは、頭に生えた鱗《うろこ》だった。

貧弱な赤い髪は血のようにのたくりながら、頭頂部から頰へとべったり貼りついている。

こぼれ落ちそうなふたつの目、外を冷たく濡《ぬ》らしている雨雲と同じ気配をはらんだ目が、僕たち全員を映す。

外の雨音が、わずかに強くなった。まるで水でできた厚い壁が、この建物の外側を覆っているみたいだ。

「に……人間じゃない？　もしかして、ほんとに龍？」

しばらくの沈黙のあと、こわばった空気に穴を開けるように、ホリシイが顔を歪《ゆが》めた。笑おうとしたのだろうけれど、顔の筋肉がうまく動いていなかった。

「龍って……メイトロンの神話の?」

モダもホリシイと同じように顔を引きつらせている。

「じょ、冗談だろう。これは、生き残りの子どもだ。俺たちみたいに、建物の中にいて助かったんだよ」

ユキタムがみんなを見回した。その通りだという返事を求めている。が、誰もユキタムに答えることができなかった。

僕たちが生きていること自体、おかしいんだ。僕たちがいたのは王城の中庭で、屋根のないあの場所は塵禍《じんか》にさらされていたはずだった。それに建物の中にいて助かるのなら、アスタリットの兵士たちは? 塵禍が建物で防げるのなら、そもそもメイトロンの王都が壊滅しているはずがない。ペガウだって、アクイラだって、被害はもっと小さかったはずなんだ。

全員が得体のしれない恐怖につらぬかれながら、二本の足で立っている子どもへ視線を注いだ。マントの裾から伸びている人間の体には備わっていないはずのもの、先の細いしっぽがゆっくりとくねる。空気中へ目に見えない糸でも繰り出すように動くそのしっぽには、硬そうな突起が並んでいて、隙間なく表面を覆う鱗の色は——ニノホが近づけた照明の橙《だいだい》がかった色を差し引いても、はっきりと紅かった。

〈呪いだ〉

僕たちのそれよりも深い灰色の瞳《ひとみ》が、小型照明の光を飲み込んでいる。

〈あの娘が、書庫に仕掛けられていた呪具《じゅぐ》に触れてしまった〉

あの声だ。しゃべっている。だけど……おかしかった。こんなにはっきりと声が聞こえるのに、目の前の子どもは、まったく口を動かさない。

〈……誰なの、君は?〉

ペンを使わずに、僕が問う。同じことを、はじめにこの声で問われたのだった。

〈身分はない〉

ごく短い返答のあと、かすかに視線が揺らいだ気がした。

〈わたしがやったんじゃない……殺してなんかいない。目が覚めるはずじゃなかった。それなのに目が覚めて……そうしたら、王都が〉

「……あなた、メイトロン龍国の子どもなの? 何があったのか話せる?」

ニノホが子どもに近づいて、灯りをかざしながら小さな体の前に膝をついた。

僕は驚いて、ほかのみんなを見回した。この子は、いま口をきいているじゃないか。……だけど、驚いた顔をしているのは僕だけだった。ホリシイもユキタムも、モダもノラユも、息を詰めてニノホの背中を注視している。子どもからの返事を待っている。

わけがわからなかった。どうしてだ? いま、この子は自分から話したのに。

雨雲色の目が、僕のことを見ていた。追い込まれた獣も同然の状況なのに、その子は動じずに立っていた。黒い影が迫ってきたときとは、雰囲気がちがった。

〈……みんなには、聞こえてないの?〉

そうだ。僕がすらすらと喋《しゃべ》っているのに、誰も驚いていない。僕の声も、みんなには聞こえていないということなんだろうか。

〈イオ〉

声が響く。

〈わたしはあそこで生まれた。メイトロン王室で〉

〈イオ？〉

どうやらそれが、この子の名前だった。この子は、ノラユの言うとおり、人間とは別種の生き物なんだろうか。だからあそこで生き延びていたのか。

〈死ななければならなかった。死ぬ手前だった。まだ仮死状態のうちに目が覚めた。イオは務めをはたせなかった〉

何を言っているんだ、この子は？　自分の立っている世界を見失わないよう、僕は手を握り締める。てのひらが汗ばんでいて、五本の指は頼りなく滑った。

〈目が覚めたら、みんな死んでしまっていた——お前たちは、ここへ何をしに来たんだ？　王都は、死んでしまったのに〉

相手が、イオが尋ねてきた。みんなにはやっぱり、その声が聞こえていないみたいだ。

「どうした、コボル？」

僕がしきりに視線を巡らせるので、ホリシイが眉《まゆ》をひそめた。

答えようとするのに、僕の喉は、いつも通り声を出さない。——イオとしか、会話が成り立っていないんだ。

イオにじっと見つめられながら、僕はもう一度、大急ぎでノートにペンを走らせた。

『この子は喋ってるよ。イオという名前だって。』

ところが、ホリシイはますます眉を歪めるばかりだった。僕がおかしくなったと思ったのかもしれない。実際、自分がまともだなんて、何を根拠に信じたらいいのかわからなかった。

それでも仲間に、この状況をどうにか説明しようとした。

『この子が話していることがわかる。僕からも返事が』

つづく文字を、まともに読んでくれる者はいなかった。

「ノラユ、龍ってどういうことだ？　こういう子どもを見たことがあるのか」

ユキタムがノラユに問いかける。僕は、それ以上ペンを動かすことを諦《あきら》めた。

うつむいて頼りない呼吸をしているノラユが、おそるおそる、顔を上げる。ためらうように視線をさまよわせ、苦しげに息を吸う。途端にその目から、涙がこぼれた。

「ア……アスユリが、言ってたの。メイトロンの王城に、探しているものがあるって。そのときに、聞かせてくれた。メイトロン王室では、龍を飼っているんだって。アスタリットやほかの国には伝わってこないけど、ほんとうに紅い鱗の龍がいるんだ、って」

「探しているもの？」

ノラユが、こくりとうなずく。

「……インク。特別なインクがあるはずだって」

特別なインク？　僕たちが使っていいインクは、各流派ごとに厳格に定められている。それ以外のインクが、どうして必要だったんだ？　異国のメイトロンで、なぜそんなものを探そうとしたんだ。

同じブルー派のユキタムも知らなかったらしく、怪訝《けげん》そうに眉をひそめている。

「どうして、アスユリがそんなことを」

ノラユは祈るように両手を握り合わせている。そうしていないと、震えが止まらないみたいだ。

「見つけたって、言ってた。館長室で……確実になるまで、ほかの子には言うなって」

そのか細い声で、僕の脳裏に、真夜中近い図書館の光景がよみがえる。館長室の扉の前の、館長と三人の老師たち。館長室の中から目を光らせていた、飛ばない鷲……。

それじゃあ、あのとき館長室に忍び込んだのは、アスユリだったっていうのか？　アスユリが、そんなことをするなんて、まさか。

「なんだよ、特別なインクって？」

ユキタムが言葉を聞き逃すまいと正面にかがみ込むと、ノラユが肩を震わせた。

「ほ、ほんとうなの。隠してあったの。館長室に……」

「アスユリが、なんで館長からそんなことを？　ほかの者は何も聞かされていないのに」

ニノホが厳しく眉を寄せる。

〈それを見つけようとしていて、黒犬の罠《わな》に触れたんだ〉

イオが言った。イオの言葉に、みんなは反応しない。僕はノートを自分の腹に抱え込み、イオの言うことをそのまま文字にした。

〈操られて、あんなことになった。わたしを殺しに来た〉

〈殺すだって？　どうして？〉

それに対する答えは、それまでよりもこわばった調子で返された。

〈わたしがメイトロン王室の、第一王女だったから〉

静電気に似た驚きが、体の芯《しん》をつらぬいていった。イオの目を見る。薄い唇は一文字に結ばれ、目《め》尻《じり》は張りつめていた。とてもじゃないけど、冗談を言っている顔には見えなかった。

僕は写本士として育ってきて、文字を書く以外に他者へ言葉を伝える方法を知らない。手を使って話す方法があるらしいけれど、僕はそれを習得しなかった。図書館で写本士として生きている限り、文字を書いて伝達する方がずっと効率的だった。だからこんな状況にもかかわらず、書くことしかできない。どういうわけかみんなには聞こえていないらしいイオの言葉を、せめて記録しておこうと思った。

と、ホリシイがノートをのぞき込んで、ささやき声を発した。

「……おい、やめとけよ。いまはそんな場合じゃないだろ」

ホリシイが、いささか強く肩を叩《たた》く。僕が作り話を書いていると思ってるんだ。いつも書いている物語みたいに。

頭の中心が、ぐらりと揺れた気がした。

僕は唇を嚙んで、イオを、そしてほかのみんなを見回した。イオは深い沼のような瞳を小揺るぎもさせずに、僕の戸惑いを飲み込んでゆく。

ページをみんなの方へ向けた。この動作をするのは、いつも伝えたいことがあるときだ。みんなもそれを知っていて、僕の書いた文字に視線を向けた。ほとんど反射的に、そうしてくれた。

だけどつぎの瞬間、ノートが手から離れた。モルタが僕の手からひったくり、床へ投げたのだ。

「お前、ふざけるのもいい加減にしろよ」

イオが怯えて、僕の後ろへ身を隠した。モルタが腕を突き出すので、こぶしが飛んでくるのを覚悟して僕は息をつめる。が、わななくその手は、イオを指さしているのだった。

「そいつ、やっぱり信用できない。外へつまみ出せよ」

「よせって、そういうことは」

ユキタムがモルタの前へ体を移動させた。

「やめようぜ。ここで揉《も》めてもどうしようもない。落ち着いて、生き延びる方法を考えないと。とにかく、この子に害はなさそうじゃないか。つまみ出すことなんてない……これ以上死者を増やしてどうするんだよ」

いつも飄々《ひょうひょう》としているユキタムの語尾が震えた。モルタは歯噛みし、顔をしかめて視線をそらした。ホリシイがノートを拾ってくれたけど、数ページが衝撃でしわくしゃになっていた。

また雨音が大きくなる。全員が黙り込み、それでますます雨の音がガレージ内に充満した。いまこの国には、僕らのほかに誰もいないんじゃないか。そんな錯覚が、頭の中を支配しそうになる。

ノラユが、咳《せき》をした。立てつづけに。体が冷えて、風邪を引いたのかもしれない。

「基地がどうなってるか、見てこなくちゃ」

居座りかけた沈黙を破るように、ニノホが髪の先を後ろへはらった。

「単独で行く。その方が早く行ってこられる。基地までたどり着ければ、アスタリットへ救助を要請することもできる」

ユキタムが慌てて、ニノホの方へ身を乗り出した。

「心配なのはわかるけど、先走るなよ。見ただろ、飛空艇が消えてたんだ」

言葉の外に、基地にも生存者がいる見込みはないという失望が滲《にじ》んでいる。

「軍の部隊にこれだけの被害が出たんだ、かならず増援部隊が送り込まれる。それまで待とう」

しかし、それに食いついたのはモルタだ。

「増援？　いつまで待つっていうんだよ？　あのおかしな黒いのに追いかけられたんだぞ、こっちは。おまけに、得体のしれない生き物が同じ空間にいるんだ。救助が来るまでに全滅するに決まってる」

「ほかにもまだいるのかな、あんなやつが……」

ずっと黙っていたモダがつぶやくと、みんな口をつぐんだ。

「……とにかく、いま動くのは危険だ。ここで夜を明かそう。見習いたち、生かしてやらなきゃならないよ」

ユキタムがニノホをなだめた。ノラユがまた立てつづけに咳《せ》き込む。

「ノラユ?」

ホリシイが背中をさすろうとする。ノラユの咳は治まらず、背中を震わせて苦しみはじめた。はっと、ニノホが息を呑《の》む。口を押さえたニノホの顔から血の気が引くのがわかった。

「……塵禍を吸ったのかもしれない」

床に崩れ込むノラユに息のしやすい姿勢を取らせようと、ニノホとホリシイが介抱する。イオは同じ場所にじっと立って、それを注意深く見つめていた。マントの裾からはみ出した紅い尾が、ここじゃないどこかの時を計る振り子のように、ごくゆっくりと揺れていた。


居住スペースから新たに毛布を取ってくると、その上にノラユを寝かせた。少しでも体温を逃がさないため、毛布で体を包んだ。

空気がおかしい。全員の混乱と恐れがにじみ出て、この場の空気をゆがめている。

「……どうしたらいいんだ? 塵禍を吸い込んだときの応急処置なんて、習ってない」

体を折り曲げて咳をつづけるノラユと、その背中をさすりつづけるニノホから離れて棚のそばまで下がると、ホリシイが力なくつぶやいた。

塵禍に襲われた場所は危険すぎて、軍隊であってもすぐには近づけない。そこにいた人間は全滅し、塵《ちり》と化した人間が風に乗って新たな災いになる。……少量の塵禍を取り込んでしまった生存者がいたという話も、その生存者が助かったという話も、聞いたことすらなかった。どうすればノラユが助かるのか、この中に知っている者は一人もいない。

咳き込みすぎて、喉が破れてしまうんじゃないか。そう思えてくるほどノラユは全身を震わせながら咳をした。そばにいる僕まで息が苦しくなり、ノラユの喉も僕みたいにつぶれてしまうのじゃないかと不安になった。

全員が防塵マフラーで鼻と口を覆ったまま、過ごすことになった。もし、ノラユが助からなかったら？　脳裏には外で塵の小山になっていた兵士たちの亡骸《なきがら》が甦《よみがえ》る。ノラユがここであんなふうになってしまったら——モルタの言うとおり、僕たちも全滅する。

「……助けを呼んでくる」

モルタが、自分の鯨油バイクのグリップをつかんだ。

「た、助けって言ったって……」

「基地まで行けば、誰かいるかもしれない。それがだめなら王都の外に行く。王都の外の人間に助けを求める」

ニノホが、モルタのバイクの前に立ちふさがった。

「待って。ちゃんと任務地の地図は見たの？　王都の外側は広大な禁止領域になってる。メイトロン国民が立ち入ってはいけない領域。人が住んでいる場所まで、鯨油バイクじゃ走りきれるかどうか」

あれだけ荒い運転に耐える鯨油バイクは、だけど長距離走行には向かない。基地の補給設備が生きているとも限らない。いまタンクに入っている燃料を使いきれば、ただの鉄の塊になってしまうかもしれないんだ。

だけどモルタは、ますます険しい顔をすると、きっぱり言った。

「仲間が死ぬのを指をくわえて見てるのは、もうたくさんだ」

ガレージのドアを開け、バイクを運び出す。モルタを止めようとする者はもういなかった。いま僕たちは、誰からの命令も待つことができず、誰の指示も仰げない。自分たちの、仲間の生存のため、できることを自分で考えなくてはならない。ニノホとユキタムが、悔しそうに唇を嚙んでいる。

おもてでエンジン音が響き、そして基地の方角へ向かって遠ざかっていった。

モルタがいなくなったとたん、ガレージの中が急に広く、暗くなったように感じられる。イオはモルタが出ていったのを確認すると、隠れていた木箱の後ろから棚の最下段のすきまへ移動し、荷物のあいだにうずくまって僕たち異邦人のようすを見守った。

死ぬのかもしれない。はっきりそう意識したとたん、何か書かなくてはという衝動が突き上げた。誰かへ残したいとか、そういうんじゃない。いつもどおりに手を動かしていないと、これ以上正気を保っていられる自信がなかった。

僕は鞄からふたたびノートとペンを取り出そうとし、はたと手を止めた。手になじんだ自分のノートの革表紙とはちがう、別の手触りがまず指に触れた。——中庭を出るとき拾った、アスユリのノートだ。

ヤギ革表紙のノートと、天冠に鳥の紋章が入ったペンを取り出す。丁寧に使い込まれていたはずのヤギの革には、溶けて滲んだ青いインクがまだらに染みついている。ノートの紙は残らず水気をふくんで、波打っていた。すぐに乾かしておけば、無事なページが残せたかもしれないのに
……自分の失敗に血の気が引くのを感じながら、僕はノートを開いた。

濡れて貼りついたページどうしを、慎重にめくる。するとそこには、くっきりと線を保った文字が整列していた。

目を近づける。確かに文字だ。異様に小さく書かれているけれど、アスユリの几帳面《きちょうめん》な筆跡にまちがいない。雨に濡れて滲んだ青いインクの底から浮かび上がるように、細かな文字が並んでいる。

弱い照明しかないガレージで、僕は必死に目を凝らした。

◇

……何から書けばいいのか、ずいぶんと迷った。自分の頭が混乱しているので、はじめから順番に書いてゆくことにする。

アサリス館長が、軍部との会合に出向いていた日。館長が図書館を留守にしていたあの日、わたしは館長室に忍び込むことになった。前回の、ペガウでの任務のあと、館長がこぼした言葉がずっと頭に残りつづけていたからだ。

「今回も、見つからなかったか」——館長は、確かにそう言った。図書館へ戻ったわたしたちの後ろで漏らしたその声の、細部の抑揚まで記憶に残っている。

たぶん独り言だったのだろう。たまたま耳が拾ったそれが、ずっと気になって仕方がなかった。ペガウでの任務で、わたしたちは五百冊以上の書物を救出してきたからだ。この数は記録的だった。それなのに見つからなかったとこぼした館長は、わたしたちが何を持ち帰ることを期待していたのだろう？

つぎの任務地、メイトロンへの出発を控えながら、わたしは館長の言葉をいつまでも気にしていた。出発する前に、館長が何を探しているのか確かめたかった。わたしはかなり混乱していたのだと思う。自分たちのしていることに対して、確信が揺らいでいた。だからその時間に館長がいないことを忘れ、訪ねていった。

館長室の鍵《かぎ》は、開いていた。無人だと気づいたのにその場を去らなかったのは、あの子がいたからだ。

アクイラ生まれの天帝鷲は、わたしを見ても鳴かなかった。わたしのことを憶《おぼ》えてくれていたみたいだ。この鷲は、両親がアクイラから逃げてくるとき、どこかへ売ろうとして連れてきたものらしい——それを館長が引き取った。わたしと一緒に。

館長室で、見たことのないインクの瓶を見つけた。ラベルは手書きのもので、こう読める。〈ネバーブルー〉。

いまわたしは、そのインクでこの記録を書いている。

館長室へ無断で立ち入ったわたしを、予定より一時間早く帰った館長はあっさりと見つけてしまった。処罰を与えるべきだというのに、館長はわたしを室内へ隠したまま駆けつけた司書たちや老師たちを追い払った。もう一人、遅くまで居残っていたらしいコボルのことも。

館長は、勝手に入ったわたしを咎《とが》めなかった。むしろ、わたしがインクを見つけたことをよろこんでいるみたいだった。

館長が言うには、この〈ネバーブルー〉は特殊なインクで、どこで産出されるのかすらはっきりわかっていなかったらしい。これまで、館長はあちこちのつてをたどってネバーブルーインクを探していたが、ずっと見つからなかったのだという。やっと届いたばかりのサンプルなのだと、館長はわたしに教えてくれた。

小さな瓶のサンプルは、メイトロン龍国から届いたものらしかった。

「きみが僕と同じ、アクイラ翼国の血を引くのも、ブルー派の写本士であることも、偶然ではないのかもしれない」

館長の言葉を、できるだけ正確に書き記しておきたい。いや、記憶にこびりついて離れない声音を、口調を、わたしはノートに封印したいのかもしれない。

館長の語ったことを、よくもまっすぐ立ったまま聞いていられたものだと思う。わたしや仲間たちがしている仕事、住んでいる国――あらゆるものの根本を疑わずにはいられないように、そのとき以来わたしはなった。

「アスタリット星国は、王都を失ったメイトロンに暫定当局を置くことに決めた。メイトロンは、ヴァユとの戦争のときにも苛烈《かれつ》な戦場になった国だ。戦争終結後も、アスタリットとヴァユに挟まれ、両方の思惑にふり回されてきた」

メイトロンという半島をめぐる二大国の駆け引きについては、普段図書館から出ることのないわたしでもよく知っている。

メイトロン龍国はヴァユとの太い交易ルートを持っており、アスタリットにとってはいつあちら側につくかわからない悩みの種であること。ヴァユはメイトロンにとって不自然なまでの好条件での交易をつづけていること。逆にアスタリットは旧植民地である周辺五国を結束させることで、メイトロンがヴァユの味方につくことを防いでいること。

国、という所属先を後ろ盾にすると、人はどこまでも汚くなれるのだと嫌悪感を覚えていた。だけど、このときの感情は、それまで感じたことがないほど強烈なものだった。自分が巨大なゲームの盤上の、ささやかな役割を持つ駒として誰かの手につかまれているような。

館長の言葉によると、ネバーブルーインクは、塗り替えられることのない記憶を書き留めるインクだという。現時点で入手できたのはごく少量でしかないが、メイトロン龍国へ行けば必要なだけ手に入れることができるかもしれない。……あちこちに散開してインクを探しつづけていた館長の仲間の一人が、メイトロン王室が保管していることを突き止めてくれた。国立図書館員として書くべきものを書く、それに必要なだけの量が手に入るのだ、と。

館長の仲間というのがどういう人たちなのか、詳細は教えてもらうことができなかった。というより、わたしはそのとき、恐ろしさのために質問の多くを言葉にすることができなかったのだ。そのときの館長は、軍の人間みたいに見えた。ある目的のために人を動かし、しかもそれを秘密にしていたのだという。まさか図書館でそんなことが行われていようとは、考えてみたこともなかった。

書くべきものというのは、なんなのか。それを尋ねると、館長は確かに笑った。いつも穏やかな笑みを浮かべた人ではあるけれど、このときほどはっきりと意志のこもった表情を、わたしは見たことがない。

「消えることのない記録だよ」

館長はそう言った。

だけどわたしたちはいまだって、塵禍に見舞われた他国の本を、失われないように写本している。その仕事こそが、館長の言う、消えることのない記録のために行われているのではないのか。

「そう信じ込ませているね」

わたしの問いに対する館長の答えは、こうだった。いわく、国立図書館は、ヴァユとの戦争のあと解体されるはずだった。いまも図書館が残り、運営されているのは、館長が写本士たちをだましているからだ、と。

写本士をだます？　つまり、わたしも館長にだまされてきたということになる。どういうことかわからない、そう抗議しても、館長はいつもと変わらない微笑を浮かべているだけだった。鷲の羽毛から、温かでこうばしいにおいがしたのを憶えている。

「君たちが使っているインクはね、劣化がとても速いものなんだ。五年もしないうちに色が消え、読めなくなる。白亜虫にやられた本のように」

だけど、数年で消えてしまうようなものを、わざわざ写本士を育ててまで書かせる意味がわからない。わたしの質問も、わたしの動揺も、館長はすっかり予想していたみたいだった。

「写本して甦った本は、一冊も図書館の蔵書には加わっていないだろう。みんなよそへ流通してゆく。すべて、廃棄の対象なんだ」

それでは、わたしたちは、無駄な仕事のために生涯をささげているということではないか！　笑われるかもしれないと思った。図書館に集まってくるのは貧しい家に生まれた者や身寄りのない者ばかり——そのうえ、ほとんどがまだ子どもで、何かに人生をささげるなどと、大人に向けて言ったところで本気にされるはずがない。じじつ館長は、頬笑みを消そうとはしなかった。だけどその顔に、見えていない目の辺りに、ぞっとするほど深い何かが宿るのを、わたしは見た。

「国立図書館を、わたしはさらに先の世代のために存続させることを選んだんだ」

館長は、アクイラ翼国の出身。わたしの両親も同じ国で生まれた。アクイラの血を引く証拠に、わたしの髪の灰色はみんなよりも薄い。

戦争で傷ついたあと、塵禍の被害によってとどめを刺され、アスタリットに依存しながらなんしている。

とか形を保っている貧しい国。父も母も、アクイラの貧しさから逃れるためにアスタリットへ移り住んだ。移住後も生活は豊かにならず、このとおりわたしは家族のもとを離れて図書館で暮らしている。

雪をいただくカガフル山脈の裾の痩せた土地、らせん角の岩鹿とそれを狙う天帝鷲がいるだけのアクイラ翼国……その小さな国が塵禍に襲われたいきさつを、館長はわたしに語って聞かせた。

その話を聞いたあと、わたしは目と脚が不自由な館長に代わり、自分が任務中にネバーブルーインクを探してくることを即座に約束した。

わたしがアクイラの血を引く者だから。だから話したのだと館長は言ったけれど、わたしがインクを探してくると申し出た理由はそうじゃない。

アスタリット国立図書館の写本士として、わたしはたくさんの書物に仕えてきた。あくまで写本士の一人として、このことを書き残す必要があると感じた、いや、確信したのだ。

この任務と館長が語った話について、いまは誰にも言えない。でないと、館長の命が狙われるだろうから。穏やかで怜悧《れいり》で、アスタリット星国を外の視点から見ることのできるアサリス館長ほど、図書館にとって重要な人物はいないとわたしは考える。館長はもう何度も、図書館の本――写本士が複製した本ではなく、所蔵されている本――を焚書《ふんしょ》処分から救っているのだ。本たちがいまのアスタリット星国を生き延び、未来まで残る細い道を維持している。

わたしはしくじるかもしれない。そのときに備えて、時間を置いてこの記録が誰かの目に触れるよう、書き残しておく。出国時には中身を検《あらた》められてもいいように、いつも使うブルーのインクと水でページを汚しておく。鞄の中でこぼしてしまったと言えば通用するはずだ。前の任務で、ユキタムがうっかりやっていたから。

ダミーのインク汚れは水に濡れれば消えるけれど、ネバーブルーインクで書いたこの文章は残りつづける。トラブルがあったり、わたしが任務に失敗した場合も、どこかでいつか、誰かがこれを読み、人に伝えてくれる。そのことを信じている。

◇

水から浮上したように息を吸うと、僕は周囲を見回した。自分がいる場所が現実なのか、それとも夢を見ているのか確かめたかった。

手に握ったアスユリのノートを、もう一度のぞき込む。

館長は何をしようとしていたんだ？　文字が消えてしまう？　写本した書物が、廃棄の対象だって？

苦しそうだったノラユが、静かになっていた。呼吸がやっと落ち着くまでに、どれほど時間がたっただろう。咳が治まったというよりは、ノラユの体力が尽きたという方が正しいのかもしれない。

喉の奥に異物を引っかけたような音を漏らしながらもノラユが眠ると、つきっきりだったニノホやユキタムは、膝に顔をうずめて長いため息をついた。

僕は荒くなる呼吸を懸命に抑えながら、膝を乗り出して手にしたノートを差し出した。

疲れた顔を面倒くさそうにこちらへ向けたニノホは、そのノートがアスユリのものであることに気づくと顔色を変えた。伸ばしてきた手は、まだ震えていた。ニノホが広げたノートをのぞき込み、ユキタムが手で口を押さえた。

「なんだよ、これ……」

ニノホはすっかり蒼《あお》ざめ、言葉を失っている。ノートはそのまま、ホリシイとモダに渡された。雨が降りつづけている。

全員が何も言わずに、息を詰めていた。ノラユは知っていたんだ。アスユリが何をしようとしていたか、僕らが何をさせられていたか。

モダがへたり込むと、嗚咽《おえつ》とも喘鳴《ぜんめい》ともつかないくぐもった音を、喉の奥から絞り出した。

「……モルタが書いたものも？　嘘だろ。いままで書いたもの、全部……」

「モルタのだけじゃないわよ。アスユリの書いたとおりなら、あんたの書いたものもみんな、時限式に消えていく――もう失われてしまっているのかもしれない。あの癇癪《かんしやく》持ちが特別なわけじゃない」

ニノホが玄派の見習い写本士を見下ろした。

「モルタが、あ、あんなふうなの、怒らないで」

顔をふせ、モダが言った。自分の膝に顔を隠し、黒い制服の袖《そで》をつかむ。必死な声音にかえって冷めたようすで、ニノホが息をついた。

「別にいまは怒ってないけど。なんで、あんたがそんなこと言うの」

ひくっと、モダがしゃくり上げる。小柄な体がますます小さくなる。

「モルタは、ずっと記録をまとめてたんだ……いままで行った任務地での記録を。アクイラで、ペガウで、どんなことが起きていたのか、何が失われたのか。塵禍のあとの土地では何に気をつけるべきか。書いて残しておかないと、あとから行く人が困るから、って」

「……だけど、写本士が勝手に書いたものは」

ユキタムがさしはさむ言葉に、モダはうつむいたままでうなずく。体をどこまでも縮めようとするそのしぐさは、見ているこちらまで苦しくさせた。

「全部、老師に渡さなきゃならない。モルタはみんな渡してたよ。マハル師はモルタの書いたものをちゃんと読んで、『いつか自由に書物が発行できるようになるまで、自分の手で保管しておこう』って約束してくれた。マハル師のことを信頼してたから、全部渡したんだ。すごい量だった。モルタは、全部一人で書いたんだよ。全部……消えちゃったってことだろ？」

誰も答えられなかった。足元が真っ暗闇に向かって崩れてゆく感覚と、自分が白亜虫に捕食されているような感覚が同時に神経を蝕《むしば》んだ。

いままで書いたものがみんな消えてしまっていたなら――写本士たちが習得した技術も、毎日の仕事も、何もかも無駄だったんじゃないか。ここへ、こんなところへ来たことだって。

「館長は、そのネバーブルーインクを探させるために、周辺国へ人を送り込んでいたってこと？　いままでずっと？」

ニノホの手がわななく。銃を扱った影響じゃなく、それは怒りによる震えだった。

「冗談じゃない……ほかに方法があったでしょ？　死者まで出して」

高まる声を、ニノホはふつりと途切れさせた。その目が、細い息をしながら眠っているノラユを見ていた。

「やめよう。いまは、生きることだけ考えよう」

ユキタムが低く言う。

「見習いたちから寝ろ。眠くなくても寝るんだ。ここで体力を使い果たさないようにしないと」

うつむき、ふり返ると、棚の最下段に体を収めたイオと目が合った。雨雲色の目は、波紋の立たない水たまりみたいに、この場で起きた何もかもを映していた。

眠ったつもりはなかった。頭の中をさまざまな疑問や不安が駆け巡り、その冷たい渦は腹部や足にまで及んで、体中落ち着くところなんてどこにもなかった。

それなのに、いつのまにかろうそくが吹き消されたみたいに、僕の意識は途絶していたらしかった。まったく自覚がなかったので、目を開けたとき混乱した。目を閉じる前と、姿勢すら変わっていなかった。時間を盗まれたみたいな気分だ。

それでも鼓動に合わせてゆっくりと、自分の置かれた状況に意識が追いつこうとする。

ガレージの天井はいやに高くて、まるでそのまま空とつながっていそうだった。主を失った天井が、真っ暗な虚《うつ》ろで僕らの上に蓋《ふた》をしている。

寝転がった体が三つ、視界に入る。ノラユと、モダと、ホリシイだ。三人ともほとんど寝息を立てないので、死んでいるんじゃないかと一瞬ひやりとした。

音を立てないように、ノラユをのぞき込む。血の気のない顔は真っ白で、黒い塵になりそうな気配はなかった。ノラユの顔を見ていると、突然喉が苦しくなって、首に巻いたままだったマフラーを引きはがした。……中庭へ出てきたアスユリに首を絞められたときの恐怖が甦る。湿気ているマフラーを完全に首からはずし、棚にぶら下げた。

と、暗い視界に違和感が映り込む。この場にいるはずのあと三つの人影がたりない。ニノホとユキタム——それに、イオがいない。

心臓が、ぞわりと胸の中でうごめく。

まさか、ニノホたちまで外へ行ったんだろうか？　イオは、どうしたんだろう？　誰かが追い出してしまったんじゃないか。モルタの顔が浮かんで、僕は慌てて自分の想像を追い払った。モルタは、助けを呼ぶために一人で飛び出していったんだ。

僕は防塵繊維のマフラーを棚に引っかけたままにして、そっと立ち上がった。

空を見なくても、朝が近づきつつあるのがわかった。建物のどこかから、外気が入り込んでくるらしい。

そっとドアを開け、雑貨店の方をうかがうと、二人の写本士が立っているのが見えた。厚く埃《ほこり》に覆われた窓から外へ視線を向けていて、僕が来たことにまだ気づいていない。通りに面した窓は大きく造ってあり、店の中は薄明るかった。ニノホたちに、イオを見なかったか訊《き》かなくては。ノートとペンを取り出しかけて、ふと手を止めた。二人のひそひそ声の会話が聞こえてくる。

「……やっぱり行くよ。じっとしていられない」

「よせよ。モルタが助けを呼ぶのを待とうぜ。……家族が心配なのはわかるけどさ」

ユキタムの言葉に、ニノホはうんざりしたようすで肩をすくめる。だけどそのしぐさに、いつもほどの勢いはなかった。

「そうじゃない。わたしは、自分の兄弟の心配をしてるんじゃないの。末の子どもがたまたま女に生まれたからって、ためらいもせず図書館に差し出すような人たちだもん。こういう緊急事態こそ自分たちの活躍の場だって、むしろ大喜びしてるでしょうよ」

冗談めかした口調のニノホに、ユキタムが口ごもる。

「増援部隊が動いて到着するまで、たぶんそんなにかからない。もしもここにいる部隊が全滅していたとしても、かならず国軍は別の部隊をよこす。それを待てないなら、モルタの言ったとおり、王都を離れてメイトロン政府に助けを求めればいいんだから」

「そうだろ。だから、あいつが戻るまでここで待とう」

「……助けが来るのを待って、全員で帰国する？」

わずかの間が空いた。ユキタムが身をこわばらせたので、肩が動いた。

「どういう意味だ？」

「帰国して、図書館へ戻って――そのあとは？ また捨てられるだけの文字を書きつづけるの？」

「だって、この状況だぞ？ とにかく生きて帰って、アスユリが書いてたことはそのあとで、それこそ館長や老師たちに訊けばいいじゃないか」

ニノホが歯嚙みする気配があった。

「老師たちも信用できない」

きっぱりと言うニノホに、ユキタムが顔をふり向けた。

「モルタが書いていたという資料を、マハル師は保管しておくと言ったんでしょう。放置すれば消えてしまうのに。共犯だわ」

「それは……マハル師だって、知らなかったのかもしれないじゃないか」

ニノホがため息を吐き出した。

「シラメニ師やナガナ師は？ 館長だけがこのことを知ってたっていうの？ 老師たちもわたしたちと同じで、何も知らずに写本士たちを導いてた？」

ユキタムが、ぎゅっとこぶしを握りしめた。

「ノラユはこのままにしておけない。あの子や見習いたちは国へ帰らなきゃいけないけど……誰かは逃げるべきだと思う」

ニノホの声には、混乱よりも強い決意がこもっていた。ユキタムが体を動かし、靴が床を踏む音がいやに大きく響く。

「はあ？　逃げるって――どこへ」

声を高めるユキタムが、はっと肩を震わせて僕の方へふり向いた。

「……びっくりした。いるんなら知らせろよ」

僕のすがたをみとめて息をついたユキタムが、もう一度目を見開く。ニノホも、僕の後ろを注視していた。

ひそやかな気配を感じてふり向くと、小さな影が立っていた。イオだった。いなくなったと思っていたのに……フードの陰から、まるく見開いた目がこっちを見つめている。

「どうしたの、コボル？　何かあった？」

ニノホが尋ねる。イオの目が、きょろりと僕の視線をとらえた。

〈お前は、コボルというのか。何もかも変えてしまう者という名前だ〉

イオの小さな手が、僕の制服の裾をつかむ。細くて節くれだった指先には尖《とが》った爪が生えていて、その爪の色も鮮やかな赤だった。

イオのすがたに、ニノホとホリシイが体を緊張させる。紅い尾は、いまはマントの下へまるめ込まれているらしかった。

〈もう外へ出ても大丈夫だ。雨で、呪いは流れたから。ペガウの黒犬は、当面追ってこない〉

マントのフードをすっぽりかぶっているので、その表情をしっかり確かめることはできなかった。イオのもの言いはいかにも落ち着いていて、小さな体と釣り合っていない。

〈黒犬、って、僕らを追いかけたあの化け物だよね？　あれは、なんだったんだ？〉

「お、おい、なんだよ？」

ユキタムの頬が引きつった。この会話が聞こえないユキタムたちからは、僕とイオが無言で見つめ合っているように見えるにちがいない。

イオはちらりとユキタムの方を見やると、マントの中に持っていた瓶をかかげた。ほのかに青い液体が満たされ、ガラスの表面は冷え冷えと濡れていた。

〈あの子に水を取ってきた〉

〈み、水？〉

イオはまっすぐにこちらを見上げる。

〈あの子は塵禍を吸い込んだ。これを飲ませれば回復するかもしれない〉

〈ノラユに……？〉

「何する気だ、こいつ？」

「しっ。……あまり刺激しないでおこう」

うろたえるユキタムを、ニノホがたしなめた。ほんとうに、イオの言葉が聞こえていないんだ。イオと話している僕の声も。

みんなはイオを、人というより別種の生き物みたいに扱う。

――とても人間には見えないな。

僕を発見した大人が、思わずそう言ったみたいに。

僕が激しくかぶりをふると、ニノホたちが怪訝そうに眉をひそめた。

レジカウンターにメモ用紙と鉛筆が置かれているのを見つけると、それを使って大急ぎで書いた。

『イオは、ノラユのための薬を持ってきてくれたんだって。』

力を入れすぎて、鉛筆の芯が折れてしまった。先輩写本士が、そろって怪訝そうに眉を寄せる。僕はペン立てから新しい鉛筆を抜き取った。

『イオは誰かに追われてたんだ。助けないと。』

それをニノホたちの目の前へつきつけた。二人とも、困惑の色を浮かべるだけだった。

「ねえ……コボル、昨日からどうしたの？　はじめての任務で異常事態が起きて、混乱するのはわかるよ。だけど、こんな言い方したくないけど、あんたや見習いたちにはおとなしくしててほしいんだ。いまは、全員の命がかかった状況なんだよ」

目下の者からの反抗を封じるときにニノホが使う、いつもの冷淡な口調だ。冷淡なのに、どうしてか声音はうんと柔らかみを帯びるのだった。

僕はまたかぶりをふり、紙を裏返して文字を書いた。

『イオは王城にいたんだ。中庭に隠れてた。アスユリがなぜああなったのかも知ってる。それに』

文字は途中で、ただの線になった。ユキタムが横から紙をひったくったのだった。昨日のモルタと同じに。

「なあ、もうよせって。みんな、なんとかしたいよ。わかってるんだよ。いま俺たちにできるのは、モルタが戻るのを……」

ユキタムもまた、自分の言葉を最後まで紡ぐことができなかった。ガレージが、にわかに騒がしくなったからだ。激しい咳の音が立てつづけに響く。ノラユがまた苦しみだしたんだ。ニノホとユキタムは顔を見合わせ、ガレージへと走った。

「あんたたち、じっとしててよ！」

ニノホが、僕に釘を刺す。

慌ただしい足音と声が、住む人の消えた建物の中に響いた。僕もみんなのところへ行こうとしかけて、瓶を抱えて立っているイオをふり返った。大きく開いたその目は、めまぐるしく何かを考えているようすだった。

〈水〉

イオが言った。

〈水を飲ませないと〉

悲鳴が、イオの声を突き破った。

「ノラユ！」

ニノホの声だ。悪いことが起きたのが、その声で全身に感じられた。

立ちすくんでいる僕の前を、小さな影がよぎっていった。速すぎてすぐにわからなかったけど、イオがガレージへ駆け込んでいったのだった。

イオのあとを追ってガレージへ入ると、床に突っ伏したノラユが背中を激しく震わせていた。さっきまで寝ていたホリシイとモダが、引きつった顔でノラユを取り囲んでいた。ニノホがノラユを抱きかかえようとするが、痙攣《けいれん》が起きているせいなのか体を動かすことができないでいる。夜中よりも、ずっと激烈な苦しみ方だった。

国外での任務に選ばれた写本士は、出発前に医師の診察を受けていて、僕らは全員、風邪すら引いていなかった。それなのにノラユのようすは、尋常ではなかった。床に押し付けるように顔をふせ、かすれた荒い咳をとぎれとぎれに漏らしている。青い制服の背中がわななき、いまにもその震えがノラユを砕いてしまいそうだった。

「くそっ」

　ユキタムが椅子の背にかけていた防塵マフラーを首に巻きつけ、バイクに手をかける。

「外へ行ってくる。もし基地に生存者がいなくても、医療キットがあれば……」

　スタンドを蹴り上げようとしたユキタムは、何かに足を取られて大きくもんどりうった。

　小さな白いものが、ユキタムの足元をすり抜けていった。イオだった。マントの裾から、とげの並んだ紅い尾が鮮やかに見えた。

　すばやく動くイオに、モダとホリシイが悲鳴を上げる。イオはほかのみんなには見向きもせず、ニノホに抱え込まれて苦しんでいるノラユにまっすぐ近づくと、顔を寄せてノラユのにおいを嗅《か》いだ。

〈水だ〉

　イオの声は落ち着いている。だけどみんなには、それが聞き取れない。

〈きれいな水を見つけてきた。呪いを吸い込んだんだ。この水を飲ませたら助かる〉

　イオが、冷たい水の入った瓶をかかげる。この子を信じていいのかわからない。だけどいま、ノラユを助ける力を、僕らの誰一人、持っていなかった。書かなきゃ。イオが何を言っているか、みんなに伝えないと……

「こ、これ、くれようとしてるんじゃないか？」

　戸惑いのこもった声で言ったのは、ホリシイだった。全員が困惑の表情を浮かべる中、ホリシイはじっとイオの目をのぞき込もうとする。

　イオは濡れている瓶を、ノラユに向かって差し出す。中に満たされたほの青く澄んだ水が、イオの動きに合わせて震えた。

「やめて、近づかないで！」

ノラユを必死で抱えるニノホが、怒鳴り声を叩きつけた。びくりと身をすくめるイオに、苦しんでいるノラユが、そのときまぶたを開いて目を向けた。

まるで何かに吸い寄せられるみたいだった。全身をこわばらせながら、ノラユがイオの方へ身を乗り出した。手を伸ばすことがかなわずに、ほとんど顔からイオの手の中へ崩れ込み、瓶をつかむ。イオは少し怯えた顔をしながら、ノラユの口に薄青い水をゆっくりと注いだ。

〈大丈夫。慌てずに飲め。治る。死なない〉

聞こえないのに、イオは一生懸命にノラユに語りかけた。ノラユは小ぶりな瓶の中身を、いくらかは顎へこぼしながらも飲み干した。

真っ白になっていたノラユの顔にほんのわずかに色が戻り、みるみる呼吸が落ち着いていった。規則正しく息をしながら体の力を抜くノラユを、ニノホが腕で支えた。

凍りついたような静けさの中、イオが上目遣いにここにいる者たちのようすをうかがう。そうして後退しながら、立ち上がった。

〈……足りない。もっと持ってくる〉

僕から何かを問いかけるひまも、誰かが呼び止めるひまもなかった。イオは小さな動物のようにすばやく回れ右をすると、部屋を駆け出していった。チャッ、と、犬のそれに似た変わった足音がした。

「あの子……助けようとしてくれてるのかな」

ホリシイが、イオの駆け去ったあとと横たわるノラユを見くらべた。僕はただうなずくのが精いっぱいだった。はっきりとしたことなんて、いまはひとつもわからない。だけどイオがノラユを助けようとしてくれているのは、ほんとうだと思っていいんじゃないか。

ノラユはすっかり呼吸を落ち着かせ、また目を閉じて眠りかけていた。ニノホが、その体に毛布をかけ直す。

「じゃあ、ほんとなの……？　コボルに、あの子の言ってることがわかるって」

とまどいをふくんだニノホの問いに、僕ははっきりとうなずいた。ユキタムが、眉間にしわを刻んで自分の頭をかきむしる。

「メイトロンの会話は、なんか特殊な方法でするのか？　あの子どもがメイトロン人なんだとして、だけど。……コボルの出身国って、ひょっとしてここなのか？」

そんなことを言われても、わからない。でも確かに、メイトロン龍国で書かれた物語には、発語を必要としない意思の伝達という描写が、たびたび出てきた記憶がある。

イオは、どこへ向かったのだろう？　ノラユの呼吸を落ち着かせたあの水は、どこから持ってきたのだろうか。外の水は、みんな塵禍に汚染されているはずなのに。王都の水路か貯水槽か、汚染を受けない場所から汲《く》んできたのか。

ニノホがもう一度、アスユリのノートを開いていた。どこかに自分たちがこれから取るべき行動が書かれているはずだ。少なくともそのヒントを、見つけ出さなくてはならない……真剣なまなざしが、そう物語っていた。

僕は、イオが口や鼻を覆わずに外へ出ていったのを思い出す。棚に引っかけたマフラーは、ほとんど乾いていた。雑貨店へ移動すると、鉛筆を借りたペン立てから鋏《はさみ》を抜き取り、防塵繊維のマフラーを半分に断ち切った。イオが戻ってきたら、片方を使ってもらうつもりだった。

ニノホからユキタムへ、ホリシイ、モダ、そして僕へ回されたノートのつづきには、さらに僕たちの足元を揺るがすことが書かれていた。几帳面で繊細な、アスユリの青い文字で。

……塵禍は自然災害ではない。

前の戦争のときにアスタリットが開発し、実用に至らなかった道具——兵器だ。

館長はそう言った。冗談や嘘を言っている顔つきではなかった。

アスタリット星国は実戦で使うことのなかった兵器を、戦後、周辺国で故意に使用しているのだという。

……それが館長のつかんだ情報だ。周辺国を塵禍で疲弊させ、アスタリットへの依存を強くさせるため、計画的に塵禍を使っているというのだ。そうすることでアスタリットは、強い国でいられるのだと。

◇

正直に打ち明けると、館長の話を信じきることができないでいる。

だって、あり得るだろうか？　自国の利益のためとはいえ、誰かの住む場所や帰る場所、命そのものを奪ってしまうだなんて。

そしてそれを行ったのが、自分を育んできたこの国だなんて。

わたしの親たちは、塵禍の被害で失われた故郷の話を何度も聞かせた。祖母が子どものころから一緒だったという家の裏の林檎《りんご》の樹のこと。山から湧く冷たい小川のこと。銀細工の職人の工房のこと。鳥飼いのにぎやかな集落のこと。何もかもがいまでは灰色にくすみ、もう人が寄りつくことはないという。

塵禍が通過したあとの土地は、本当にむごたらしいありさまになる。ペガウでの任務で、それを見てきた。わたしたち写本士だけじゃない、軍人たちもそれを目撃してきた。人がある日突然消滅した街や村、工場や農地を。

あれが本当に兵器なら、使っている誰かがいるということだ。計画を立て、実行に移す生きた人間が――たぶん、軍の人間が。

館長はそれを告発するつもりだという。そのために、書いたものが失われなくなるネバーブルーインクが必要なのだと。

そんなことをして、無事でいられるのだろうか。図書館にいられなくなったら？　アスタリット星国から追放されたら？　あるいは、もっとひどいことになったら……

悪い想像はいくらでもできる。

だけど、わたしや仲間たちが任務地で目の当たりにしてきた現実は、もっとひどかった。何も知らず、ただ日々の営みをくり返していただけの人々が、街や家や店、畑や道具だけを残し、この世から消え去っていた。遺体すら残さずに。

もしもあの災厄を誰かが故意に起こしているというなら、止めなくてはならない。

第4章　逃亡

駆け上がる悪寒に、僕はノートから顔を上げた。

塵禍《じんか》が、兵器？

そんなばかな。あんなものを、人間に操れるわけがない。塵禍の動きを、僕もこの目で見たんだ。霧の発生や、嵐が起きるのと同じだった……塵禍は空気の流れに乗って、空から襲ってきていた。明らかに、自然現象だった。

それに……仮に兵器だったとして、一体なぜ、王都が二度も襲われたんだ？　アスタリットの軍がいることも、図書館から写本士が送り込まれていたこともわかっているはずなのに。あそこに暫定当局を設立するんじゃなかったのか。

そこで僕の目は、視界に暗い光がはじけるのを見た。

写本士がいたから、塵禍が使われたのだとしたら？

余計なことを知った写本士を暗殺するつもりで、二度目の塵禍が使われたのだとしたら……

僕は頭をふり、乱暴に耳の上を引《ひ》っ掻《か》いた。空想のしすぎだ。もしほんとうにアスユリの暗殺が目的なら、あんなに大勢を巻き込むのは現実的じゃない。周りには、武器を持った軍人たちがいたんだ。彼らの誰かに命じれば、写本士の一人くらい、誰も気づかないうちにたやすく暗殺できたはずだ。

館長も老師たちも、ここにはいない。軍の人間も、どれだけが生き延びているかわからない。モルタが生存者を発見できるかどうかも。

僕は小さな文字が丁寧に並べられたノートのページを、指でなぞった。アスユリが息を詰めながらペンを動かしたのが、その筆跡から伝わってきた。

まだ眠っているノラユに、尋ねたかった。アスユリが書いていることは、ほんとうなのか。もしかしたら、僕みたいに、空想でこしらえた物語を書いたんじゃないか……

ホリシイはアスユリのノートのつづきを読んだあと、じっとしていられなかったんだろう、イオが戻ってくるのを待つといって、雑貨店の方へ一人移動した。しばらく床の上を歩きまわる音がしたあと、どかっと座り込んだらしい音がして、そのあとはしんと静かだった。

「……これ、信じるか？」

ユキタムがニノホに問う。二人とも白亜虫《ブランカー》にまだらに食い荒らされた本を前にしたような、深刻な面持ちをしていた。

ニノホはきつく口を引き結んで、何も答えなかった。アスユリのノートを閉じ、飴色《あめいろ》のつやが宿る表紙をじっと見つめる。

「モルタが書いてたものって、お前は読んだのか？」

ユキタムが、今度は視線をモダに向けた。モダはびくりと肩を震わせ、それからおかしな角度に首を傾けた。ななめになっているから、首肯なのか否定なのかはっきりしない。

「……ぜ、全部は読めなかった。老師に提出しなきゃならないから、それまでに読むのは大変だし……僕だって、見習いの勉強や写本の仕事があるから……だけど、ほんとうにたくさんのことを調べて、書いてあったんだ。誰かの役に立つように、って。モルタは寝る時間も削って書いてたんだ。なのに……」

「どっちにしろ、俺たちがいままでやってたことは、みんな無駄だったってことか。……そもそも、ここへ来たことだって」

歯噛《はが》みし、あるいはため息をついて、みんな黙り込んだ。喘鳴《ぜんめい》交じりのノラユの呼吸の音だけが、冷たい空気の中に響いた。

僕は自分のペンとノートを膝《ひざ》の上に取り出し、魚の紋章がついたキャップをはずした。金色のペン先を、紙の上に載せる。すべらせると、ほとんど力を必要とせずに、ペン先からインクが生まれる。白い紙の上に、湿ったセピアインクが光りながら線を作る。文字を書き、文章にして連ねるうちに、インクは乾いてつやを失う。そうして紙の上に定着する。……写本士が使うインクは、多少の水に濡《ぬ》れても簡単には流れない。そう、教えられてきた。訓練用のノートに使われている廉価な紙ならば水に弱いけれど、写本用の葉皮紙《ようひし》を使うことで、数百年単位の耐久性を持つのだと。

僕がこれまでに書いたあらゆる文字も、みんな消えてしまったのだとしたら——このペンは、僕の喉《のど》と同じじゃないか。誰にも言葉を伝えられない、この喉と同じだ。

それでも文字はいつもどおりに、生まれてくる。

文字は僕の手を使い、ペンを伝って、インクによって実体を得る。この感覚が好きだった。図書館に引き取られ、ナガナ師に文字を教わり、この手法に僕は魅了されたんだ。紙がペン先から繰り出されるインクを、文字の形に受け止める。それは意味を持ち、リズムを生んで、今度は読む者に引き受けられる——
　嘘じゃない。とりとめもなく文字を書き連ねながら、思った。僕たちの信じてきたこと、学んできたことがすべて嘘なのだとしても、ペンで書くこのよろこびだけは、少なくともこれだけは、嘘じゃない。

　ユキタムは、簡易式のストーブに何度も薪を足した。小さいので、一度に入れられる薪の量が少ないのだ。その薪のストックも、まもなく底をつきそうだった。いざとなれば、住人がいたころのまま保たれている住居スペースへ移動し、そこで暖を取ることもできる。だけどそれは、最終手段にするべきだった。たとえこの建物の持ち主がもうこの世にいないとしても、侵略者になる最後の一線は、少なくともまだ越えたくなかった。

　そっと、ガレージのドアが開いた。入ってきたのはイオだ。あの瓶に、ほのかに青い水を新たに満たしている。マントは白いままで顔や足も汚れておらず、塵禍の害は受けていないようすだった。イオの小さな足ははだしで、だけど歩くたびかすかに硬質な音がした。

〈もうすぐ起きる。そうしたら、またこれを飲ませる〉

　イオがノラユに近づいていにおいを嗅《か》ぎ、そう言う。

「もしかして、それ……龍王酒?」

　ニノホが愕然《がくぜん》とした顔で、イオに向かって問いかけた。イオは自分に声をかけたニノホを見、それから僕の方を見た。

〈酒ではない。水だ。飲むと治る。コボルがそう伝える〉

　大きなまるい目は、猫かフクロウのようだ。言われるとおりに僕は書き、ニノホに見せた。ニノホはため息をつき、前髪をつかんだ。

「ちょっと整理させて。コボルはこの子の――イオの伝えたいことがわかるのね？」

僕はうなずく。うなずいてから、書き足した。

『どうやって話してるのか、自分でもわからない。喉は使ってない。だけど、話せてる。』

横からノートをのぞき込んだユキタムが、うなりながら顎《あご》に手を当てる。

「……コボルがこんなときに嘘つくやつじゃないのは知ってるけどさ。だけどなんで、お前だけ？」

焦りながら、さらに書く。

『こっちから伝える言葉も、僕の言葉もちゃんとイオに聞こえてる。みんなには、聞こえない？』

わずかに、文字が乱れた。僕からの問いへの返答は、無言だった。

『不思議な子だけど、イオも、嘘をついてはいないと思う。ノラユを助けてくれたんだし……』

そこで、ペンが止まった。イオがことんと音を立てて、水の入った瓶をノラユの枕元に置いたのだ。眠っているノラユのにおいを確かめるイオに、僕は眉間《みけん》をこわばらせた。イオの小さな足の裏。そこには、しっぽと同じ色の鱗《うろこ》が生えている。だからあんな足音がするんだ。イオはゆっくりとあとじさり、また棚の最下段のすきまにもぐり込む。狭いスペースにおさまると、赤い爪の生えた指先をなめ、体をまるめてかすかなため息をついた。

〈……おなか、空いてない？〉

僕は驚かさないようにイオのそばまで行き、鞄《かばん》の中に手を入れた。そこには、サーカスで奇術師からもらった数珠つなぎのチョコレートが入っている。たぐり出して、包みをひとつ解いた。

イオはまるい目をますますまるく見開いて、小さな鼻をくんくんとうごめかした。

赤い爪の生えた手が、そろそろと伸びてくる。爪の先は、鋭利にとがっていた。だけどちっとも危険に感じないのは、イオが骨格の作りごと、とても華奢《きゃしゃ》なせいだろう。

チョコレートをつかみ、しばらく眺めてにおいを嗅いでから、イオはそれを口に入れた。眉間にしわを寄せ、難しい顔をして食べていたけど、飲み込んだ瞬間に鼻の穴をふくらませてこちらを注視した。痩《や》せた頬が、少し赤く染まっているように見えた。

〈……もっと食べる？〉

力強くうなずくイオに、もうひとつ包み紙を解いてやった。イオは頬張るなり、今度ははっきりと、表情を変化させた。目をいっぱいに見開き、口を横に広げて、どこかびっくりしたトカゲのような顔だ。おかしな表情にとまどって、僕は慎重に尋ねた。

〈おいしい？　もし、あんまり好きでなかったら……〉

イオは首をかしげて、のぞき込むようにこちらを見あげる。目がきらきらと輝いていて、僕はやっと、イオが笑っているんだと理解した。

〈たくさんあるよ。だけど、いっぺんにはあげられないんだ。いつまでここにいなくちゃいけないかわからないから。食料は、少しずつ食べるようにしないと〉

イオは喉を鳴らして、口の中で溶けたチョコレートを飲み込んだ。両手の甲で、自分の顔を撫《な》でまわす。猫が顔を洗っているみたいだった。

〈食べるものがなくなったら、イオの持ってきた水を飲めばいい。そうすれば、死んでしまうことはない〉

顔中をこすりながら、イオが言う。

〈ノラユが飲んだ水？〉

〈そうだ。龍の水というんだと、話者《わしや》が言った。龍の水があれば……〉

そこでイオは、明るくなりかけていた顔色を曇らせた。うつむくと、フードが両の目を半分隠してしまう。

〈龍の水があったのに……誰も、助からなかった〉

ニノホたちは、僕がイオと会話しているのに気づいたのか、黙って後ろから見守っている。うつむいてしまったイオに向かって、僕は尋ねた。

〈助からなかったっていうのは、ここの、王都の人たちのこと?〉

イオは答えず、動かなかったけれど、それは肯定の意味に思えた。

〈イオははじめの塵禍が来たとき、どこにいたの?〉

〈王城にいた。ずっといた。わたしは、イオは死ぬはずだった。塵禍が来たとき、半分死んでいたから――だからたぶん、みんなのようにならなかった〉

唇を噛みしめる。その歯も爪と同様に、とがっている。

〈イオが生まれたせいで、みんながっかりした。だから死ななくてはならなかった〉

〈え?〉

〈魔除《まよ》けの鈴で庭を飾って、薬を飲んだ。飲むようにさだめられた。イオはまちがえて生まれたので、死ななくてはならなかった……どうしてまだ生きているのか、イオも知らない〉

意味がわからない。この子はきっと、まだひどく混乱しているにちがいなかった。

僕はさらにもうひとつチョコレートの包みを開けようとした。――そのとき、一人で雑貨店へ移動していたホリシイが、ガレージへ駆け込んできた。力任せにドアを開けて、ホリシイは叫んだ。

「モルタだ！　戻ってくる！」

ノラユ以外、みんないっせいに立ち上がった。モダは真っ先に外へ飛び出し、モルタのすがたを確認しようとした。ところが僕らの耳に低く届いたのは、鯨油《げいゆ》バイクのモーター音よりずっと太い、遠雷の響きに似た音だった。

ニノホが口を覆うためマフラーを引き上げながら叫ぶ。

「モダ、中に戻って！　危ない——」

千も万ものささやき声が集まって風になり、道を走ってくるような音が、モダが開けたドアの外を通過した。僕は雪が降ったのだと思った。吹雪だと。真っ白で、それはすごい速さだったんだ。

「……白亜虫？」

ユキタムが声音を引きつらせた。

大量の紙が、風に追われて走っていくみたいだった。何も書かれていない白い紙が、視界を埋めるほど大量に外の道を吹き飛んでゆく。だけどそれは、風に任せて移動しているんじゃなかった。意思を持ち、目的があって飛んでいた。

真っ白な群れが、モダのすがたを呑《の》み込む。黒い制服は一瞬でかき消えた。モダの悲鳴が聞こえた気がしたけど、白い翅《はね》がこすれ合う音と、上空から近づきつつある低いうなりがそれをもみ消す。

虫だった。それは、純白の翅を持つ虫の大群だ。

ユキタムが床を蹴《け》り、走った。ドアの外へ半身を乗り出し、腕を伸ばしてモダを連れ戻そうとする。密集した虫の翅が動く壁となって、それはうまくいかない。幾匹かの白亜虫が、開いたドアからガレージへ迷い込んできた。

真っ白な、それは大型の蝶《ちょう》に似ていた。暖まっているガレージの空気にとまどうように、虫たちはさかんにはばたく。薄っぺらで大きな翅が、不安定に空気を捉《とら》えて浮力を保つ。対になった翅の中心には、普通の虫にはない、まるい器官がひとつっきりついていた。その器官には、ぼんやりと薄い色をした模様がある。曖昧《あいまい》な模様は、まるで人の顔みたいだった。

あれが、白亜虫。はじめて目にした。白亜虫に文字を食い荒らされた本を見たことはあっても、本を荒らす虫を見るのははじめてだった。人間のてのひらほどの大きさの虫たちは、ふらふらとはばたきながら、偽の顔で僕たちを見ている。

ドアの外は、まだ大量の白亜虫によって埋め尽くされている。まるで白い塵禍だ。群れをなしてどこかへ飛んでゆく、その最後尾はまだ見えてこない。

「みんな、動かないで!」

ニノホがノラユにかぶせていた毛布をつかみ取り、それで頭をかばって白亜虫の群れにつっ込んでいった。すがたが、すぐさま見えなくなる。

吐き気とはちがう何かが、喉をこみ上げる。僕は無意識にイオがいる棚を背に立ち上がって、膝や手をわななかせていた。背筋が痛いほど痺《しび》れる。

自分が叫ぼうとしていることに、僕は体が動き出してからやっと気がついた。つぶれた喉からは、空気の抜けるようなひしゃげた音しか出てこない。だけど全身から、声が飛び出したがっていた。

出せない声のかわりに、僕の足が床を蹴った。ユキタムのわきをすり抜け、白い虫の群れに手を突っ込んだ。勢いをゆるめず、足を踏み出す。僕が入り込むのなんて気づいてもいないようすで、群れは飛びつづける。そのせいで圧倒的な抵抗を受けながら、それでも前へ進んだ。——と、のろのろとしか進めない僕の手に、何かが触れた。

虫の翅じゃない、しっかりとした布の手触りだ。僕の手は、モダかニノホ、どちらかの制服をつかんだ。離さないよう力を込める。

静かな、猛吹雪の中にいるみたいだった。真っ白で、何も見えなかった。

僕が割り込んだことになどまったくひるまず、白亜虫たちははばたきつづける。幾千という薄い翅の生み出す空気のうねりが、天地の感覚を狂わせる。こんなにたくさん白亜虫がいたら、この世から書物がなくなってしまうんじゃないか。混乱しながらそう思い、虫たちの起こす気流にうながされて、また喉を大きなかたまりがせり上がってきた。

だけど今度のそれは、声じゃない。もっと形のないものだった。

喉から出てこようとするかたまりと一緒に、頭の奥で何かがぶつかり合う。

あのときもこんなふうに、真っ白だった。僕は必死で誰かにしがみついていて、離れまいとして、だけど僕を連れてゆく力はもっと大きかった。——手にますます力を込める。絶対に離してはならない。

呼吸はほとんどできていなかった。ガレージへ戻る方角もわからなくなり、ただ無我夢中で制服の一部をつかんでいることしかできなかった。

ふっと、空気が軽くなる。重力を克服したみたいに、周りの空気が上へ向けてほぐれる。無意識に膝をついていた僕は、つられて空を仰いだ。

白亜虫の群れが、上昇してゆくのだった。体を打ちつけ、視界を覆っていた白いはばたきが、淡い灰色の空へ吸い込まれてゆく。それは地面から空へ、雪が還《かえ》ってゆくところみたいだった。

昇ってゆく虫たちの向こう。低く空気をうならせて近づく、飛空艇があった。アスタリットからの船だ。モルタが呼んだのか。だけど、それにしては早すぎる。飛んでいるすがたは、ますます海洋生物じみていた。空にいるはずのない巨大な生物が、取り残された僕たちに向けてゆっくりと高度を下げてくる……

その鉛色の船底に、虫たちは群がってゆくのだった。ちっぽけな体を、数でもって圧倒的な力に変えて、襲いかかる。そう、白亜虫たちは船を襲っていた。機関部へ入り込んだ虫がスパークを起こすのが、小さな光になって見えた。やがて光は赤くなり、炎と煙が噴き出す。

飛空艇がかしぐのが、ひどくゆっくりと感じられた。白亜虫の大部分は体を焼失させ、あるいは焼け焦げて空から落ちた。焦げ跡がくっきりと刻まれた片翅が、紙切れみたいに舞い落ちる。

かしいで一気に高度を落とす飛空艇から、人の声が聞こえたと、確かに思った。

「コボル、こっちだ、早く!」

ホリシイが後ろから叫んだ。はっとして、僕はようやく自分がニノホの腕をつかんでいることに気がついた。ニノホはモダの頭を抱えるように道に這《は》いつくばっていて、モダの頭部の辺りから、赤いものが地面に流れていた。群れの直撃を受けて転倒したときに、どこかをぶつけて怪我したんだ。

「ま、まずいぞ……!」

ユキタムが道へ踏み出して空を、落ちてゆく飛空艇を見上げた。空中に漂うにおいが、神経を不安定に揺るがせる。船は黒煙を噴き出しながらも、なんとかバランスを保とうとしているように見えた。どこかへの不時着を試みているのかもしれない。王都の建物群の屋根の上を、かたむきながら降下してゆく。

ニノホが起き上がる。モダは道路に仰向けに転がって低い悲鳴を上げながら、そのまま動こうとしない。体の横へ投げだした右手がまったく動いていない。脱臼《だっきゅう》か、骨折をしているのかもしれない。僕の背中を、ざくりと鋭い寒さが駆け上がった。ノラユだけじゃなく、モダまで身動きが取れなくなってしまった。そのうえ救助を期待するべき飛空艇が、あんなことになった。

めりめりと物の壊れる音が、静まり返った王都に響き渡る。飛空艇の重みが建物をへし折る音だ。煙が空に立ち上る。

「手を貸して」

ニノホが命じる。僕はニノホが引っ張って立ち上がらせたモダに肩を貸そうとして、自分の手が震えているのを見た。体の感覚と意識がうまく噛み合わなかった。モダの吐く息から、きつい恐怖のにおいがした。歯を食いしばって、めまいを追い出そうとする。

あれだけいた白亜虫は、幾辺かの翅の切れ端だけを残してきれいにいなくなっていた。あの大群を投じて、虫たちは飛空艇を制御不能に陥れたのだった。

アスユリのノートの記述が、あの深い青のインクが視界いっぱいに甦《よみがえ》る。あり得ないはずだ、そのはずだけど、虫たちが僕らを排除しに来たのだと思えてならなかった。

何かが鼓膜を震わせている。バイクのエンジン音と誰かの声、だけど聞き取る前に、意識だけが先走って焦る。聞き逃してはまずい言葉なのに、大量の虫のはばたきに攪乱《かくらん》された聴覚が元に戻らない。焦りながら、僕はモダをガレージに連れ戻そうともつれる足を繰り出した。

「……逃げろ！　逃げろぉっ！」

やっと耳がとらえたそれは、モルタの声だった。横倒しになった鯨油バイクを捨てて、こちらへ走ってくる。制服のあちこちに、白亜虫のちぎれた翅がくっついていた。モルタの制服は黒だから、それがよく目立った。血相を変えて、こっちへ向かってくる。その動きはとてもゆっくりに見えた。かしいで降下してゆく飛空艇と同じように。

全力で走るモルタが遅く見えるほどの速度で、後ろから――何かが来る。

「走れ！　急げニノホ！」

モルタが怒鳴る。

ニノホが息を呑む音がして、同時に僕の耳は、別の声を聞き取る。小さな悲鳴――イオの声だ。モルタの背後から迫る影がある。真っ黒な、それはニノホが倒したはずのあの黒い化け物だった。四肢を交互に繰り出して、猛然とモルタを追っている。逃げ切れるはずがなかった。あれはまるで、真っ黒な狼だ。

黒い獣が太い四肢で地面を蹴り、あっというまにモルタに追いつこうとする。その瞬間、モルタは身を反転させた。そのまま徒手で、向かってくる獣に組みかかった。不意を突かれたためか、化け物は牙《きば》をむくことができずに鼻面をモルタの腕に抱え込まれる。

「逃げろっ！」

化け物を押さえつけながら、モルタがなおも叫んだ。

「基地もやられてた……全員殺される。ここにいたら、一人残らず……」

化け物が暴れて、抑え込まれて閉じた顎から牙をのぞかせる。びっしりと並ぶ牙のあいだから、よだれが滴り飛び散った。激しくあがいて、前脚の爪をモルタの腹に突き立てようとする。

ニノホがモダから手を放し、走っていった。道の端、兵士だった塵のかたわらに落ちた武器を拾い、構える。あれを使ったら、またニノホは震えて歩けなくなってしまうにちがいなかった。

化け物に銃口を向けるニノホの目に、昨日ほどの鋭さはなかった。それでも小銃を構え、狙いを定めようとする。

が、引き金が引かれる前に、ユキタムが化け物へ突進した。黒い影が一度、びくりと痙攣《けいれん》する。黒い獣の額に、ペンが突き立っていた。銀と黒のストライプの軸。ユキタムのペンだ。

影の輪郭が、膨れ上がるように歪《ゆが》んだ。瞳《ひとみ》のない目が凶暴に広がり、上下の牙の列が乱れてうねる。そのまま形を歪めて、影はモルタの腕からすり抜け、こちらへうねってきた。さっきの白亜虫の群れと白黒の対をなすように、黒い波が空中を飛んでくる。

ガレージからはたはたと、群れからはぐれた白亜虫が飛び出す。真っ黒なうねる影と虫たちがぶつかった瞬間、激しく沸騰するような音が炸裂《さくれつ》した。

気がつくと僕は、ガレージの中へ駆け込んでいた。自分が何をしようとしているのか、把握できない。逃げればいいのか、どこにいれば安全か、誰をどうやって助ければいいのか。

ノラユが目を醒《さ》まし、棚にすがりついている。そのノラユに、イオが水の入った瓶を握らせようとしていた。

外をふり返る。

白亜虫と黒い影がぶつかるたび、空気に破裂音がまき散らされる。歪んだ影には獣の顔がかろうじて形をとどめていて、その額には、ユキタムのペンが刺さったままだった。真っ白な虫たちの薄っぺらな翅が密着すると、物のつぶれる音がして、影は苦しげにさらに形を歪めた。虫たちは淡々と、けれど確かに影の獣を攻撃していた。

イオが口の奥に、威嚇の音をくぐもらせる。塵禍。アスユリのノート。追われているイオ。白亜虫と、かしいでゆく飛空艇。——めちゃくちゃに乱れている意識の奥で、逃げろ、とモルタの叫んだ言葉が鳴り響いた。逃げなくちゃ。連れていかれる前に。逃げ損ねる前に。

〈……イオ、行かなきゃ〉

僕は言った。どこへ行けばいいかもわからないのに。ノラユが怯《おび》えきった目で、異形の虫たちと影の戦いを凝視している。ノラユが瓶を抱きかかえると、僕はイオの手をつかんで外へ走った。黒い影がぶすぶすと音をさせてこちらをふり向きつつあるのを背後に感じた。

——とても人間には見えないな。

今度こそ逃げないと。でないと、またあそこへ連れていかれてしまう。八歳で発見される前の、とぎれとぎれの不確かな記憶の影が、鋭い恐怖となって、僕を走らせた。

左右の足がためらわずに地面を蹴る。こんなに速く走ったことはなかったと、僕は思う。イオのしっぽが後ろへ揺れる。紅い尾は地面と平行に伸びて、疾走時のバランスをとる役目を果たす。イオはまっすぐ前を見ていた。見開いた目はいっぱいに恐れをたたえていたけれど、その横顔に迷いはなかった。

王都のはずれは入り組んだ階段状の街並みになっていて、質素で古びた建物が隣の屋根を見下ろし、または隣の窓を見上げる形で、ひしめいていた。

走り抜いた僕とイオは、無人の民家の陰に隠れると、壁にもたれかかって荒い呼吸をくり返した。黒い影も白亜虫も、追ってきてはいなかった。

街の中心部をふり返る。火の手が上がっているようすはない。飛空艇のエンジンの火は、どうやら消し止められたらしい。逃げることでいっぱいになっていた頭が、少しずつ思考力を取り戻す。救援部隊がたった一機で来るはずがない。後続の船が来る。だからきっとノラユもモダも、アスタリットへ帰って手当てを受けられる。そのはずだ……

心臓も肺も、一向に落ち着こうとしなかった。息を吸うたび、痛いほど冷たい空気が腹部へ切り込んでくる。

イオの呼吸は、僕ほど乱れてはいなかった。小さな横顔を、王都の外、枯れ草が雲越しの鈍い陽の光に銀色に照らされている平原と、そこを流れる川に向けている。蛇行して流れる川の向こうには、離れ小島のような木立がいくつかと、なだらかな山並みがあった。

野原に伸びる一本の川は、寡黙な生き物のように横たわっている。銀色の地面の上の白い川。まるで色調を抑えた絵みたいだ。

僕は、モルタが書いていたという大量の記録のことを想像した。アスユリの書いていた通りなら、すでに失われてしまっている、それを読んでみたかったと思った。

〈メイトロンには、龍がいないといけなかった〉

震えながらイオが言う。絶対にこちらを見ようとしない。

〈龍？　龍は……イオが、そうなんだろう？〉

おそるおそる、そう尋ねる。イオはいまにも荒々しい慟哭《どうこく》を発しそうなおもざしを、きわどく保ったまま、歯を食いしばった。

〈……イオは、龍じゃない。龍に生まれることができなかった。だから、死ななくてはならなかった〉

王都の外側から吹いてきた風が、冬眠している土のにおいを運んでくる。白亜虫たちはもしかすると、あの白い川をたどってやってきたんじゃないだろうか。

〈それなのに、イオは死ねなかった。だからきっと、こんなことが起きた〉

人間を失った建物たちや細い路地が、誰にも聞こえないイオの声を聞いている。

なんてさびしい場所なんだろう。僕は寒さが臓腑《ぞうふ》の中まで入り込んでくるのを感じた。王城のあの精緻《せいち》でにぎやかな天井画、あれこそが僕の抱くメイトロン龍国のすがただった。流麗で、繊細で、めまいがするほど色彩豊かな。……だけど王城の外、この目で見る景色のどれもが、思っていたものとちがう。起きている何もかもが、任務で体験すると思っていたこととちがう。

〈……インクを探さなきゃ〉

僕は言った。イオに聞こえるように、言葉にした。

〈ネバーブルーインクを探す〉

イオは答えなかったが、ふいに目をしばたたきながら階段になった路地の後方をふり返った。慌てて立ち止まる足音を、僕の耳も捉える。青い制服、防塵マフラーで顔の下半分を隠したホリシイが、路地に立っていた。激しく肩を上下させ、白い息をたなびかせながら、ほっとしたようすで目元をゆるめる。

「お、追いついた……」

そう言って、ホリシイは大きく息をつく。ちらりと空を見上げて、こちらへ駆け寄ってきた。

「隠れるぞ」

ホリシイが僕の腕を引っ張ろうとする。息を呑む音で、待ってくれと伝えようとした。一瞬足を止めたホリシイの顔は、だけど普段とは別人みたいにこわばり、真剣だった。

「コボルも、そのイオって子も、隠れるんだ。後続の部隊が来る。みんなはノラユとモダを連れて、アスタリットへ帰る。二人をあのままにはしておけないから」

そうしてホリシイは、鞄からくたくたのノートを取り出した。

「アスユリのノート、絶対に渡すなって。追いつくから先に行けって、ユキタムたちが」

イオが訝《いぶか》しげにホリシイを見上げている。マントの下で、硬い鱗《うろこ》に覆われた尾がくねった。ホリシイの抑えた声はわななないて、半分隠れている顔はいまにも泣きそうな気配を見せて真っ赤だった。

「アスユリが探してたインクを、俺たちで見つけるんだ」

僕は何度もまばたきをした。言葉と裏腹に、ホリシイは明らかに怖気《おじけ》づいている。そして、それは僕も同じだった。メイトロン龍国のどこかにあるというネバーブルーインクを探し出し、手に入れなければならない。そうでないと、僕たちが写本士でいる意味は失われ、塵禍による被害も止まらない。だけど真冬の異国で、まともな装備も乗り物もなく、自分たちの足で歩くしかない僕たちに、インクを見つけることなどできるのだろうか？　すぐに野垂れ死にすると考える方が現実的だ。

それでも僕もホリシイも、いまから仲間たちのもとへ戻って一緒にアスタリットへ帰ろうとは、みじんも考えていなかった。僕たちは文字を連ねて、記録することを教わってきた。葉皮紙にペンを走らせ、自分がいなくなったあとの世界でも書物を必要とする誰かのため、正確に書き残す技術を習得してきた。……いままで書いてきたものがみんな無駄だったとしても、これから書くものを無駄にしないための道具がどこかにあるなら、探さないと。

それがどんなに無謀であっても、書物に仕えることが僕たちの仕事だ。

〈こっちだ〉

くるりと身をひるがえして、イオが走り出した。

僕が追いかけると、ホリシイも慌ててついてきた。遠く空が鳴る。後続の飛空艇が近づきつつある音だった。

白亜虫は？　どこからともなく大量に現れたあの虫たちが、また船を襲うんじゃないか。王都の中心部あたりをふり返った僕の目に、ひとすじの煙が空へ立ち上がるのが映った。狼煙《のろし》だ。ニノホたちが新たに接近する飛空艇に向けて、信号を送っているんだ。その煙が起こすだろう気流に、白い虫のすがたは見えなかった。

すり減った階段のわきに、簡素な木の門がある。イオは迷わずそれをくぐる。イオに続いて門をくぐると、小さな庭のような空間へ出た。その空間に生えた木の下へ、イオが隠れる。飛空艇が二隻、西から近づいてくる。高度を下げながら、王都へまっすぐ近づかずに南へ進路を取る。建物の向こうへ飛空艇が見えなくなると、イオは木の下から歩み出た。

空気が静かだ。王城の中庭と規模は比べ物にならないのに、この場所にはあそこと同じ気配が満ちていた。地面にはまるみのある砂利が敷き詰められ、中央にちっぽけな池があった。池を見下ろす恰好《かっこう》で、僕らが身を隠した木にもたれかかるようにして、木製の小屋が建っている。人が使う小屋でも、物置でもなさそうだった。実用するには、あまりに小さすぎる。霊廟《れいびょう》だろうか。

〈イオは、ここから外へ出る。お前たちは――〉

途中で、言葉は消え入った。ホリシイがとまどいを込めて、僕とイオを見比べる。

〈僕たちも行くよ。アスユリのノートを渡すわけにいかないから〉

〈ネバーブルーインクというのを探すのか〉

僕はうなずいた。イオはうつむき、鱗の生えた足の裏で砂利をかちかちと鳴らした。

〈……イオは、ミスマルのところへ行く。川沿いに、海を目指す〉

ノートを引っ張り出し、イオの言葉を文字にした。ホリシイがそれをのぞき込む。

「ミスマル？」

声に出し、ホリシイはイオに視線を向けた。

「ミスマルって、なんだ？」

イオのふたつの目が、まっすぐにホリシイを見つめ返した。

〈メイトロンを救うもの。イオはそう教わった。そして――たぶん、お前たちの探しているものも、ミスマルのところにある〉

〈な、なんで、それがわかるんだ？〉

〈消えない記録……誰にも捻《ね》じ曲げられない記憶をこの世に残す墨があると、教わった。それはメイトロン龍国を守護するもっとも高貴な獣とともに生み出されるのだと。だから探し物はきっと、ミスマルと一緒にある。だけど……〉

そこでイオは思いつめたように、わずかに顔をうつむけた。僕は断ち切ったマフラーの片方を、鞄から取り出した。差し出すと、イオは不思議そうに視線をこちらへ向けた。鼻を近づけて、においを嗅ぐ。そのまま受け取ろうとしないので、フードの上からマフラーを首に巻いてやった。怪訝《けげん》そうな顔をしながらも、イオは特に嫌がるそぶりを見せず、マフラーに小さな顎をうずめた。

王都には人も鳥もいない。その静けさの中、二隻の飛空艇が無事に着陸したらしい音が響き渡った。重く、とても遠く感じる音だった。

ふたたび僕が書いたイオの言葉を、ホリシイが読み取る。それはまるで、新しく書いた物語を早く読ませろとせっつくときみたいで、ホリシイは僕がそう思ったのを見透かしたように、少し引きつった笑みを浮かべてこう言った。

「――ついていこう。コボルが書く小説なら、絶対にそうする」

だけど、僕らだけでたどり着くことができるのか？　最後まで進みつづけることができる確率は、限りなく低く思われた。これは小説じゃない、現実なんだと書き加えかけて、やめた。

いま書いたこの文字も、時間が経てば消えてしまうんだという。僕らがこれまであらゆる時間をささげて書いたものも、みんな失われてしまう。

僕がうなずくのを、別にホリシイは待っていなかったと思う。メイトロンで塵禍に襲われ、それにもかかわらず生きていた写本士たちに選べる道は、限られている。僕らの意思が固まったのがわかると、イオはミニチュアの建築物の前で、池に向かってしゃがみ込んだ。

〈器はあるか?〉

イオが、僕に向かって問う。

〈お前たちは、水を飲まなくてはならない。水を飲んで凍えないようにする〉

そう伝えるイオは、とても怖がっていた。僕とホリシイに対して提案することを、生き延びて行動することを、心底から怖がり、でもやめようとしていないのだった。

僕はうなずいて、鞄の中の水筒を出した。中身を空けて、イオに渡した。イオは水筒を池を囲む石の上に置き、水質を確かめるかのように、深く水中へ腕を突き入れた。そうして冷たい池から水を手ですくって、入れ物へ移していった。紅い爪の先から水筒の口へ注がれる水は、ガラス瓶の底みたいなほのかな青みを帯びていた。池の水は透明なのに、イオの手から注がれるときには青くなっているんだ。龍の水――ノラユに飲ませていたあの水だ。

〈見つからないように、しばらくのあいだ火を起こせない。お前たちがそれを飲まないと、王都から離れることはできない〉

イオの差し出す水筒を受け取り、僕とホリシイは顔を見合わせた。文字にして伝えていないのに、ホリシイがうなずく。水筒の中身を、僕たちは順番に喉へ流し込んだ。体の中に、不思議な紋様が描かれてゆくような、あざやかな冷たさが走る。たった数口ぶんの飲み物が、血管の先まですみやかに行き渡るのがわかった。

霊廟の裏手へ回る。そこはちょうど王都のはてで、天然の形のままの石材を積み上げた長い階段が、曲がりくねりながら王都の下の平野まで伸びていた。

ついてゆく僕たちを不安げにふり返りながら、イオは手摺《てすり》もない絶壁の石段を下りてゆく。

誰かの描いた絵みたいに単調な平野から、冷たい風が吹きつける。そのさびしい風によって、頭の中でページがめくれるのを感じた。ノートをすっかり文字で埋め、つぎの白紙の空間へとページをめくるときの音が、頭の中ではっきりと響いた。

第5章　龍の行く道

暗くなるのを待って、僕たちは川沿いを夜通し歩き抜いた。朝が訪れる前に、山裾《やますそ》に近い木立までたどり着くことができた。

起伏のない野原の中心に、王都を載せた台地が見えている。それはまるで、アスタリットに伝わる大昔の巨人が設置したテーブルであるかのようだった。王都から、一隻の飛空艇が飛んでゆくのが見えた。船首が向いているのは、アスタリットの方角だ。もう一隻はまだ王都のそばにとどまっているらしい。飛び去った船に、写本士たちは乗っているはずだった。追いつく、と言ったとホリシイは言うけれど、彼らには二度と会えないと考える方が現実味があった。

「なんか……すごいな。人間じゃなくなっちゃったみたいだ」

葉を落とした梢越《こずえ》しに飛空艇を見送り、ホリシイがつぶやいた。

僕たちは夜明けまで、ひとつの灯《あか》りもともさずに歩き通した。空は雲に蓋《ふた》をされていて、月や星の灯りもなかった。イオのかすかな後ろすがたと、尾の鱗《うろこ》がこすれ合う音だけが道しるべだった。日中の活動のための装備しかしていないのに、凍えずにここまでやってきた。何時間も休みなく歩いたせいで脚全体が痺《しび》れたようになっているけれど、真冬の暗闇をここまで自分たちだけで移動することができた。

これが、龍の水の力なんだろうか。イオは自分を龍ではないと言ったけれど、こんな力を持つ水を汲《く》むことができるんだ。だからこそ、あの黒い影が追ってきたんじゃないのか。例えば、イオの力を何かに利用するためだとか、あるいは――イオを排除するためだとか。

〈川沿いに進む。海の離宮に向かう〉

イオが告げる言葉を、文字に書いてホリシイに通訳する。

「ミスマルっていうのは、なんの名前なの？」

ホリシイが、直接イオに問いかける。昨日会ったばかりの相手に、ホリシイはすでに打ち解けた態度を示していた。知り合ったばかりのころの僕にも、ほかのみんなのようには返事ができないにもかかわらず、ためらいなく話しかけてきた。他者に対して、ホリシイはいつでもこうなのだ。

イオは、ホリシイには聞こえない声で返事をする。

〈メイトロン龍国を正しく守護する存在。……たくさんの宝と一緒に、大切に守られている〉

〈それが、海のそばにあるってこと？〉

ホリシイへ通訳をする前に、僕は尋ねていた。イオは歩みを止めない。

〈王城ではイオが死ぬことになっていたから。死の穢《けが》れを清めてから、ミスマルを王都へ移す手はずだった〉

そう説明するときも、イオの声音は変わらなかった。

メイトロンの冬の森は、図書館のある丘のふもとの木立よりも、黒っぽく見えた。冬枯れた枝が銀色の空に、線の不揃いな網目模様を描いている。

「あのとき――中庭で塵禍《じんか》が襲ってきたとき、雨が降ったろ。あれは、龍が降らせた雨なのかな。

メイトロンの龍は、雨を呼んで国を栄えさせたんだろ。メイトロンには龍、アクイラには天帝鷲《わし》……じゃあ、あの狼みたいな化け物って」

ホリシイはほとんど独り言を言っていたんだと思う。もう王都ははるか後ろで、僕らを助けてくれる人は誰もいない。道を教えるのはイオだけで、ほかに答えを求められる相手はいない。仲間たちとも離れ、いままで信じてきたものをみんな疑わなくてはならなくなったんだ。喋《しゃべ》っていないと、不安で仕方がないにちがいなかった。僕だって、移動中でなければペンを動かしていたかった。消えてしまうのだとしても、何かを書きつづけていたかった。

イオの顔が、わずかにうつむいた。

〈追ってきたのは、ペガウ犬国の獣だ。……どうやって王城に呪いを仕掛けたのかはわからない。だけど、目的はわかる。あれも、イオを殺しに来たんだ〉

ペガウの？　ペガウ犬国はアクイラ翼国とともにカガフル山脈を背負う北国だ。どちらも、塵禍による被害を受けている。

いやな寒気が、背筋にまつわりついていた。気づかないうちに、大きな生き物の腹の中にいて、いま足元からじわじわと消化液が滲《にじ》んでくるかのようだ。

〈でも、どうしてイオのことを、そんなに……〉

誰もかれもが、殺そうとするんだ。すがたが龍ではないとしても、メイトロン王室の第一王女である事実は、変わらないいんじゃないのか？

すべて伝えきることができなかった僕に、イオは何も答えなかった。

イオが海までたどると言った川が、僕たちの左手、背の低い植生に守られた坂の下を流れている。川幅は、たいして広いとは言えなかった。深さも僕の膝上《ひざうえ》くらいじゃないだろうか。枝の下をくぐり、枯れ草や乾いた枝を踏みながら、メイトロンの地図を頭の中に呼び起こした。細長く海に突き出たメイトロン龍国の王都があるのは、国土のほぼ中央だ。このまま歩いて、海へたどり着くのはいつになるだろう？

うっすらと雲の向こうに見えている太陽が、正午の位置へさしかかるころ、休憩を取った。まだ山を抜けておらず、倒れかかった楢《なら》の木の根元に座る場所を見つけた。イオは水筒を持って、川から僕とホリシイのための水を汲んできた。

『ニノホたちは、またメイトロンへ戻ってくるつもりなのかな。』

僕が書くと、ホリシイはうなずいた。

「そう言ってた。館長と直接話すつもりだって。……こういうのって、反逆罪になったりするのかな？　うまくいくかわからないけど、信じようぜ。俺たちみんな、共犯者になったんだから」

冗談めかして言うけれど、その顔は引きつっていた。イオが汲んでくる水のおかげで、体は疲れない。寒さもほとんど感じない。さしあたっての危険は、この山にいる野生動物だ。

〈暗くなるまでに、山を抜けられるかな？〉

尋ねると、イオはこくんとうなずいた。

〈前に一度、ここを通ったことがある……いまは人の目も少ないから、向こう側まであまり時間はかからないはずだ。夜までには神殿に着く〉

〈神殿？〉

〈メイトロンのあちこちにある。龍への供物をささげる神殿だ。イオは龍じゃないけど、ミスマルのためだから使っても許されると思う〉

そうしてイオは、僕とホリシイから目を背けてしまった。ホリシイが、口をすぼめて目玉をめぐらせる。

「ペガウ犬国っていえば、変な民話があったな。出発前に読みきろうとして、最後まで読めなかったんだけど――」

ホリシイは、読みかけの物語で静けさに注意深く穴を開ける。

◆

ペガウには代々、犬とともに暮らす一族があった。男も女も、年寄りも幼子も、かならず一頭の自分の犬を持っているのだ。彼らはいかなるときも自分の犬から離れず、体の一部であるかのように扱った。他部族との婚礼の際には、花嫁に犬を贈るのが習わしであったが、ある年この一族の若者と結婚した花嫁は、すでに自分の犬を持っていた。

「これはわたしが親から譲られた犬です。山で木を伐《き》っていたとき、近づいてきた犬だといいます」

はじめから犬とともに仲間入りをした花嫁を、一族の者たちは大いに歓迎した。

一年と経たないうちに、嫁は子を孕《はら》んだ。年が変わろうとする夜中に産気づき、二人の子を産んだが、それはどちらも異様なすがたをした子どもだった。どちらの赤ん坊も、体は人、首から上は犬だったのだ。

犬の顔をした双子は、生まれて百日で歩き出し、百七日で走るようになった。一族のどの人間よりも知恵深く、どの犬よりも俊敏に育ったため、皆から大事に扱われた。

ところがこの双子には、不幸な特質があった。一族の老若男女、誰もが一頭ずつ犬を連れているというのに、この双子には懐く犬がいないのだった。どんな犬をあてがおうと試みても、どの犬も一時として双子のそばにとどまろうとはしない。

やがて双子の母親の犬が、臨終を迎えるときが来た。婚礼の際に、外から連れてきた犬だ。犬は息を引き取る間際に、双子の耳元で人の言葉をささやいた。

「わたしはあなたたちの母親の親たちに、盗まれたのです。花嫁として恥をかかぬよう、嫁入りの道具として、もといた主のそばから盗まれてきたのです。主のそばにいることが叶《かな》わなかったわたしの悲しみのために、あなたたちはどんな犬もそばに置くことができないのです」

そう言って、犬はこときれた。

双子は自分たちの運命を受け入れ、地面に映る自分たちの影を犬とすることにした。

影の犬たちは、双子の言うことをなんでも聞いた。自在に伸び縮みして主人の役に立つようになった。双子が影の犬に野ウサギを獲《と》ってくるよう命じると、影は山に向かって長く伸び、よく太ったウサギをつかまえてきた。双子の父親が病に倒れた際には薬草を摘み、医者を呼びに山を越えて走った。崖崩《がけくず》れが起きれば谷底へ影たちが駆け下り、けがをした者を救い出した。

やがて双子は年老い、影の犬たちも主たちとともに寿命を迎えた。

だが一族にはそれ以降も、影の犬を飼う者が生まれるようになった。生きた犬に懐かれるかわりに、自分の足元に伸びる影を飼う者、自在に影を使役する者が。

◆

その本は、アスユリが館長室に忍び込んだあの晩、僕が写本室で見つけたものにちがいない。

僕はホリシイが思い出しながら話した短い物語を、みんなノートに書き記した。

「ほんとは、このあとで長い物語がはじまるんだけど――そっちは最後まで読めてないんだ。俺たちの状況って、この影の犬に追われたってことじゃないか？」

『だけど、それはペガウに伝わる民話だろう？』

「ほんとうに、追いかけてきたじゃないか。ひょっとするとペガウにも、ネバーブルーインクを探してる誰かがいるのかもしれない」

ホリシイが顎《あご》に手を当てる。ずっとそっぽを向いていることにもお構いなしで、イオに声をかけた。

「それとも、イオをさらいに来た、とか。イオは王女なんだろ？」

イオの眉《まゆ》が、ぐっと曇った。さっと立ち上がって、歩き出してしまう。僕は水筒を鞄《かばん》につっ込み、急いでノートに書き足した。

『イオは王城で、あのとき殺されかけてたんだって。外部の者にじゃなくて、王城の人たちに』

ホリシイの目の色が、一段階暗くなったように見えた。

「なんだ……じゃあ、なおさら逃げないとな」

声音から抑揚をなくす友人を気にしながら、僕はイオを木立の向こうに見失わないよう、ひたすらに足を動かした。


日没の直後にたどり着いた神殿は、王都のはずれにあった霊廟《れいびょう》をそのまま大きくしたような建物だった。

入口は両開きの木戸で、中央のつなぎ目に青錆《さ》びた鋳物の飾りがはまっている。雲に乗り、向かい合って長い首をからませる二匹の龍がレリーフになったそれは、錠ではなくて確かに飾りだった。鍵穴《かぎあな》らしきものは、どこにも見当たらない。

入口へつづく短い階段を上り、イオは少し緊張したようすで小さく息をついた。そして両の手を伸ばして鋳物の飾りに触れる。すると、金属製の龍に変化が起こった。空から降りてくるようにくねる龍の体が、するすると動いたのだ。二匹はイオの手から命を与えられて、絡み合っていた互いの首を離し、左右の雲へ退いてとぐろを巻いた。

扉を開けると、古い本のページに似たにおいがした。中へ入る。窓はひとつもなく、調度品も一切置かれていなかった。まるで、木箱の中だ。このせまくて何もない空間がなぜ神殿、祈りの場なのかわからなかったけれど、とにかくここで夜を明かすことになった。

〈この中にいれば、黒犬は入ってこられない〉

扉をぴたりと閉ざしたイオは、かすかに安堵《あんど》の表情を浮かべていた。紅《あか》い尾が鎖みたいな音を立てて、薄い木の床へ垂れる。

〈人間も来ないから、見つかることもない〉

〈神殿なのに、誰も来ないの?〉

閉めきると完全な暗闇になってしまう。それでもかすかに視界は生きていたけど、蓄電獣脂《ちくでんじゆうし》の照明をともした。青白い三つの顔が、弱い照明に浮かび上がる。

〈ここは人間ではなく、龍のための場所だから……黒犬が追跡をつづけていたとしても、結界があるからこの中へは入ってこられない〉

そうつぶやくと、イオは壁にもたれて座り込んだ。

僕も腰を下ろし、ノートを広げた。歩きどおしで、脚が熱された薪みたいにこわばっていた。

ペンを動かしている時間の方が短いなんて、図書館ではそんな日を一日たりとも過ごしたことがなかったので、手が文字の書き方を忘れていないかと不安になった。イオがいま言ったことを、僕はノートに書いた。指がふわふわと、空気の上をなぞっているみたいだ。

「龍のための？　こういう神殿が、王都から海までほぼ等間隔に建っているんだって言ったよな？」

僕の書いた文字をのぞき込んで、ホリシイが眉をひそめた。

「……じゃあ、龍が同じルートを通っていくってことなのか？」

ためらいなく話しかけてくるホリシイに、イオはわずかに口を尖《とが》らせた。ガレージでモルタが乱暴にふるまったせいなのか、僕以外の写本士を警戒しているみたいだった。

〈メイトロンにはいま、龍がいない。だから、ミスマルが必要だ〉

イオはホリシイには聞こえない声でそれだけ言うと、視線をうつむけて僕の鞄から勝手に水筒を抜きとった。蓋を開けて、こちらへ差し出す。

〈もっと飲め。寒くなる〉

僕とホリシイは、顔を見合わせた。

「イオは、王女さまなんだろ？　だから神殿の扉を開けられる。この不思議な水だって手に入れられる。イオは立派な龍じゃないか。それなのに、メイトロンの王室はどうして……」

受け取ろうとした水筒が、僕とイオの手のあいだで危うく揺れた。ホリシイの言葉に、イオが凶暴なほど顔を歪《ゆが》める。

〈それは、もう話した〉

突きつけるように水筒をこちらへ渡すと、イオはそっぽを向いて寝転がってしまった。しっぽを腹にまるめ込み、もうこちらを向くそぶりはなかった。

「……気に障ること言った？」

ホリシイは後頭部を指先でかいて、しばらくイオの背中をうかがっていたけれど、やがて諦《あきら》めて糧食を鞄からつかみ出した。

「必要ないみたいだけど、食べとこうぜ。なんか……もとに戻れなくなったらいやだろ」

友達が何を言いたいのか、なんとなくだけどわかった。寒さと空腹をほとんど感じないいまの僕らは、人という生き物からかけ離れつつある。ネバーブルーインクを見つけたあと——それがいつになるかわからないけど——図書館へ帰って、また写本士としてペンを執るなら、人間らしさにつながる部分を、少しでも失わずにいる方がいい。

——とても人間には見えないな。

誰かの声が甦《よみがえ》る。僕を発見した大人たちの一人の。

あれはどういう意味だったんだろう。ホリシイがよこしたビスケットをかじりながら、僕は壁を向いてまるまっているイオに視線を向けた。もう眠ってしまったのか、全く動く気配がない。

イオも、あれと似たことを言われたんだろうか。メイトロンの龍には見えない、と。

こめかみに、鈍い痛みが貼りついた。白亜虫《ブランカー》の大群が押し寄せた光景がよみがえる。必死で手を伸ばして、ニノホの腕をつかんだ。……あれと同じ経験を、前にも一度した気がする。真っ白で、誰かの衣服を必死でつかんでいて、そうだ、あれは雪だった。僕は必死で縋《すが》りついたけど、無理やり引きはがされた。連れていかれてしまう。行きたくなかった。行ったら、僕は人間じゃなくなる。雪がものすごく降っていて……

はっと、僕は目をしばたたいた。ごしごしと頭をこすって、痛みを追い払おうとした。何を考えてたんだろう？　疲れて、起きたまま夢でも見たんだろうか。意識をつなぎとめるため、ペンを握った。自然と、文字が生まれてゆく。

『ホリシイは、なんでこっちを選んだの？　ノートだけ僕に渡して、みんなと帰国することもできたのに。』

そう書いた。ノートをのぞき込んで、ホリシイは呆《あき》れたようすで鼻を鳴らした。

「なんだよ、いまさら。お前だけだと心配だからって、スピード狂のセピア派写本士についていくよう言われたんだぜ。いやだって言えると思うか？」

わずかな固形物を食べ終わって水筒の水を飲んだホリシイは、ごろりと床に寝そべった。ときどき風が鳴くくらいで、外は静かだ。

「……アスユリのノートにあったこと。あんなのいきなり信じられない。まだ半分、本気にしてないかも。だけど、困るんだよ、写本士が消えていく文字を書いてるだけだなんて」

ホリシイが言った。僕が文字を書いて返事をしないので、それは独り言みたいになった。

「俺は将来、本を作るんだ。一冊一冊、写本室で稀少《きしよう》本を作るんじゃなく、昔みたいに印刷所でたくさんの本を作れるようになったら……そうしたら、コボルが書いた物語を本にする。店で売って、国中の、大勢の人が読めるようにするんだ」

ホリシイがすんと鼻を鳴らして、脚を組んだ。冗談で言ってるんだろうか。僕が書くものなんて、いままで読んだ物語のつぎはぎ細工でしかない。ほんものたちには到底及ばない、ただの模造品なのに。

その考えを見透かしたみたいに、ホリシイはちょっと口の端を持ち上げた。

「もちろん、手直ししなきゃいけないところは山ほどあった。粗探ししようと思えば、いくらでもできたんだ。だけど、それを差し引いても、おもしろかったんだよ。少なくとも俺は、読んでるとわくわくした。自分だけじゃなく、もっといろんな人に読ませてみたくなった。大人になったら図書館から独立して、コボルの本を作って売る。そして、大金持ちになるんだ」

大金持ち。物語の中でしか、そんな言葉に遭遇したことはなかった。親友の口から出てきた意外な言葉に、僕は目をまるくした。

こちらの驚きを読み取って、ホリシイがにやりと笑う。

「金のために書いてるんじゃない、とか言いたいんだろ？　わかってるよ。だけど、俺は稼ぎたい。稼いで、そして、いままでなら図書館へ来るしかなかった俺たちみたいな連中を雇うんだ」

ホリシイの声は、何度も老師に注意される文字と同じにのびやかだった。

「写本士になるのは、みんなほかに行くところがないやつばっかりだ。親が死んだり、家が貧乏だったり、捨てられたり……中にはニノホみたいな、特殊な事例もあるけどさ。みんな、毎日毎日、文字を書く。好きじゃなくても、ほかに選べない。向いてないやつは、製本の仕事や葉皮紙作りに回されるだろ？　それだけじゃなくてさ、もっといろんな種類の仕事を作る。集まった連中が、それぞれ自分に向いたことをやって、食べていけるようにしたいんだよ。写本士の仕事に、俺だってやりがいを感じてたけど、それも嘘っぱちだったんだろ。もっと自由になりたいんだ。そのために稼ぐ。……このまま帰ったら、そんな夢は叶わなくなるんだ」

声が沈んで、夜が深くなったのがわかった。

大勢の人が読むための本を作る。そんなことを、僕は想像すらしてみたことがなかった。ホリシイがそれを真剣に考えていたということも。

僕たちはごく小さな照明を頼ってアスユリのノートをもう一度読み、それから眠った。明日もまた、歩きぬかなければ。

イオの息はあまり白くならない。特別体温が低いようには感じないけれど、龍の尾を持っていることと関係しているのかもしれない。

川に沿って、つぎの日も前進した。道しるべにしている川は、人里からは離れた野原の中を流れていて、すぐに人目につく心配はなさそうだった。三日目の行程で、やっと遠くに人家が見えた。幾条かの細い煙も。食事を作っているのか、暖を取っているのか、とにかく生きた人たちがいる。

あの人たちは、王都を二度も塵禍が襲ったことをもう知っているだろうか。もしかすると、まだ知らされていないのかもしれない。でなければ、あんなに静かな光景があるわけがないと、そう感じた。

距離のせいで小さく見える民家や納屋をながめながら、あそこではどんな人たちがどんなふうに暮らしているのだろうと想像してみた。歩きながら連ねる空想を、うまく膨らませて組み立てれば、何か物語が書けるんじゃないかと思った。

〈いまは、新年を迎える前の、忌み籠《ごも》りの時期だ。食べ物や燃料を充分に蓄えて、人間たちは年が明けるまで家にこもっている。だから、人間に見つかることはない〉

地平線をまばらな山が隠している。王都から海までの地形は平たく、現実味がないほどだだっ広かった。風を遮るものといっては、川べりにときおり生えているはだかの古木しかなく、防塵マフラーで口元を覆ってただ黙々と前進した。風がきついせいで筆談ができない僕に、ホリシイもあまり話しかけてはこなかった。

〈静かだね。なんだか……〉

人の気配のない景色は、塵禍に襲われた王都とそっくりだ――そう感じたけれど、わざわざイオに伝えることではないと思い直した。

川岸は土手になっていて、石くれや灌木《かんぼく》で埋もれているが、よく目を凝らすと人工的に整備されたものらしいことがわかる。すべすべと角のない石が、土手の斜面にぎっしりと敷き詰められていた。

まるで、水の道だ。誰かのためにかつて造られ、そして使われなくなった、忘れられた道。イオの案内でたどる川は、誰かの意図を背負って流れている。王都から海へつづく道、龍のための神殿。……イオが龍でなくて、あのとき中庭で殺されようとしていたのなら、なぜこの道を知っているんだろう？

こうしているあいだにも、王都に残ったみんなはすでにアスタリットへ帰還しているはずだった。あとで追いつくと、ユキタムはホリシイに言ったという。……僕はそれを期待していなかった。塵禍が兵器なら、その兵器を使った王都で不自然に生き残っていた写本士たちを、やすやすと自由にするとは思えない。図書館へすぐ帰してもらえるかどうかすらわからない。

一歩また一歩、視界の中を自分の足が踏み出してゆく。緩やかに蛇行する川の先は、見定めることができない。いま、農地に働く人間のすがたはない。かわりにこの時季ならば、狩猟に出ている者もいるんじゃないだろうか。だけど川のほとりを行く僕たちは、まったく一人の人間も見かけないまま三日目の行程を終えようとしていた。塵禍が襲ったのは台地の上の王都だけなのに、まるでメイトロン龍国全土が無人と化してしまったかのようだ。忌み籠りというメイトロンの風習は、かなり厳格なものであるらしい。

何度かふり返って後方を確かめたけれど、あの黒い影がついてきているようすはなかった。王都で散り散りになって、あの化け物は消えてしまったんじゃないだろうか。そうであってほしいという願いと、それほどあっけなく消えてしまうものに、なぜアスユリが殺されなくてはならなかったんだという虚しさが、同時に胸の中で渦を巻いた。

日が暮れはじめるころ、貧弱な木立に守られたつぎの神殿にたどり着いた。

「なんだっけ……こういう雰囲気の話、なかったかな。死なない薬をもらう、ナビネウル鱗国の昔話」

ホリシイが、靴を脱いで足をもみながら言った。僕も同じようにしたけれど、手も足も冷え切っていて、自分の体に触れているという感覚がない。それが不安だったんだと思う。ホリシイは、異国の昔のおとぎ話を、声に出して話しはじめた。

◆

あるとき浜に魚が打ち上げられた。平たく、波の色とまったく同じ緑で、身と皮が透きとおった魚。誰も見たことがなかった。

漁村のはずれに若い娘が暮らしていた。年取った両親は病を患い寝ついていた。一家は村の者と会うことも話すことも許されていなかった。これは人へうつる病だったため。

娘は一人では漁に出られず、毎日浜辺を歩いていた。砂の上の海藻や魚の死骸《しがい》。それらを拾い、持ち帰って、自分と老親の口を養っていた。

その日も浜をうろついていたので、娘は打ち上げられた不思議な魚を発見した。誰よりも早く。

大きな魚は鰓《えら》も鰭《ひれ》も動かさない。死んでいるのだ。打ち上げられる他の魚と同じく。娘は魚を引きずって、家まで運ぼうとした。

するとどうしたことか、誰かのさめざめと泣く声が、ずっとついてくる。立ち止まって見回す。けれども周りに人のすがたはない。また娘が魚を引きずると、泣き声はますます高くなる。

どうやら魚が泣いているのだ。そうとしか考えられず、娘は尋ねた。

「泣いているのか。浜に上がったとき、海のものの命運は尽きた。泣くのをやめて、おとなしくせよ」

ぐたりと動かない魚の目が、そのとき確かに娘の顔をひたと見た。

「わたしを食べても滋養はつかない。情けをかけてふたたび波へ返すなら、恩に報いてお前の願いを叶えよう」

娘は立ち止まり、魚から手を放す。そしてしばし考えた。

いますぐにこれを食べるより、願いを叶えさせて老親たちの病を取り去る方がよい。そう判断して、娘はうなずいた。魚に向けて。

「わかった。波へ返そう。かわりに海のものは、わたしの父親母親の病を治さねばならない」

「なんと、容易《たやす》い願いだろうか。無欲な陸のものよ。わたしはお前の父親母親の病を癒《いや》し、お前の寿命ある限り尽きぬ富をも約束しよう」

娘は、波の寄せる方へと魚の体を引きずった。水に触れると、魚の透きとおった体は娘の手をふりはらい、するりと波の中へ泳いでゆく。波の色と同じ体は、たちまち見えなくなった。

逃げられたのか。娘は不安を覚え、波に向かって呼びかけた。

「約束をたがえるな、海のもの」

するとそれに応《こた》えて大きく水がはね、返事があった。

「住まいへ帰ってみよ。陸のものの願いは叶えてある」

◆

イオの変化を感じ取ったらしく、ホリシイが話を中断した。するとイオが、つづきを紡ぎはじめた。

〈イオも、その話を知ってる。同じだ〉

イオが驚愕《きょうがく》にも似た表情を浮かべて、つぶやいた。

〈……聞いたことがある〉

◆

そこで急いで家へ戻ってみると、病み伏していた老親たちは起き上がり、顔の色もよくなっている。見違えるほどに。さらには家の中に食べきれぬほどの魚と貝と、真珠や珊瑚《さんご》や宝の類が山と積まれてあった。

娘は親たちの快癒をよろこび、浜で見つけた不思議な魚の話をした。すると、つやを取り戻した髪に宝を飾りつけていた母親が言った。珊瑚の櫛。あぶくの宝玉。

「ああ。お前は、なんともったいないことをした。〝寿命のある限り〟と魚は言った。それでは、われわれの寿命を尽きぬようにさせなくては。すなわち富も永遠にわれわれの手に入る。もう一度、浜へ行き、魚に言いつけよ。われわれを不老不死にせよと。それでようやく、恩と報いが釣り合おう」

◆

〈欲張った報いに、その人たちは不幸になる〉

僕が言うと、イオはまだ驚きから冷めやらないようすで、こくりとうなずく。

〈そうだ。娘と親たちは、願いを叶えさせるために漁に出てあの魚を捕らえ、不老不死を約束させる。魚はその願いを叶えてやるが、報いとして浜も村も大波に呑《の》まれてしまう〉

イオが同じ物語を知っているのだということをノートに書いて伝えると、ホリシイはやっと納得がいったというようすで、うなずいた。

「よく似たストーリーが、アスタリットの昔話にもあるよな。舞台は海じゃなく森の中で、願いを叶えてくれるのは魚じゃなくて妖鬼だったけど」

僕も読んだことがあった。細部はちがうけれど、異界の存在に駆け引きを持ち掛け、結局は何もかもを失ってしまうという筋は同じだ。

〈ナビネウルからアスタリットへ、物語が伝わったのかな。それとも逆だろうか〉

図書館にならその答えが書かれた本があったかもしれない。僕はいますぐ書架の前に立って、背表紙に視線を走らせたいという衝動に駆られた。だけど図書館も本も、いまははるか遠くだ。

イオが思案気に、大きな目をゆっくりとまばたく。まぶたが上下するたびに、瞳《ひとみ》の表面がつやつやと潤んだ。

〈魚が人間の一家へ渡した不老不死の妙薬は、波のいちばん底に誰にも見られず暮らす魚の卵だった。それを食べて老親たちと娘は老いることも死ぬこともなくなるが、代わりに家も住む土地も財産もなくしてしまう〉

神殿の屋根の上で、かさこそと枯れ枝が風に揺れた。

〈……その不老不死の卵っていうのは、ナビネウルに……〉

〈ない〉

イオは即座に否定して、それから少し自信をなくしたようすで、マフラーに顔をうずめた。

〈ないと、教わった。龍の水のほかに、この世に甦りの妙薬は存在しないと……メイトロン龍国は特別なのだと。だけど、同じ骨組みの物語が遠く離れた地で発生するんだ。どこかの国だけが特別だなんて、そんなことがあるだろうか。不老不死の卵を産む誰のまなざしも受けたことのない魚は実在して、その卵はナビネウルにあるかもしれない。ただ、知らないだけで〉

イオは紅い爪の先を、カチカチとこすり合わせた。寒さのせいか、指の皮膚がずいぶん、かさついているようだった。しまった、と僕は思う。アスユリは冬に指先があかぎれになって本や紙を汚さないよう、膏薬《こうやく》をいつも持ち歩いていた。アスユリの鞄の中に、薬が入っていたんじゃないか。イオのために、あのとき持ってきていればよかったのに……

何を考えてるんだ。僕は頭をふった。アスユリからこれ以上何かを取ってしまうなんて、そんなことをしていいはずがない。

〈ほかにも、イオは物語を知ってる?〉

僕が問うと、イオはたくさんしゃべったことを少し後悔しているみたいに口をすぼめながら、それでもうなずいた。

〈これから、イオが知っている話を教えてくれないかな。神殿に着くたびに。書き留めておきたいんだ〉

イオは不思議そうにまばたきをしたけれど、嫌だとは言わなかった。

つぎの日は、起伏の多い森林を抜けなくてはならなかった。道がないということがどんなに過酷か、僕たちはいやというほど思い知った。視界の悪い森の中で、イオは何度もふり返っては周囲の気配を探っていた。あの黒い影の犬が追ってきていないか、警戒しているのだった。

夕刻に神殿へ着くなり、イオは僕の水筒を持って外へ水を汲みに行った。どの神殿も前に入ったものとまったく同じ造りで、同じように殺風景だった。

この建物がどうして龍のための神殿なのか、やっぱり理解できない。メイトロンでは、龍がとても大事にされているはずだ。こんな家畜小屋みたいな建物が神殿だなんて、不自然だ。

僕とホリシイは水を飲んでビスケットを食べ、イオにはチョコレートを渡した。イオはこのお菓子をいたく気に入って、頬張っているあいだだけは目をきらきらさせ、幸せそうな顔をした。

食事とはとても言えない栄養補給をすませると、イオは、僕に物語を語って聞かせた。昼間歩きながら、考えておいてくれたのだろう。簡潔に、だけどリズムよく紡がれる物語は、ひとつではなかった。

メイトロン龍国に伝わる冥界《めいかい》へつながる坂道の話。ナビネウル鱗国の天から来た魚の話。トトイス円国の山を背負った亀の話。ヴァユに古くから伝わるという、空の国へ旅に出たまま戻らなかった農夫の話。

僕はそれをセピアインクでノートに書き、そのノートを見ながら、さらにホリシイがブルーインクで自分のノートへ複写した。ホリシイの書く文字は、老師から厳しく教えられた規定を離れ、どんどん太く、のびやかになってゆくようだった。

〈イオは、この物語をどこで覚えたの？　王城の書庫で？〉

語りおえて、もう一粒チョコレートを頬張っているイオに、僕は尋ねてみた。イオは首をかしげ、紅い髪を揺らして頭をふった。

〈イオは、文字を読めない。物語は、みんなイオを育てた者から聞いた〉

〈育てた人……お世話係とか、そういう人？〉

〈話者《わしゃ》だ〉

イオはマントにつま先もしっぽもしまい込んで、眠くなりかけた目をこする。はじめよりも、ずいぶんとこちらに慣れてきたようだった。

〈イオの声が聞こえる、特殊な者。イオと同じように話す者……コボルみたいに〉

〈僕みたいに？〉

メイトロンでは、誰もがイオみたいに話すことができるんじゃないのか？

〈話者は、イオにたくさん物語を教えた。いつかイオが、ちゃんとした龍になれるんじゃないかと、ずっと待ってくれていた。だけどイオは、だめだった。みんながイオを諦めることに決めて、イオが死ぬための儀式がはじまって——話者も塵禍で死んでしまった〉

僕は書くべき言葉を探って、ペン先を中途半端にさまよわせた。イオは僕たちを生かす龍の水を汲むことができて、何よりあたりまえに自分の意思を持っている。それなのに、望まれたすがたで生まれなかったという理由で、周囲のみんながこの子が死ぬことを決めたのだとしたら……こんなにひどいことって、あるだろうか？

しかも、その特殊な話者という人を含めて王城にいた人たちが残らず死んでしまったなら、もう、イオと直接話すことができるのは、僕しかいないっていうことじゃないか？

四つん這《ば》いで尾を引きずりながら近づいてくると、イオが僕の膝の上のノートとペンに鼻を近づけ、においを嗅《か》いだ。

〈……コボルもホリシイも、イオが話者から教わった物語を書いている〉

自分のペンを動かしていたホリシイが、イオの動きに顔を上げた。

〈書いて、どうする？〉

僕らが使うペンは、ずっと使っていないとインクの詰まりを起こす。だから毎日使うことが重要だし、何より僕たちは、書かないでいることができないのだった。図書館で暮らすことが決まった日から、来る日も来る日も、文字を書かない日はなかった。

〈いつか……誰かが読むかもしれない。僕たちの書いた文字は、しばらくすると消えてしまうらしいけど、忘れないうちに書き留めておいて……そしてネバーブルーインクで書いて製本すれば、遠い未来にも、誰かが読めるかもしれない〉

イオはふてぶてしい猫みたいに首をかしげ、もう一度顔を近づけて、ノートの上の文字のにおいを嗅いだ。ホリシイの青いインクのにおいも同じように確かめ、そして鼻の上にしわを刻んだ。

〈お前たちは、そのためにネバーブルーインクを使うのか？〉

イオが尋ね、僕は手を止める。セピア色のインクを紙の上へ送っていたペン先が、たよりなく宙に浮いた。

〈……ほんとうのことを、書いて残すためだよ〉

〈ほんとうのこと？　イオが話したのは、神話やおとぎ話だぞ〉

雨雲色の大きな目には、こちらを呑み込むような深い色が宿っていた。

〈そうじゃない。……僕らの国は、ずっと嘘をついていたんだ〉

塵禍のことも。――イオに話すべきだろうか？　もしいま話せば、イオは僕たちが同行することを、拒むんじゃないか。

「おい、俺に聞こえない会話で相談事を進めるの、やめてくれよ」

ホリシイがペンをキャップに収め、パタンとノートを閉じた。別にそんなわけじゃない、と僕が伝えようとしたとき、遠くから、細長い獣の声が響いてきた。僕たちは一様に凍りつき、耳をそばだてた。脳裏に自動的に、黒い獣のすがたが浮かぶ。よく利く鼻と長時間走りつづけられる脚を持つ、狼。イオは黒犬と呼んでいた。

生きていた。ついてきているんだ。服の下で、腕にびっしりと鳥肌が立つのがわかった。

「……神殿には、入ってこないんだよな？」

ホリシイが、小声でイオに確かめる。

〈昼間、あれはあまり動けない。追跡してくるのは、イオたちが隠れている夜だけだ〉

イオは、ホリシイには聞こえない声で返事をした。

やがて、遠吠えがやむ。ホリシイは床に置いた鞄の中から地図を引っ張り出し、蓄電獣脂の灯りにかざす。

「このペースで歩きつづけたら、川と海の合流点まで、あと十日くらいかな。その前にユキタムたちが追いつくか、正直わからないけど……」

それでも、先へ進むしかなかった。

◆

千年前のこととも、二千年前のことともつかない。

まだこの世が若かったころのこと。神々が地を、海を、空と天候を治めていた。

ヒタルは金の野の領域の王の子であり、ミグは鈍色の雨の領域の王の子であった。

金の野の領域の土はひじょうに豊かだったが、もう五百日というもの、雨に恵まれていなかった。領民が飢え、家畜が仔《こ》を産まなくなったため、ヒタルはミグを金の野の領域へ迎えることになった。

ミグが訪れると金の野に雨が降り、土地はふたたび潤った。作物は実を結び、家畜たちも殖えてゆく。ヒタルとミグも、自分たちの子をなすことにした。

はじめに生まれたのは、人ならぬ形をした子どもだった。生まれながらに顔は老い、手足は黄ばんで、目はあかあかと燃えていた。

「これはあやかしにすり替えられた子どもです」

ヒタルとミグに、巫女《みこ》が告げた。

「すり替えられたとあっては、なんとしてもわが世継ぎを取り返さねば」

ヒタルが勇み立ったが、巫女は目を閉じてかぶりをふった。

「それはできませぬ。恐れながら、お世継ぎであったはずの赤子はすでにあやかしのものを食べ、あちらの世の者となっておいでです」

ヒタルとミグはおおいに嘆いた。ヒタルの悲嘆が地割れを起こし、ミグの涙が川の氾濫《はんらん》を呼んだ。それによって領民の五百人と、家畜の五百頭が命を落とした。

「このすり替え子を船に乗せ新月の夜に川へ流し、かくり世の者となさいませ。そうすれば新たなお世継ぎは、二度とすり替えられることはないでしょう」

巫女の言葉どおりに、ヒタルとミグは赤子を闇夜の川へ送り出した。水の流れに運ばれ、あやかしの子は三度、醜い声で泣いたが、そのまま二度と戻らなかった。

その後、ヒタルとミグは二人のどちらにも似た赤子と、ヒタルによく似た赤子、ミグによく似た赤子をもうけた。二人に似た子どもは長じてつぎの王となり、ヒタルに似た子どもは長じて野の守り手となり、ミグに似た子どもは長じて雨を司る巫女となった。

金の野の領域では、これまで以上に豊かに作物が実るようになり、それによって五百十一の人間が生まれ、五百十一の家畜が殖えた。

生まれるさだめにない子どもを彼岸へと送ることで、現世の安泰が守られた。

神々がまだ野に生きていたころの話である。

◆

屋根の下で、つぎにイオが語って聞かせたのは、こんな物語だった。メイトロン龍国の、最古の部類に入る神話だという。

〈……イオはこの物語の子どもと同じだ〉

話しおえて、イオはぽつりとつけ足した。その顔は、話す前よりなんだか小さくなったように見えた。僕たちは黒犬に追いつかれることなく、つぎの神殿に身を隠していた。

〈誰かに、入れ替えられたってこと？〉

〈そうじゃない。――イオがこんなすがたで生まれたので、みんな驚いた。だから生まれてすぐに、一度、流されたんだ〉

物語が終わっても無意識にイオの言葉を書きつけていた手が、ぴたりと止まる。僕はノートから視線を上げ、イオの、目ばかり大きい顔を見つめた。

〈流されたって？〉

こくりと、イオの頭がうなずく。耳では聞こえない僕らのやりとりを、ホリシイが注意深く観察している。

〈いまたどっている川に、イオは捨てられた。そうすればつぎに正しい子どもが生まれるからと。……だけどイオは、自分で戻った。流れをさかのぼって、夜には神殿をねぐらにして、王城まで〉

書くのをやめた僕を、ホリシイが不思議そうにのぞき込む。僕はわずかに、イオの方へ体を乗り出した。

〈……だから、中庭で殺されかけてたっていうのか？〉

イオの目は自分の膝がしらを見つめていて、睫毛《まつげ》に遮られて瞳の中まで灯りが届いていなかった。

〈……メイトロン王室の第一子は、龍のすがたで生まれなくてはならない……この半島に雨を呼び人々を加護した、神代の龍のように。だからイオが、死ぬことになった。つぎに生まれる王家の子どもが、ちゃんとしたすがたになるように〉

〈だけど……そんな、そもそもどうして〉

イオは確かに人に似たすがた形をしているけれど、紅い尾や、頭部や足裏の鱗は人とはまったくちがう特徴だ。僕にはイオが、サーカスにいた新顔の人魚に近い存在に思える。それでもメイトロンでは、許されないのだろうか。

〈イオの産み親は、戦争で星国が使った毒を、少し浴びたそうだ。星国の兵士にやられたんじゃない。横流しされた毒を手に入れた龍国の人間が、戦争を止められない王族に怒りをぶつけようとしたんだ。……その穢れによって、まちがえた子が生まれた〉

僕は、返すべき言葉を完全に見失う。手だけが機械のように自動的に動いて、ペン先のインクが乾かないようキャップをはめた。僕たちのやりとりを気にしているホリシイに、書いて伝えなくてはと思いながら、どう言葉をつなげればいいのかわからなかった。

イオはまなざしを遠くへさまよわせて、頼りなく顎を上げる。

〈死にたくなかった。だけどイオが生きているから、ミスマルが無事に生まれないかもしれない〉

僕のこめかみに、ぴりっと冷たい痺れが走った。

〈ひょっとして、ミスマルはイオのきょうだいなの？〉

〈あたりまえだ。メイトロン龍国の守護存在になれるのは、龍だけだ。ミスマルは、イオが龍ではなかったので、もうひとつ設けられた卵だ〉

それなら、ミスマルは王城で守られているべきじゃなかったのか？　イオの親が浴びたという毒が、まだ王都に残留していたのか。あるいは、もしかして……

いやな考えが頭に浮かぶ。王都が塵禍に襲われることを、メイトロン龍国の王室は、ひょっとして知っていたんじゃないか。館長が塵禍の秘密を知っていたんだ、ほかにも気づいている人がいたって不思議はない。大勢が犠牲になるのを知っていて、こっそり〝ミスマル〟だけを逃がしたんじゃないか……

　ほしいものを諦めた子どもみたいな、どこか冷ややかな表情がイオの顔に貼りついた。

〈死の穢れから遠く離れた清浄な場所で、ミスマルは守られている。……早くミスマルが生まれないと、メイトロンは別の国になってしまう〉

　イオが口を閉ざし、そのあと重々しい静けさが降りてきた。たくさんの宝と一緒に、と、イオは言っていた。僕は中庭の、イオを見つけた大樹を思い出す。あの巨大な洞は、そうか、龍のための玉座なんだ。本来ならイオはあの中に、龍のすがたで座るはずだった。だけどいま、何も持たず、王女らしい衣服すらなしに、アスタリットから来た僕たちとこんな場所にいる。

　僕はペンの軸を握ったりノートに押しつけたりして、イオにかけるべき言葉を探そうとした。この小さな友人の冷たい表情を、わずかでも和らげる言葉。……結局そんなものは見つからず、僕たちはそれぞれ、諦めて眠りについた。

　鈍い曇り空の下、遠くに忌み籠りをしている集落をながめながら、僕らは川の流れをたどった。僕はゆうべイオから聞かされた話をまだうまく呑み込めず、さんざん迷ったすえに、結局尋ねてみないではいられなかった。

〈……ミスマルがイオのかわりの子どもなら、どうして会いに行こうとするんだ？　会ったって……〉

　ミスマルが王族の子どもなら、当然周囲には厳重な警備が敷かれているだろう。イオがそこへ近づいていったら、捕まるか、最悪の場合、殺されてしまうんじゃないのか。

〈話者のかわりにミスマルに知らせる。塵禍と、それに黒犬が来るかもしれないと。危険を知ら

せる。王都にいた者たちのことを、ミスマルに伝える。ミスマルは、誰のことも知らないから〉

イオのまなざしに、迷いはなかった。ふと気配を感じて空を見上げると、誰かの優しい手にちぎられた花びらのように、雪が降ってくるのだった。

〈そのあとは……？〉

僕の伝える言葉は、降り出した雪よりもずっと消えやすく、おぼつかなかった。

〈ミスマルに危険を知らせて、そのあとイオはどうするんだ？〉

イオは顔を上げ、雪を降らせる空のにおいを嗅いだ。懐かしそうに目を細めて。

〈そのあとは……もし生きていたら、世界中を見て回りたい。イオが知っているのは物語だけだ。生きた人間や、野山の獣や鳥や魚がほんとうにいる世界を、この目で見てみたい〉

空へ向けたイオの顔が、そのとき確かに笑っていた。期待に満ちても見え、あらゆる希望を放棄したようにも、それは見えた。

〈戦争は終わったのに、どうしてみんな、死ななくてはならなかったんだろう。イオがほんものの龍だったら、王都はあんなことにならずにすんだだろうか〉

イオが苦しいほど答えを求めているのがわかったけれど、僕はどんな言葉も絞り出すことができなかった。自然災害だと思っていた塵禍が、そうではないのだとアスユリは書いていた。何を信じてものを考えたらいいのか、いままさに僕たちもそれを見失っている。

〈雨が〉

記憶が、入り混じっている。王城の中庭へ降ってきた雨。とけ残りの雪と、ガラスの温室。

〈雨が降っただろう、あのとき。あの雨は、イオが降らせたの？〉

メイトロンの龍は雨を司り、豊作をもたらすことで国土を守っている……伝説ではそうなっていた。すがたがちがっているとはいえ、イオも龍として生まれたのなら、あの雨はイオが呼んだんじゃないか。

〈あの雨のおかげで、きっと僕たちは生き延びた。イオが、助けてくれたんだよ〉

けれど、イオは視線をうつむけたまま、かすかに唇を噛んだだけだった。

〈……知らない。イオにはそんな力はない〉

〈だけど、あの水は？　イオのくれた水のおかげで、ノラユは息ができるようになったし、僕とホリシイもこうして王都を出てこられたんだよ〉

僕が顔を寄せると、イオはマントの中に両の手を隠した。

〈イオじゃない。この国に必要だったのは、イオじゃない。ミスマルがいたなら、王都にいる全員を救うことができた。メイトロンに必要なのは、ミスマルなんだ〉

かたくなにかぶりをふるイオは、まるでひとつひとつのしぐさで自分の存在を消したがっているみたいだった。

〈だけど、もうメイトロンには王族がいない。ミスマルが生まれても、誰もいない。……お前たちの国が、王家にかわってメイトロンを治めるのか？　だからコボルたちが来たのか？〉

僕たちは混乱し、堂々巡りをしていた。考えなくてはならないことだらけなのに、判断材料が少なすぎた。

〈星国が進出してくれれば、メイトロンと国境を接するヴァユが黙って見過ごすはずがない。またこの国が、戦場になる。ミスマルがいれば、それを止められる。龍はかならず、この国を守る〉

ささやくようなイオの声には、とてつもない恐怖と、揺るぎのない決意がこもっていた。

僕は踏み出した足を、できる限りそっと下ろした。アスタリットから来たこの足で、メイトロンの土地を傷めるのが、急に怖くなったのだ。

一年の終わりを間近に控えた、忌み籠りの時期。集落のすぐそばを通るときでさえ、ほんとうに誰とも会うことはなかった。年が明けるのは五日後。それまでにできるだけ距離を稼いでおかなければならないが、イオは無理をしてペースが乱れることの方を恐れているようだった。夜に神殿へ入ることができないと、黒犬に追いつかれてしまう。

林の途中から折れた幹がかしいで飛び出している。川の方へ大きくせり出し、橋になりかけてそのまま朽ちたかのような幹をよけて通ろうとして、それが木ではないことに気づく。錆びついた、それは砲身だった。アスタリットとヴァユが戦ったときに取り残された残骸だ。ツタが這ったあとがこびりつき、そばに人の気配はまったくなかった。

ここは、アスタリットでもヴァユでもないのに。誰もこの兵器の残骸を引き取りに来なかったんだろうか。

十七年前の戦いの痕跡《こんせき》は、ほかにもあった。夕暮れが近づき、やや急ぎ足で神殿を目指していたとき、野原の向こうに動かない黒い影が見えた。黒犬が来たのかとみぞおちが冷えたけれど、微動だにしないそれが、壊れた戦車だということがわかって、僕もホリシイも無言で奥歯を噛みしめた。車体を傾けて忘れられた戦車は、帰り道を見失った牛みたいだった。

もう少し。もう半分の行程は踏破したはずだ。僕たちはろくにものを食べず、イオが汲んでくる水によって命を繋《つな》いでいた。体が透明になったみたいに、疲れも寒さも感じなかった。

これなら、ニノホたちが追いつく前に目的を果たせる。

そう思いながら歩き通し、神殿にたどり着き、あと三日で大みそかを迎えるという日の朝、僕は小さな違和感とともに目を醒ました。

はっきりとしない耳鳴りが、いつまでも居座っている。まぶしさを感じてまばたきをすると、細かな光がまぶたの内側で明滅していることに気がついた。

仰向けに寝たまま、まぶたを閉じないようにして、何度か瞳をめぐらせた。目の中に、たくさんの光の泡が泳いでいた。気泡でいっぱいの、明るい水の中で起きたみたいだった。だけどそこは、箱型の小さな神殿の床の上で、ちりちりとかすかな耳鳴りが、脈に合わせて遠のいたり近づいたりをくり返した。

起き上がり、イオが水筒に汲んだ龍の水を飲むと、目の中の泡は消えた。写本室で目を酷使したあとの感じとは、明らかにちがっていた。ホリシイもしきりに目をこすっていたけど、とくに何も訴えはしなかった。

僕たちは前の日と同じに出発した。来る日も来る日も写本台に向かってペンを構えるのと同じに。

灰色の雲が重々しく湿気をはらんで、空いちめんに凍りついていた。その日は朝から暗く、風は身に着けているものをもぎ取る勢いで吹きつけた。忌み籠りの時期でなかったとしても、こんな天気に出歩く者なんているはずがない。

イオは何度も、僕たちのことをふり返った。僕とホリシイの歩くペースは、不自然なほど落ちていた。手足の骨が透明になったみたいに、体が言うことを聞いてくれなかった。

〈大丈夫か？　少し休むか？〉

とうとうそう尋ねてきたイオに、僕は震えで歯を鳴らしながら、小さく首をふって答えた。いまいる場所は緩やかな起伏の丘陵地帯で、休む場所は見当たらないし、立ち止まると二度と動けなくなりそうだった。イオは僕とホリシイの顔を心配そうに見つめ、仕方なくふたたび歩き出す。何に使われているようすもない荒れ地は、枯れ草がまばらに生え、ごつごつと岩がむき出しになってのぞいていた。

イオはじれったそうに何度も僕らをふり返り、目印にするかのように紅い尾を高く掲げて進んだ。そばを走る川の音が、耳の奥までうるさく流れ込んでくる。ごぼごぼと、まるで直接水を耳に注ぎ込まれているようだった。その音が神経を削り、感覚をますます混乱させる。……なんだろう。昨日まで、こんなことは起こらなかった。寒さからも疲労からも空腹からも遠ざけられて、僕たちは目的地を目指していた。まるでその反動が、一気に襲ってきているみたいだった。

こんなところでは止まれない。歯を食いしばろうとするのに、歯の根が合わない。

〈コボル、ホリシイ、もう少しだ。あと三時間もすれば……日が沈むまでには、神殿に着くから〉

時間の感覚が完全に失われていた。イオの言うとおりなら、もう午後になっていることになる。動かしにくくなった体を引きずって、朝からそんなに長時間、歩いていたんだろうか？

イオは明らかに動揺している。このときになって、僕ははじめて、自分たちの方がイオより小さな生き物なのだと思い知った。イオは、まるで飼育している弱い生き物が死んでしまわないかと心配している子どもだ。

ときおり発生する川の渦が、目玉に見えた。いくつもの目玉が、僕らをながめながら下流へと流れ去ってゆく。動けなくなりつつある僕たちのことを、水が見ている。

〈あそこ。あそこに一旦《いったん》入ろう〉

イオが前方を指さした。荒れ地の起伏の向こうに、ぼんやりとした影がうずくまっている。神殿じゃない。捨てられた戦車でもなさそうだった。何かの建物であることはまちがいなさそうだけれど、寒さで視界がうるんで、はっきりと見ることができない。川から離れてその建物の影の方へ向かうイオの、紅い尾だけを目印にした。

「……コボル、手が……まずいぞ、これ」

イオについてゆきながら、ホリシイが声をわななかせた。紡ぐそばから、その言葉は風に揉《も》まれてちぎれていった。

手？　気を抜くと焦点をぼやけさせる目をすがめながら、右のてのひらを顔の前に持ち上げた。

途端に喉の奥に、驚きが吐き気となって現れた。

僕の手は青黒く変色し、指を曲げようとすると関節が痛みを訴えた。凍傷を起こしかけているんだろうか？　龍の水の効力が、なくなってしまったのか。

イオは愕然としている僕たちの上着の裾をつかみ、前へと引っ張っていった。

イオが見つけたのは、トーチカの残骸だった。地面になかば埋もれて、ドーム型のトーチカが五基、確認できた。どちらの軍隊のものだったのかはわからない。イオを先頭に、一番近いドームの下へもぐり込んだ。銃眼が開いているために風は遠慮なく入ってくるが、吹きさらしよりははるかにましだった。僕とホリシイは屋根の下へ入るなり、姿勢を制御できずにくずおれるように腰を落とした。

〈水……待っていろ、水を汲んでくるから〉

急いでそう言うと、イオは僕の鞄から空っぽの水筒をつかみ出し、一人で外へ出ていった。水よりも、いま必要なのは火だ。

トーチカの床面に、枯れた草の葉や細かな枝が堆積《たいせき》している。完全に乾燥してはいなくても、まずは体温を取り戻すことが先決だった。小型照明の蓄電獣脂《ちくでんじゅうし》を露出させれば、火を起こせる。そうして少しでも体を温めよう。さもないと——その先は考えずに、感覚を失った手を何度もすべらせながら、やっとのことで灯りをつけた。

燃え広がらないよう、石の台の周りに砂をかき集め、中央に乾いた枝と葉っぱを載せた。覆いをはずし、燃えている蓄電獣脂に枯葉の束を押しつける。小さなスパークが起き、息を吹きかけると、火は原始的な花の形をして燃えはじめた。

「ご、ごめん。手が。手が震えて……まずいな、ペンが持てなくなったら、どうしよう……」

ホリシイがカチカチと歯を鳴らす。そんなことにはならない、そう伝えて励ましたかったけれど、僕の手も、とても文字を書ける状態ではなかった。このまま、もとに戻らなかったら?

いや、それよりも、さらに差し迫った危険があった。

今日はいままでのペースでは進めていないはずだ。ここへ寄り道をしたぶんを、これから挽回《ばんかい》できるとも思えない。黒犬は、ここへなら入ってこられるにちがいない。できるだけ早く再出発して、つぎの神殿へ向かうしか、僕たちに選択肢はないんだ。

とにかく、体を温めよう。体温を取り戻しさえすれば、また歩ける。手も、元通りになる。

「……こんなとこまで来て、馬鹿みたいだな。だけど、絶対に叶えたいんだ。本を作る夢。それに、イオはなんだか——なんだか、自分みたいで」

ホリシイが、自分の言葉に痙攣《けいれん》じみた笑いを浮かべた。

「いらないから、捨てられたって。大人の都合で。一緒だろ? 写本士になるような子どもは、大体が、いらなくなって捨てられたんだ」

銃眼から強い風が舞い込んだ。炎が揺らめき、視界の隅に自分たち以外の人の顔が、そのとき突然に浮かび上がった。

僕は音のない悲鳴を上げて、腰を落としたまま後ずさった。ふり向いたホリシイが、叫び声を破裂させる。

イオじゃない。パニック状態の僕らを入口から睨《にら》んでいる、それは煤色《すすいろ》の顔をした老人だった。いつ入ってきたのか、まったく気がつかなかった。皺まみれの黒ずんだ顔の中に、ふたつの赤く濁った目が光っている。こちらを睨んでいるのだと思ったけれど、相手の顔は困っているようにも見えた。

奥の壁にへばりつく僕たちは、老人に出口を塞《ふさ》がれる形になった。落ちつけ。あれは黒犬じゃない。武器らしいものも持っていない、ただの人間だ。

「あ……あの、えっと」

ホリシイが懸命に口を開閉する。こちらに害意がないことを、慌てて相手に示そうとする。

老人の衣服はぼろぼろで、裂けかけた繊維が何重にも足元へ垂れ下がっている。髪もひげも伸び放題で、煮しめたような体臭が鼻を突いた。

「か、風が強くて。天気が落ちつくまで避難しに入っただけで……すぐまた、出ていきますから」

現れた老人は、アスタリットから来た僕らに敵意を持つかもしれない。いまは、誰とも接触するべきではないのに。体は回復とは程遠い状態だけど、ここを立ち去るべきだ。イオを見られる前に。

そうホリシイに伝えたつもりの言葉は、ひとつとして現実に響いていない。イオがいないからだ。僕の言葉は、ペンを使わなくては親友にすら伝えることができない。

老人は声を発するでもなく、ただまじまじと僕たちを見つめて立っていた。敵意はないのかもしれない。トーチカの中に火がともったので、ようすを見に来ただけなのかもしれない。

そのときさらりと、入口のふちに鎖のこすれる音がした。——イオの尾の鱗が鳴ったのだった。水筒を手に、事態が呑み込めていないようすのイオが老人の後ろに立っている。風が吹きつけて、フードをイオの頭から取り払った。

「……ああ」

ふり返った老人が、かすれた声を漏らす。びくりと、イオが背すじをこわばらせた。

〈……誰だ？　忌み籠りをしないのか？　どうして、一人でこんなところにいるんだ？〉

イオのその声は、老人には聞こえていない。

立ち去らないと。焦ることで、まだ冷え切っている体がほんのわずか力を取り戻す。入口へ向かってそばをすり抜けようとする僕らの横で、だしぬけに老人が膝を折った。衣服の上からでも骨が浮いて見える背中を、まるく盛り上げる。

「——龍姫《りゅうひめ》さま」

イオに向かって身投げするようにぬかずき、老人はしわがれた声をわななかせた。

「龍姫さま。やはり、生きておられた。お生まれになってすぐ海へ帰られたと、そんな話は嘘だと知っておりました」

ぎこちない動作で、だけどうやうやしく、老人はイオに向かって頭を下げた。ほとんど身を投げ出すかっこうで、顔を地面になすりつけている。イオは尾の動きを硬直させて、年を取った人間の背中を見下ろしている。

「王都が塵禍で滅亡したと、それを見てきたという者があります。——あなたが滅ぼされたのでしょう、龍姫さま。下々にみじめな暮らしを強いる王族を、きれいに消し去った」

「な、何言ってるんだ？」

ホリシイがささやいた。足を引きずって前へ出、老人の横を通り越してイオのもとへ行く。僕はホリシイの動きをなぞるように、ひれ伏したままの老人のそばをすり抜ける。

〈……イオ、行こう〉

両手で水筒を持つイオの手首を握った。引っ張るけれど、イオはびくとも動かなかった。ぽた、と、イオの手からしずくがこぼれ落ちた。水を汲んできたばかりの手は、まだ濡《ぬ》れ濡れとしている。華奢《きやしや》な手が、あかぎれだらけになっている。いつのまに、こんなにひどい状態になっていたんだろう？

「イオ？」

ホリシイがイオの肩をつかもうとして、手を止める。マントの裾からはみ出した紅い尾が、小刻みに震えていた。寒さのせいでも恐怖からでもなく、それは怒りによるわななきに見えた。

〈これは、人間の家じゃない〉

まばたきもせず老人の背中を注視して、イオが言う。

〈どうしてほかの人間と同じ場所にいない？　年が改まるまで、人は食料を蓄えて忌み籠りをしていなくてはならないのに――なぜこんなところにいるのに、イオに頭を下げるんだ？〉

イオが顔を歪めるために、頭皮を覆う鱗が、みし、と音を立てた。

〈塵禍はイオがやったんじゃない〉

声の根が、危うげにぐらついていた。

〈イオは殺してない。イオはみんなに死ねなんて思わない〉

僕の手はかじかんだままで、イオの言葉を文字にすることができない。

「……行くんだ」

ホリシイがもう一度手を伸ばし、イオの肩を抱える。

立ち去ろうとする気配をさとって、老人が勢いよく顔を上げた。

「王族が消えた。龍姫さまが、これからは我々をお救い下さるのでしょう。雨を呼んで。玻璃《はり》の宮《みや》を建立される。罰当たりなことをしてきた王族は、いつか復讐《ふくしゅう》を受けると信じてきた。……信じて生きた甲斐《かい》がありました」

老人の声は危うくわななきながら、暴発しそうなほどの喜びに満ちていた。その歓喜がどこから湧くのか、涙を流しながら感謝の言葉をささやく老人は、とてつもなく不気味に見えた。

〈ちがう……ちがう、ちがう。イオじゃない。みんなを殺したのは、イオじゃ……〉

イオがせわしなく首をふり、ふと何かに気づいたように、うっすらと息を吐き出した。

自分の言葉がまったく通じないことに、イオが打ちのめされているのが伝わってきた。王城には、少なくともイオと話のできる者がいたんだ。なぜかはわからないけど、その人と同じに会話のできる僕が、入れ替わりに現れた。いまイオは、完全に何も伝えることのできない相手を前にしている。

危うげに見開いた目を、イオはかつて戦いに使われたトーチカの中へ巡らせる。そうして自分の前へうずくまる老人のそばへ、膝を折った。汚れて節くれだったその手に、水筒を持たせようとする。

〈忌み籠りの時期なのに、ここには食べるものがない。これを……あまりたくさんないけど、ここへ置いていく。イオは、ミスマルを呼ぶから。そうすれば、メイトロンはきっと、もう誰かにこんな思いをさせないですむ国になるから〉

その声は聞こえていないはずなのに、老人は畏敬《いけい》の念を込めたまなざしで、小さなイオを見上げた。龍の水が入った水筒を相手が握るのを待ち、紅い爪の先が当たらないよう、ぼろをまとった肩を撫でた。

〈それまで、生きていて〉

濡れているイオの手が触れた部分だけ、衣服が暗く染みになっている。そしてイオは、体をひるがえした。僕とホリシイは、イオの影のようにその動きをなぞる。限界を訴える体を、古い道具みたいに引きずった。老人が何かを叫んだけど、風のうねりにもまれて聞き取ることはできなかった。

風はいつまでもやまず、足取りは絶望的なまでに遅い。

前を行くイオの背中だけを見つめながら、僕は頭の中でペンを動かしつづけた。これは、この状況は、自分がノートに書いている物語なんだ。そう思い込むことで、絶望的な現実から意識をそらそうとした。僕が書いているんだから、この先の展開もコントロールできる。

頭の中が、セピアインクの文字で埋まってゆく。

この先。この先、僕がどう書くかによって、物語は変わる。川沿いの荒野に道と呼べるようなものはなく、太い枯れ草の茎が足をよろけさせる。空はますます暗くなり、その暗さで地面を押しつぶそうとしているかのようだった。

イオと自分たちが助かる結末を、頭の中のわずかな空白に書き込もうとする。イオはミスマルのところへたどり着き、メイトロン龍国の統治体制は復活する。ネバーブルーインクを手に入れた僕とホリシイは、そのインクを使って本を書く。冒険物語、たくさんの人のための本を――

そこで、頭の中のノートに余白はなくなった。

もう書くところがない。だけど……この結末を読んで、ホリシイは面白いと言ってくれるだろうか？

コボルの書く物語は、最後にみんなぶっ壊しちゃうところがいいんだ。

そう言った友人が、これをいいと認めてくれるんだろうか――

そこで僕の目の前が、唐突に激しく明滅をはじめた。イオのすがたが、消えたり現れたりする。まばたきじゃない。僕のまぶたは中途半端に開いたまま、動くのをやめている。

後ろで、べしゃりと音がした。土の塊が崩れるような音だ。ふり向こうと頭を動かした拍子に、平衡感覚が消えた。耳鳴りが頭を串刺《くしざ》しにする。ホリシイが倒れているのが見えた。もう動けないんだ。そして僕も、動けなくなっていた。

イオが呼んでいる。でもその声がもう、うまく聞こえない。頭の中からすべての白紙がなくなってしまったせいだ。書きすぎたんだ。書き直さないと。このインクは、時間が経てばみんな消えてしまうんだと、アスユリが書いていた。写本士が書いたものは、みんな白紙に戻るのだと。

……だけど、白紙が戻ってくるのを待つことはできなさそうだ。

白黒に明滅する視界に、イオの顔が一瞬大きく映る。噛みつくみたいに顔を近づけ、何かを伝えようとしている。僕の体はホリシイと一緒に横倒しになっていて、もう動かし方を思い出すことができない。

イオの向こうで、空が渦を巻いている。水の波の動きみたいに、空がうねっている。雪だと思ったのに、雨が降るんだ。透明な矢が降ってくる――イオに向かって集まってくるのが、見えた気がした。

僕がここで死んだら、誰がイオの言葉を聞くんだろう？　その疑問が心臓の裏側辺りで身じろぎして、それから、真っ暗になった。

◆

……龍はゆきだおれている旅人をあわれに思って、玻璃《はり》の宮《みや》へつれていった。

この世のどの土地とも接することのない、目に見ることのできない宮城には、玻璃の甕《かめ》に満たされた龍王酒《りゅうおうしゅ》と、百人の腹を満たしてもまだあまりある食べものが用意されていた。

――お前の望むものがみな玻璃の宮にはある。ここにいるあいだ、欲しいだけ飲み、欲しいだけ食べなさい。

龍のことばに、旅人はぬかずいて感謝をあらわした。

一日がたち、二日がたち、やがてひと月がたち、月はつらなって一年がすぎた。

旅人は飢えも疲れもぬぎすてて玻璃の宮ですごすうち、自分がどこをめざしていたのかを忘れていた。ただ欲しいままに龍王酒に酔い、尽きないご馳走《ちそう》で腹をふくらませた。

歩くことを忘れてしまった旅人に龍は心を痛め、この世のどの土地とも隣り合わない玻璃の宮を、いっとき、外の世界とつないだ。そこに窓が生まれ、旅人のおもむくべき土地を見せた。そこではかれの老親ときょうだいたち、花嫁になる約束を交わした娘が、かすかな望みをまだ捨てずに待っていた。しかし旅人はそれらの顔を見ても、眉ひとつ動かさなかった。これらの人びとも、旅のはてに向かうべき場所も、自分が旅をしていたのだということすらも、すでに忘却されていた。

旅人がふたたび立ち上がることはなかった。

龍は人の変化することをおそれ、玻璃の宮への入口を、そののち人びとに開くことをやめた。

——メイトロン龍国の王族のみが、いまでは玻璃の宮へ入ることを許されている。

◆

「よく、こんなところまで……来る日も来る日も机に向かって文字ばかり書いている写本士が」

誰かがしゃべっている。僕は自分が生きているのだと思ったけれど、まだそれに自信を持つことはできなかった。

暖かかった。

凍えて力を使い果たし、動けなくなったはずの体に、意識はまだとどまっていた。視界がはっきりしてくるとともに、痛みになって骨まで食い込んでいた冷たさが、じわりと溶けているのがわかった。

ここは、物語に出てくる玻璃の宮の中だ。メイトロンに伝わる昔話の——王族しか入れないはずの玻璃の宮の中に、だけど、僕はいるんだ。そうでないと、まだ死んでいない説明がつかない……

だけど戻ってきた視界に映るのは、擦り切れて埃《ほこり》っぽい色の、車の天井だった。黴臭《かびくさ》いにおいが鼻の奥まで入ってきて、思わずむせた。

「コボル!」

ホリシイの顔が、突然間近に現れた。血色の戻ったホリシイの顔が、すぐそこにある。安堵した顔は泣きそうで、少し鼻水がのぞいていた。

「よかったあ、死んじゃうかと思った。生きてるよな？　これ、現実だよな？」

空間ごと、体が揺れていた。僕たちはどうやら、走行中の車の中にいるらしい。

「やあ、よかった。肝が冷えましたよ。未来ある写本士を、危うく犠牲にしてしまうところだった」

なめらかな声で、誰かが言う。

運転席から、頰笑みを浮かべた横顔が、ちらりとこちらをふり向いた。人懐こさを感じさせる大きな目。高く通った鼻の線。頭髪をすっかり刈り上げたその容貌《ようぼう》には、見覚えがあった。

サーカスの奇術師だ。

出立前に、真新しい制服を着た僕たちに挨拶《あいさつ》をしてきた、あの奇術師だった。特徴的な風貌と、深みのある声──まちがいない。だけどどうしてその人が、こんなところに？　そもそも僕たちは、どうなったんだ？

混乱していた僕は、もう一人の仲間のすがたがないことに気づいて、とっさに呼び声を発した。

〈イオ？〉

この声を聞くことができるただ一人の頭が、ひょっこりと助手席の背もたれからのぞいた。マントを着ていないので、痩せた頰も、まばらな紅い髪もすっかり見えた。頭皮にならぶ鱗も。

イオの目つきは、眠そうだった。座席のふちにつかまって、まぶたの開ききらない目で懸命にこちらのすがたを捉《とら》えようとしている。

「この子も、いま起きたところです。無茶をするものだから、疲れ果ててしまったんでしょう」

ハンドルを握る奇術師の存在に気づくと、イオは半睡半醒《はんすいはんせい》だった目をぱちりと開け、助手席を飛び出して車の後部へと駆けてきた。

イオが身に着けているのは薄い白のワンピース一枚きりで、骨の形が見て取れる肩やひじがむき出しになっていた。寒そうなかっこうのまま、イオは細い手でホリシイと僕の手をつかむと、力を込めて自分の喉元に抱き寄せた。細い尾が、サソリのそれのように弧を描いて立っている。

「……あの人は、信用していいみたいだよ」

ホリシイが、車を走らせる奇術師の方を向いて言った。

「ほら、アスユリが書いてただろ。館長のかわりにいろんな場所でネバーブルーインクを探している人間がいるんだって……あの人が、そうらしい」

まばたきをしながら、車の中を見回した。ずいぶんと古いが頑丈そうな、これはどうやら軍用車らしかった。重装備の兵士が六人は座れそうな座席が二台、向かい合っていて、僕はその右側に座っていた。車の床、壁、天井、あらゆるスペースを雑多な荷物が埋め尽くしている。武器ではなく、そのほとんどが生活用品と、あとは突飛な色のサーカスの道具らしきものだ。

そのごちゃついた荷物の中から、懐かしいにおいがした。焚火《たきび》と針葉樹と、サーカスのポップコーンが混じったような……

〈コボル、あれはなんだ？〉

イオが手を伸ばして指さす先、車輛《しゃりょう》の最後部に、サーカスの衣裳《いしょう》や道具に埋もれて檻《おり》が積んである。檻の中の生き物が、知っているはずのにおいを放っている。天帝鷲。館長室にいるはずの、それはシルベだった。シルベのまるい目が、ちらりと光る。前方の窓から、朝の光が射しこんだのだった。

助かったんだ。僕たちは生きていて、アサリス館長の協力者だという人物と一緒にいる。

僕ははっとして、イオの手を確かめようとする。あかぎれを起こして、皮膚がぼろぼろになっていたはずだ。

〈イオ、手は？　見せて――〉

しかしイオは急に肩をすくめ、自分の腹へ手を隠し込んでしまった。

車内へ陽光が流れ込み、あらゆるものを鮮明に照らす。檻の中にいる鷲の褐色の羽毛が、つややかな金色をはらんだ。

「一度、停まります。外の空気を吸いましょう」

奇術師が、朗らかな声で言った。


金色の陽光が、波になって地面を浸している。空いちめんにのしかかっていた鈍色の雲は、知らないうちにみんな雨か雪になって消えてしまったかのようだった。

車が止まったのは、トーチカを発見した荒れ地とたいして代わり映えのしない草原で、外へ出ると皮膚が縮むのがわかるほど寒かった。ちゃんとした寒さを、ずいぶん久しぶりに感じた。新鮮な寒さと、胸が悪くなるほどの空腹が襲い、まだ生きているんだと体が思い知らせてきた。

僕とホリシイの後ろを、イオがとぼとぼとついてくる。マントを身に着け、まぶしそうにフードを目深にかぶったイオは、自分のはだしのつま先を見つめながら、弱々しく言葉をたぐった。

〈……死なせてしまうところだった。コボルも、ホリシイも〉

近くを川が流れていて、その幅は、かなり広くなっているように見える。

〈イオのせいじゃないよ。ほら、とにかくこうして、助かったんだし――〉

奇術師に助けられたときの記憶がなかった。あの人は、どうやって僕らを見つけたんだろう？

僕はなんとか記憶を甦らせようと、額に手を当てた。強風の中で動けなくなった直後、大きな建物へ入らなかっただろうか？　高い天井や、きれいな柱を見た気がする。切れ切れの記憶の破片が、まぶしい朝陽に呼び起こされてちらつく。だけどあの近くに、戦跡以外の建物なんてなかった。あんなに立派な建築物があったら、もっと早くに気づいていたはずだ。あれは生死の境で見た、幻か何かなんだろうか。

――とても人間には見えないな。

発見されたときそばにあった、ガラスの温室ととけ残りの雪。……燦々《さんさん》と陽の注ぐ空の下に久しぶりに立ったから、はじめて空を見たあのときの記憶が甦っただけかもしれない。

「うわっ。こうして見ると大きいな……」

ぼうっとしている僕のとなりで、ホリシイが身をのけぞらせた。

奇術師が後部ドアを開け、檻から天帝鷲を出しているところだった。いつも館長室でおとなしくしているシルベは、奇術師の差し出す腕に一旦飛び乗り、広い草地の上へジャンプした。風切り羽を切られた翼が、つややかに太陽光を反射している。

「改めて、自己紹介を。巡回サーカスで奇術師をしている、ユナユナです」

背の高い奇術師は、サーカスで会うときのあざやかな衣裳とはちがい、作業着に軍の払い下げのジャケットといった、地味ないでたちだった。それでも片足を下げ、胸の前でひじを折って、サーカス式のお辞儀をすると、空気が動きに合わせて華やぐのが見えた。サーカスの仲間たちはどこにもおらず、古い軍用の輸送車はぽつんと草原のただ中に停まっていた。

天帝鷲は朝陽を飲むようにくちばしを開閉し、翼を広げる。両翼を広げると、その長さはユナユナの身長を超えるほどもある。イオが鷲を怖がって、僕の後ろへ隠れた。

「アスタリット国立図書館館長であるアサリスと、同郷の出身です。彼に頼まれて、サーカスを離れてあなたたちを追跡していました。協力するために」

ホリシイが黙っているので、そこで会話が一度とぎれてしまった。ホリシイは思いつめたようすで、館長の天帝鷲を見つめている。

奇術師は車から道具を下ろすと、その場で火を起こしはじめた。簡易コンロに蓄電獣脂をくべ、鍋《なべ》を火にかける。

「ひとまず、食べ物をおなかに入れましょう。寒さだけで、どんどん消耗します。いまごろが一年でいちばん冷える。あと二日で新年だから」

「ひ、火を焚くと、追手に気づかれるんじゃあ……」

おずおずと、ホリシイが言う。ユナユナは袋から選び出した缶詰を開けながら、なんでもない調子で首をかしげた。

「車を使っている時点で、こちらの痕跡は消せません。速さで逃げきるしかない。それに、彼が見張っていますから」

彼と呼ばれたのは、天帝鷲らしかった。

「ところで、チョコレートは気に入ってもらえましたか？　龍国の王女は、甘いものがお好きだと聞いたので」

問いを向けられたイオは相手への警戒心を隠すことなく、僕の制服に爪を立てた。

やがて鍋から、湯気が立ちはじめる。塩気を含んだ食べ物のにおいに、僕とホリシイはとうとう抗《あらが》えず、その場へ腰を下ろした。シルベが鋭い目つきのまま、座っているユナユナの肩へ飛び乗る。奇術師は鷲の腹を撫《な》で、上着のポケットに隠し持っていた干し肉を、気前よく与えた。

「さあ、まずは体力を取り戻さなくては」

アルマイトの器に湯気の立つ料理をよそい、ユナユナがそれぞれに手渡す。缶詰の鮭と、細かく切ったジャガイモの煮込みだ。口からしたたりそうなほどよだれが湧いて、僕は舌や上あごをやけどしながら料理を頬張った。僕とホリシイが夢中で口へ運ぶ食べ物に、イオは決して手をつけようとしなかった。

「……もう写本士たちは、図書館へ戻ったんですよね？」

何口目かを飲み下してから、袖《そで》で口元を拭ってホリシイが尋ねる。問うというよりは念を押す口調だったから、僕が起きる前にすでに同じ質問をしていたのかもしれない。

「任務に赴いた写本士たちは、三名をのぞいて帰国しているはずです」

三名——僕とホリシイと、アスユリだ。

「亡くなった写本士のことは、ほんとうに残念です。彼女は、あんなところで死ぬべきではなかったのに」

奇術師が目を伏せると、長い睫毛が色の薄い瞳の中に、くっきりと影を宿らせた。

僕は器に残った料理をかき込むと、鞄からペンとノートを引っ張り出した。

『アスユリが死んだのは、ペガウ犬国の影の犬のせいだと。王城の書庫に呪いが仕組まれていたのだと、イオが言いました。』

文字は、自分が書いたとは思えないほど歪んでいた。乾く前に指がこすれて、セピア色のインクがあちこちに染みを作った。ノートをつきつけると、ユナユナは口元の笑みを保ったまま、文字を読んだ。うなずくしぐさには心がこもっていた。

「その犬は、ずっとあなた方を追跡している？」

僕とホリシイが、同時にうなずいた。肩に甘えてくる鷲に、ユナユナはふたたび肉を与える。

「だけど、王城を出てから一度も接触していない」

ユナユナの話し方は、観客を手品のクライマックスへと誘導しているときのようだった。曖昧《あいまい》にうなずきながら、僕はなかば背後に身を隠すかっこうで膝を抱いているイオをふり返った。

黒犬の追跡をかわしてこられたのは、イオにしか扉を開けられない神殿に隠れながら進んできたおかげだ。僕たちは王城からずっとあの獣に追われ、逃げ続けてきた。……それなのに奇術師の声音やまなざしは、何も知らない僕たちを面白がってでもいるみたいに見えた。

ばさっと深みのある音を立てて、シルベが飛べない翼をはばたいた。

「追跡を逃れてこられたのは、幸運でした。でなければ、われわれがメイトロンで会うことはなかったでしょう。ただ、誤解があるようです。あのペガウの犬は、王女を殺害するために動いているのではない。メイトロンの第一王女を国外脱出させるためにあれは遣わされた——あなたたちの館長は、わたしにそう伝えました」

「えっ？」

ホリシイが短く声を上げる。

どういうことだ？　ユナユナへの問いを書こうとして、でも何をどう書けばいいのか、言葉が見つからない。

〈……嘘だ。こいつの言うことを信じるな〉

イオが立ち上がる。まだ温かい料理の入った器から逃げるように、目尻《めじり》を引きつらせる。

こちらの困惑を気取ったのだろう。ユナユナが穏やかな顔に、思わず身がすくむほどの鋭利さを宿した。

「館長が長年探しているネバーブルーインクを、他国にもほしがる者がいるのですよ。ペガウ犬国では、そのインクの在りかを知るのが王女であると推測しているらしい——推測ではなく、確証があるのだと彼らは主張するでしょうが。イオ王女の暗殺が執行される前に、身柄をペガウへ保護するのが、黒犬が負わされた使命だそうです」

〈嘘だ！〉

イオが叫んでも、その声は僕にしか聞こえない。

〈そんなこと、誰も言わなかった。ペガウ犬国から黒犬の呪具《じゅぐ》がもたらされたのは、イオが邪魔だからだ。……他国の呪いに殺される前に、龍国の作法に則って彼岸へ還《かえ》してやろうと……〉

背後でくねっていたイオの尾が、黄褐色の草の上へ垂れる。

〈そう言ったんだ。ミスマルのためにも、イオは死ななければならないと……イオを育てた話者が〉

僕はペンのキャップをはずしかけ、やめた。立ち上がって、顔をこわばらせてうなだれるイオの背中に手を当てた。マントの生地にたいした厚みはなく、ごつごつと浮いた背骨の感触がてのひらのすぐ下にあった。

「にわかには信じがたい話でしょうか。そうかもしれない。メイトロンでもアスタリットと同じく、力を持つ者が嘘をついていた。……アサリス館長の願いは、嘘ではない事実を後の世に残すことです。そのために、ネバーブルーインクを求めている」

ユナユナは慣れた手つきで鷲の首すじを撫でると、胸の前で左右のてのひらを合わせた。大きな両手をもむように押しつけ、指をほぐして開いてゆく。すると左右の手のあいだに、色とりどりの包み紙でくるんだ数珠つなぎのチョコレートが出現した。

長いネックレスのようなチョコレートを、ユナユナがイオに差し出す。だけどイオは両手を体の横で握りしめたまま、奇術師の顔を見ようともしなかった。

かわりに受け取ったのは、ホリシイだった。チョコレートの鎖を輪にまとめると、包み紙がきらきらと反射する。

「……なあ、俺はこの人のことを、信じていいと思う。館長の協力者なのはほんとみたいだし、ユキタムたちと合流するにも、この人といる方がいい。それに……イオの目的を達成するには、自分たちだけじゃ無理だ」

イオは何も答えず、唇を噛みしめている。

「帰国した写本士たちが、こちらへ来られるかどうか。王都で目にしたものについて、おそらく軍部から証言を求められているでしょうから。彼らには、それに応じないという選択肢はない」

ユナユナは蓄電獣脂を密閉瓶に戻し、調理道具を片づけはじめる。

「旧型ですが、この車で走れば明日のうちには目的地へ着けます。向こうの目論見《もくろみ》がどうあれ、ペガウの犬を避けるにも、その方がいい」

イオは答えない。だけど、ユナユナの申し出に拒絶を示すこともしなかった。

ユナユナはシルベを促して檻へ戻らせ、後部のドアを開けたままで運転席に着いた。

「……行こう」

ホリシイが言い、僕はうなずいた。車へ向かう僕たちに、イオも下を向いたままついてくる。

——もう、僕たちのために、水を汲んでこようとはしなかった。

第6章　密猟者

雪が降りはじめたのは、夕刻に近づきかけたころだった。

車の後方から射す西陽に照らされながら、フロントガラスへきらきらと雪が貼りついては溶けていった。

空から砂金が降ってくるみたいだ。

サーカスのはりぼてのドラゴンがこの雪の中を飛んだらどんなふうか、想像してみた。想像の中のはりぼてのドラゴンは、すぐさまほんものの生きた龍になった。イオと同じ、紅《あか》い鱗《うろこ》の龍だ。きっとサーカスのドラゴンほど大きくはなくて、痩《や》せっぽちだ。たった一匹、王家の最初の子として生まれてくる龍は、こんな天気の空を飛ぶんじゃないだろうか。こんな、現実じゃないみたいな天気の空を。

イオはずっとふさぎ込んで、何も言わなくなった。僕からも距離を取って、座席の隅で体をまるめている。……この子が龍であって、何がいけないんだろう。あの老人に、イオは龍の水を渡した。恵みをもたらす龍とは、ああいうことをする存在なんじゃないのか。

もし、メイトロンの王族が、イオを龍だと認めていたら——そうしたら、すべては起こらなかったことなんじゃないか？

そこまで考えて、僕は頭をふった。

塵禍《じんか》はさらに前から、ほかの周辺国にも使われてきた。それは事実だ。メイトロンの王室で起きたことは、きっともっと大きな出来事の、小さな一部分でしかないんだ。

僕は、ホリシイの夢を叶《かな》える手伝いはできないかもしれないと思う。アスユリの手記を読み、イオと言葉を交わした以上、この出来事の終わりを見届けなくてはならない。もし二度と図書館へ戻れなくても、アスタリットへ帰れなくなってもだ。

ノートをぱらぱらとめくった。イオから聞いた物語を書き留めた文字が、ほとんどのページを埋めている。このインクはいつか消えて、ノートは白紙に戻るんだという……だけどそのようすを、うまく思い描くことができない。白亜虫《ブランカー》が文字を食べてしまうのではなく、文字そのものが勝手に消えてゆくだなんて。

いやに大きな雪片が、西陽の中を舞う。向かいの座席で、シルベの抜け落ちた羽根を拾ってもてあそんでいたホリシイが、急に驚きの声を上げた。

「おい、あれって……」

座席の隅で体をまるめていたイオも、ぴくりと顔を上げる。起き上がって窓ガラスに貼りつくイオの隣で、僕も外をのぞいた。金色に光りながら降ってくる雪片が、ふと灰色に曇る。後方から、何か大きなものが来る。平野を走行する車輛《しゃりょう》が、あっというまに背後からの陰に覆われた。

ちょうど太陽の角度が目をくらませて、車の外いちめん、真っ白な雪が覆いつくしたかに見えた。だけど、そうじゃない。

ごく静かに、しかし恐るべきひたむきさで後ろから追いついたそれは、白い虫の大群だった。

「驚いたな」

虫たちに視界をふさがれたために車の速度を緩めながら、ユナユナが言った。

「白亜虫の群れです。今年はメイトロンで大量発生しているとは聞いたけれど――こんな大群を見るのははじめてだ」

へばりついていた窓からさっと離れ、イオが座席の下に身を隠す。手を伸ばしてきて、僕のズボンの布を握った。

薄いのに迷いを知らない翅《はね》が、車体を叩《たた》く音がする。大粒の雨が重力に縛られることなく、おのおの好きなやり方で着地を試みているみたいだ。雪に交じって飛ぶ白亜虫たちの、人の顔に似たまるい器官が、みんなこちらをのぞき込んでいる気がした。僕たちが、おびただしい数の虫に観察されている。

〈……同じ方角へ向かってる〉

イオが、窓の外をにらむ。王都にも、これ以上の数の白亜虫が飛んできた。あのとき虫たちの群れは確かな意思を持って、すさまじい勢いで飛空艇を襲ったんだ。

〈同じって？　海の……ミスマルのいる方へ？〉

僕が問うと、イオが小さくうなずいた。あまり確信のあるしぐさには見えなかった。

〈ミスマルのところかは、わからない。だけどこの先には、森も山もない。まっすぐ進めば、海しかない〉

白亜虫は、文字を食べる虫だ。海へ行ったって、虫たちの餌はないのに……あるいはほんとうに、ミスマルのいる海の離宮へ向かっているのだとしたら？　ミスマルのそばにあるネバーブルーインクを使って、すでに誰かが文字を書いているとしたら。

奇術師は車を慎重に減速させ、ゆっくりと停止した。白い群れがいまや完全に視界をふさいで、車は身動きが取れなくなっていた。吹雪に閉じ込められたのと同じだ。

「あの虫たちを使って作られた本を、見たことがあります」

エンジンを停止させ、ユナユナが言った。ぱたぱたと、進みつづける白亜虫の翅が、古ぼけた車体を撫《な》でてゆく。陽光が遮られて、車ごとさなぎの中に入っているような状態になった。

「……白亜虫の、本？」

声を低めて訊《き》きながら、ホリシイがユナユナの後頭部へ視線を向けた。

「サーカスの巡業で、トトイス円国の山間の古都へ行ったときです。僧院に保管されているものを、見せてもらいました。黒いインクで書かれていたので、ネバーブルーインクの手掛かりにはなりませんでしたが……中の紙が一枚ずつ、白亜虫の体でできていたんですよ。本を見せてくれた僧侶《そうりょ》は、頑として否定していましたが」

「そんなの、聞いたことないよ。白亜虫を原料にした紙ってこと？　そんなもの、作れるのか？　どうやって？」

ユナユナはハンドルにひじをつき、通過する虫たちを窓から見上げた。

「どこでその本が作られたのか、僧院の者たちは誰も知りませんでした。かなり古い本でした。表紙には革が張られていて、中の紙の一枚一枚に――顔がついていた」

顔、と聞いて、僕は白亜虫のまるい器官を思い浮かべた。左右の翅の中央にある、人の顔そっくりな模様のある器官。あのおぼろな目鼻が、文字の背後から幽霊みたいに浮かび上がってくる本。そんな気味の悪い想像が浮かんで、思わず両ひざをくっつけた。

「白亜虫たちの体は、紙でできているらしいんです」

「紙で？　だって、生きて動いてるじゃないか」

「どういう原理なのか、わたしやアサリスにもわかりません。まだ正確な調査もはじまっていないでしょう。白亜虫は、目的を果たしたあと、どこかへ隠れてしまうそうです。誰もあの虫たちの生態を知らない。ナビネウルの人魚やトトイスの双頭の亀、ペガウの湿地に棲《す》む発光鬼やアクイラの山羊《やぎ》足の人々よりも、白亜虫は正体不明の存在なんです」

　飛空艇を襲ったときのやり方で、車の機関部を狙うこともできたはずだけれど、虫たちはただ通過してゆくだけだった。僕たちに対する敵意はないらしい。白亜虫の大群は鋼鉄の車体を撫でながら、空中を流れる川のように移動してゆく。そのとぎれ目は、なかなか訪れなかった。

　たくさんの顔が、こちらを見ている。実際にはそれは顔じゃなく、目鼻口によく似た模様だ。それでも、自分たちが見咎《みとが》められている気がしてならなかった。

　シルベが檻《おり》の中で、一声、高い声を発した。イオがその声を怖がって身をすくめる。

「館長に協力するのは、どうしてですか？」

　身動きの取れない状況で、沈黙が訪れることを恐れたのだろうか。ホリシイが、運転席へ身を乗り出した。ユナユナは視線では白亜虫の群れを注意深く追いながら、聞こえない音楽のリズムを取るようにハンドルを指先で叩いた。

「同郷のよしみですよ」

「で、でも……俺たちの仲間の、王城で死んだ写本士も、アスユリもアクイラの出身だった。だから、館長が協力を頼んだって、手記には書いてあった。だけどアスユリは、それが理由じゃないって。自分が行動するのは、本に仕える写本士だからだ、って」

　ふむ、と奇術師は、どこか面白がるようにうなずいた。

「彼女は立派な人だと思います。わたしにはそこまでの使命感はない。ともかくアサリスの手足になって、インク探しのために方々を動きまわるには、サーカスは恰好《かっこう》の隠れ蓑《みの》でしょう？」

僕やホリシイが自分と歳の変わらない相手であるかのように、ユナユナは余裕を含めた笑みを浮かべる。

「君たちの館長が視力を失う前、われわれは同じ町で暮らしていたんですよ。君たちと同じか、まだ若かったくらいのころ。どちらも、兄弟がたくさんいました。アスタリットとヴァユが戦争をしていたときは、だから食べるものを調達するのが大変だった。小さい子はいつもお腹をすかせて泣いていて、わたしたちは駆けずり回って食料調達をしていた。……ある日、家に戻ると幼い弟や妹が、いなくなっていた。さらわれたんです」

思いがけない話に、ホリシイが僕の顔をふり返る。

「誰に……？」

「さあ。犯人はわからない。それはどうでもいいんです。もう戦争は終わったんだから——あり得ないくらいの犠牲を払って。問題は幼い子たちが、なんの目的でさらわれたのかということ」

白亜虫たちが、何かをささやきかけるように車を撫でて飛んでゆく。

「彼らは当時、まだ長引くと思われていた戦争の追加戦力として、連れ去られ、隔離した場所で強制的に訓練を受けさせられたのです。実戦に投入される前に、戦争は終わり、幼い子たちは運よく逃げ出してくることができましたが……」

奇術師の声は、サーカスで聞いたときよりも柔らかかった。だけどそれは、深い深い諦《あきら》めから生まれた声の柔軟さのように思えた。

「帰ってきた弟に、アサリスは目をつぶされた。毒を使って。足を悪くしたのもそのときです。

ほかの兄弟たちも、末の子に毒を盛られて死にました。助かったのはアサリスだけ。わたしのところも、同じような状態でした。何が引き金になったのか、わかりません。恐ろしい場所からせっかく戻ってきたのに……彼らにとって今度は、われわれが恐ろしく映ったのかもしれない。われわれの身内だけではありません。噂ではほかにも、さらに幼い者たちを集めて監禁し、死を恐れずに戦う兵士に育成するための施設が造られていたとか。戦争が終わったあとも、それらの施設は秘匿され、発見されないままになっているとも聞きます」

ふふ、と、奇術師は懐かしいおとぎ話を思い出したみたいに笑った。

「だから、気に食わない。自分の家族をめちゃくちゃにした連中の邪魔をしたいんです。無責任でしょう?」

少しずつ、外が暗くなってゆく。白亜虫の群れをやり過ごすあいだに、日が沈んでゆく。車外を埋め尽くす白い虫の数は次第に減ってゆき、奇術師はふたたびエンジンをかけようと、キーに手をかけた。

「アスユリというブルー派の写本士を、わたしは助けなければならなかった。でも間に合わなかった——まさかほかにも塵禍を持たされている兵士がいるとは、思わなかった。あの写本士の死は、完全にわたしたちの失敗です」

塵禍を持たされている……?

「アスユリの手記に、塵禍は兵器なんだと書いてあった。でも、どうやって——?」

ホリシイが問う。塵禍を、あんなものをどうやって人為的に操るというのか。そこがどうしてもわからないままだった。想像がつかなかった。

「そう。塵禍は兵器。兵器は、もちろん兵士によって運ばれます。ただし塵禍の使い方もその正体も、一般の兵士は知らされていない。あそこにいた兵士たちは、何も知らずに死んでいったでしょう」

　サーカスの化粧をしていないせいか、奇術師の顔はひどく年老いて見える。翅音が、いくらかまばらになってきた。もうすぐ虫たちの群れがとぎれ、視界が開ける。

「アサリスは、インクが見つかってから写本士にこのことを伝えるつもりでいたんでしょうね。こんなことを知らせるのは、確実に国の不正を書き残しておける、ネバーブルーインクが手に入ってからだと。だけどわたしは、もう君たちには教えるべきだと思います。ここまでの道のりをやってきたのは、彼ではなく、あなたたちですから」

　奇術師が、長い指をこすり合わせる。指を開くと、上に向けたてのひらに、くすんだ褐色のボールが三つ載っていた。……ボールというより、土をこねて作った団子に近い。

「これが塵禍の原型です」

　奇術師の言葉に、僕は思わず座席の背もたれに体を押しつけた。心臓が背中から逃げ出したがっているみたいだった。ホリシイも短く悲鳴を上げ、イオは鱗を鳴らして尾をふり立てた。

〈コボル。この人間はなんだ。どうしてあんなものを持ってる〉

　イオが怯《おび》えと怒りのにじむ声を上げた。蒼《あお》ざめながらも鼻梁《びりょう》にしわを刻んで奇術師を睨《にら》むイオに、僕は何も答えることができない。

　塵禍の原型。これが……こんなものが？

　奇術師の手に載っているものは、子どもが遊びで作った土のボールにしか見えない。こんなものがひとつの都市から住民を根こそぎに消し去り、街そのものを死なせてしまうなんて、とても信じられない。だけど相手のまなざしにも口調にも、ふざけている気配はまったくなかった。

「な、なんでそんなもの、持ってるんだ？」

ホリシイが声を上ずらせた。

「本来はこの原型を、金属のカプセルに入れて使うようです。末端の兵士が、正体を知らされないままそれを携行させられる。塵禍で破壊したい場所へ。わたしの仲間——サーカスの芸人の一人がその方法に気づいた。もう彼はこの世にいませんが」

去年までいたはずの小柄な曲芸師のすがたが、脳裏に甦《よみがえ》る。心臓も、体中をめぐる血管も、誰かの手に摑《つか》まえられているみたいだった。僕が生きてきた世界は、僕が見ていたとおりのすがたをしていない——アスユリのノートの文字が、洪水みたいに頭の中に流れ込んでくる。

「こんなので、ほんとうに……」

「これだけでは、塵禍は発動しません」

奇術師の大きなてのひらの上で、不気味なかたまりはわずかになった残照を吸収し、沈黙していた。星のない夜空の闇から切り取ってきたみたいに、そのかたまりは現実の景色になじむことを拒んでいた。

「ペガウでは犬が、メイトロンでは龍が、守護存在として崇《あが》められている。では、アスタリットのそれは？」

アスタリットの守護存在？　それは——

僕は無意識に、視線を上へ向けた。もちろん車の天井があるだけで、その向こうは見えない。

「そう、星です。アスタリット星国でしか観測することのできない、名前のない星。神話では、巨人が投げた星の残りだとか。その星に命じることで、任意の場所で塵禍を発動させることができるという——そして、星と対話する権限を持つのは、軍の最高指揮官だけ。いまは、オラブ総統がその役目を担っています」

重たい衝撃が、頭の上から落ちてきた。直接顔を見たこともない人物。メイトロンでの任務の最高責任者でもある人。それが……塵禍を引き起こしただって？

「じゃ、じゃあもし、総統が星に命令したら、これだって塵禍になっちゃうんじゃ……」

ホリシイが座席のへりをつかんで身を遠ざけると、ユナユナは瞳《ひとみ》を深く光らせて笑った。

「これは、たんなる薬剤のかたまりです。星がこの毒薬を塵禍に変えるためには、星へ位置を伝えるための器が必要になる。だから食べでもしない限り、いまは無害です」

ホリシイが、奇術師の手に載った塵禍へ恐る恐る手を伸ばす。泥の色をしたかたまりはぴくともせず、僕はいまにも奇術師が、冗談だったと種明かしをするのではないかと待った。……待ってみても、ユナユナはてのひらの上の三つのかたまりをチョコレートに変えることも、ぽんとはじけさせて僕らに悲鳴を上げさせることもしなかった。

「行きましょう。完全に夜になってはまずい」

白い翅の群れが通過してしまうと、窓の外には暗闇が迫りはじめていた。ユナユナが、ふたたび車を走らせる。白亜虫たちは一匹の巨大な龍のように、平原の上をうねりながら先を進んでいた。


雪は夜になると、勢いを落とした。

旧型の軍用車は、一定の速度でひた走っている。平野の遠く、車輛の左手側に、まばらな枯れ木の群れがぼんやりと見えた。木じゃなくて、捨てられた兵器なのかもしれなかったけれど、ちゃんと確認するには暗すぎた。

少しでも眠るようにとユナユナが言ったけど、誰も目を閉じる気になれなかった。

何も知らないまま、僕たちは生きてきた。アスタリット星国で、写本士として暮らしてきた。

……いままで知らずに来た、こんなにたくさんのことを、ネバーブルーインクだけでなんとかすることができるんだろうか？　イオはミスマルを呼ぶだけで、メイトロンを救うことができるんだろうか？

ぼんやりとした暗闇をじっと見つめていると、視界のはしで、イオの尾の先端がぴくりと動いた。同時に檻の中のシルベが、けたたましい鳴き声を上げた。

〈……何か来る〉

イオのささやき声は、凍《い》てつきそうな響きだった。僕が反応したことを確かめると、はじかれたようにふり向き、イオは反対の窓へ飛びついた。

〈コボル、ホリシイ……逃げないと〉

叫ぶ声は僕にしか聞こえない。しかし異様な気配を、ユナユナも感じ取ったようだった。アクセルが強く踏み込まれた直後、車体が跳ね上がった。

衝撃が襲う中、シルベが怒りを込めて鳴き声を響かせる。イオは窓ぎわからはじき飛ばされ、反対の座席へ投げ出された。車が受けた衝撃を、じかに骨や内臓にまで感じながら、僕はとっさにイオがそれ以上もみくちゃにされないよう、上から覆いかぶさって押さえつけた。ホリシイが頭をかばいながら、叫び声を上げる。

耳の中で乱暴な音が鳴りつづけている。ユナユナが何か言ったけれど、聴覚がひどい混乱を起こしていて、人の言葉を聞き取ることができなかった。

エンジンがうなる。車が動き出そうともがいて、でも何かがそれを邪魔している。

獣の吠《ほ》え猛《たけ》る声が、耳をつんざく鷲の鳴き声とかさなった。

ホリシイが外へ逃げようとドアにしがみつく。が、つぎの瞬間、窓から見えたもののすがたに僕たちは凍りついた。

ぎらつく目をこちらへ向け、車の正面から現れたそれは、真っ黒な毛並みの犬だった。並みの大きさではなかった。四肢を跳躍に備えて踏みしめた獣が、黒い体毛を逆立て輪郭のはっきりしない体を夜の闇に侵出させている。ヘッドライトを反射して、その目が骨の色に光る。瞳孔《どうこう》のない目が、それがまともな生物でないことを物語っていた。

中庭へ入ってきたときのアスユリと同じ気配を、獣はまとっていた。白亜虫に足止めを食らっていたせいなのか。王城からずっとイオを狙っていた存在が、とうとう僕たちに追いついたのだった。

逃げなくちゃ。だけど、どうやって――どこへ？

「……タイヤをやられた。降りて、走りなさい！」

ユナユナが叫ぶ。シルべが苛立《いらだ》たしげに翼を開閉して暴れる。さっきの衝撃で檻の角はひしゃげ、扉が壊れていた。羽根を飛び散らせながら脱出を試みるシルべに突き動かされるように、ホリシイがドアを開ける。僕はイオを半分抱え上げ、外へ転がり出た。

同時に闇が一瞬光り、銃声が鼓膜をつんざいた。

僕らより先に車を降りたユナユナが、ライフルの照準を黒犬に定め、発砲したのだった。真っ黒なインクでできているかのような獣の体が、銃弾を受けて後ろへ飛ぶ。しかし即座に脚に力をみなぎらせ、ふたたび襲いかかろうとする。

僕がイオに、走れと伝えようとしたとき。声を発せないイオの喉から、きつく空気が押し出された。小さな牙《きば》のならぶ口を開き、音にならない声を発しつづける。ぬるりと、手の中で熱いものがすべった。イオが、けがをしたんだ。揺れたときにどこかに手をついて、破れた皮膚から血を流している。

ユナユナがさらに発砲をくり返す。ニノホみたいになってしまうんじゃないかと思った。あの道具をつづけて使ったら、ニノホみたいに動けなくなるんじゃないか。

車からもがき出たシルベは、飛べない翼を怒りに任せてばたつかせ、強靭《きょうじん》な足で何度も地面を蹴《け》っている。僕とイオは走った。この場から、死に物狂いで逃げようとした。

逃げていいのか？　逃げるべきなのか。ホリシイが後ろを走りながら何かを叫ぶ。イオのかん高い声とそれが混じり合い、黒犬のうなりが、頭の中で音という音を引き裂いてゆく。

空に、ひびが入った。星の見えない夜の空が、まっぷたつに割れた。稲光だ。

その亀裂から、大量の水が落ちてくる。そのひとつひとつの球が見える。

雨。あるいは霙《みぞれ》。あるいはそれは、ガラス球に見えた。

凍ったインク壺《つぼ》みたいな空から、無数のガラスの粒が落ちてくる。

見たことがある。僕はあのきらきらと降ってくるものを知っている。

〈イオ？〉

紅い尾がくねる。その線は、神殿の扉を守る鋳物の龍とそっくりだ。

雨を呼ぶメイトロンの龍。――イオは、伝えられる守護存在そのものじゃないか。

僕の背後に獣が迫る。いまにも牙が届く。

奇妙な音が、そのとき空気を切り裂いた。

僕の手をつかんで前を走るイオが、地面じゃなく水へ踏み込んだみたいに、体勢を崩した。その背中に、鳥の羽根が刺さっている。羽根――矢羽根だ。裏側に鱗の生えたイオの足が跳ね上がり、動きが止まる。

気配が僕たちを取り囲む。黒犬の気配だけじゃなかった。枯れて凍りかけた草を踏むいくつもの足音が自分たちを包囲するのを、耳ではない感覚が探り当てる。

咄嗟《とっさ》に後方を確認しようとふり向いた視界に、地面に落ちた黒い塊が映った。王都からイオを追ってきた黒い犬が牙のならぶ口を開け、横ざまに倒れていた。その腹部が銃弾でずたずたになり、そこから墨のような揺らめきが立ち上る。

「逃げて！」

ユナユナが、新しい弾倉をはめ込みながら動く。

雷鳴を耳が捉《とら》えた。稲妻は真上で光ったのに、いまになって音がする。――だけどそれは雷の音じゃなくて、構えた銃が弾を撃ち出す音だった。ユナユナの銃じゃない。ユナユナへ向けて撃たれた弾丸が、胸部に吸い込まれ、長身の奇術師は糸を断たれた操り人形みたいに、関節の力を失って地面に倒れた。

ひとつ、ふたつ、暗闇にごく小さな灯《あか》りがともる。雪はやんでいて、息を吸うたび肺の中が痛いほど冷たかった。

「危うく、獲物をかすめ取られるところだった」

誰かが言う。人間の声だ。

三つの人影が、身を低く構えてこちらを向いていた。一人は、硝煙を立ち上らせる古い型の単発銃を構えていた。

激しい耳鳴りがして、僕の耳はうまく音を捉えられない。何もかもがゆっくりと、非現実的に見える。何が起きたかまるで理解できていない僕の肩に、イオの背中に刺さったのと同じ矢羽根が突き立つ。全身が痺《しび》れて重くなり、制御がきかなくなる。一瞬のうちに天地がひっくり返り、強制的に視覚と聴覚が閉ざされてゆく。

「役に立ってくれたじゃないか。あれがいなければ仕留めるのは難しかった」

人間たちは、影の犬の残骸《ざんがい》や倒れた奇術師には目もくれなかった。僕とイオを、三人で取り囲む。ホリシイは？　ホリシイも、同じことになっているのか？　シルベは——飛べない天帝鷲は、どこへ行ったんだ？　もう、視界をめぐらせてそれらを確かめることもできない。

手がほぼ無意識に動いて、鞄《かばん》を探る。見なくても、ペンの在りかは指先が憶《おぼ》えている。キャップをはずした。ほんとうはこんなことに使ってはいけないんだ。だけどいまは、ほかの方法を選ぶ余裕がない。ユキタムがやったようにやれ。僕は体中から残っている力を右手にかき集め、使い慣れたペンを持ち上げると、そばに立つ何者かの足の甲に先端を突き立てた。柔軟な金を使って作られたペン先は、靴の布地をつらぬき、皮膚を破って食い込む。硬いものにペン先が到達して壊れる感覚とともに、怒りのこもった悲鳴が降ってくる。

言葉が壊れた。文字を書くため授かったペンを、僕はなくした。なのにまだ心臓が動いている。

〈イオ、逃げろ……逃げろ〉

そう伝えた直後、右脚に衝撃が走った。膝《ひざ》のすぐ下に、重いものが打ち込まれた。誰かの持つ銃の銃床が、骨をめがけて振り下ろされたのだった。

はっきりと、体が破壊されたのがわかった。激痛が痺れた体を乗っ取り、パニックに陥った。呼吸が速くなるのに合わせて、視界が黒く染まってゆく。その視界の先で、イオが、力なく土の上に倒れている。顔が向こうを向いていて、尾も手足も、動く気配がなかった。

「……麻酔の量をまちがえてないか?」

声が歪《ゆが》んで聞こえる。知らない人間の声だ。どこから来たんだ? 人間はみんな、忌み籠《ごも》りをしているんじゃないのか。隠れる場所なんて、周りになかったはずなのに。

ぞろ、とイオの紅い尾が、男の肩から垂れ下がるのが見えた。鱗の生えた足の裏も。担ぎ上げられたイオの背中から、男が羽根を抜き取る。——毒矢だ。混乱があぶくのように湧き上がって、意識をなぶった。だけどいくら焦っても、もう手を動かすことすらできなくなっていた。

「まちがえるもんか。龍は深く眠らせないと、何をするかわからない」

逃げるすべはすでになかった。

毒に酔った視覚と聴覚が何もかもを歪め、そして唐突に、すべてが真っ暗になった。


……獣のにおいがする。

心臓をどこかに落としてきたみたいだ。動けないし、何も感じない。焦りも、恐怖もまだ生まれてこない。何かが近くにいて、こちらを見ているのだけはわかった。視界がでたらめに距離を伸び縮みさせて、吐き気がするのに何も吐き出すものがなかった。

「こいつはなんだ? 星国の子どもか?」

「そうみたいだけど、軍人じゃないし、何をしてたのかはわからない。殺してもよかったんだが」

誰かが頭の上で喋《しゃべ》っている。言葉が鼓膜をつらぬいて脳を揺さぶり、頭がはちきれそうだった。

マフラーがいやにきつく巻きついているので、緩めようと首を動かした。途端にすさまじい頭痛がし、脚から痛みが駆け上がってきた。全身に嚙《か》みつく寒さが震えを呼び起こし、震えがさらに痛みを増幅させた。頭蓋《ずがい》にはぜるまぶしさを、まばたきをすることで必死に追い出そうとする。

そこはどうやら屋根の下で、ランプの灯りが辺りをぼやりと照らしていた。こちらを見下ろす何対かの目がある。僕はぐらつく視界を、なんとか状況をつかむため固定しようと眉間《みけん》に力を込めた。

殺風景な小屋の中に二人の知らない人間がいて、不必要な荷物でも見るような視線を、こちらへ向けていた。その足元には犬たちがいる。全身の血管が縮んだ。……が、それは僕らを襲った黒犬ではなく、茶色とぶちの毛の、生きた犬たちだった。

獣たちに牙を見せつけられて身じろいだ僕は、自分が背後の柱か何かに縛られていることに気づく。口に巻きついているのは防塵マフラーではなく、猿轡《さるぐつわ》だった。

いやな汗が皮膚に湧いた。とてもまずい状況に陥っている、それだけは確かだ。ここがどこで、この人間たちが誰なのかもわからない。とにかく目玉をめぐらせ、イオやホリシイのすがたを探そうとした。と、一匹の犬が僕に近づき、唇をめくり上げた。茶色い毛並みに黒い目の、まだ若そうな犬だ。

「忌み子ならここにはいないよ」

僕を見下ろす人物の一人が言った。すると僕を威嚇する犬が、鋭い気配を放ちながらも後ろへ下がった。

僕の正面にしゃがみ込んだ相手は、大人ではなかった。僕やホリシイと同じくらいの歳の、少女だ。そのかたわらの茶色い犬が、目を光らせながら何度も口の周りのよだれを舐《な》めた。

「変な気を起こさないように説明しておく。ここは人里離れた場所で、泣こうが喚《わめ》こうが助けは来ない。脱走しても周りには罠《わな》が仕掛けてあるから、生きて逃げるのは無理だ。抵抗すれば殺す。

わかったか?」

ほかにどうすることもできず、僕はうなずく。ずきずきと痛む脚は確実に骨が折れていて、脱走を試みることはできそうもなかった。

相手はまばたきをせず、視線を突き刺すように僕を観察した。その目の色、髪の色は、染めたかのように黒かった。肌は温かい土を思わせる黄褐色で、ランプの灯りの加減でそう見えているというわけではなさそうだった。

「お前が何者かを話せ。正直に」

手を伸ばし、少女が猿轡をずらす。衣服から、嗅《か》ぎ慣れない香辛料のにおいがした。

喉の奥へ、一気に冷たい空気が流れ込み、それと一緒に唾液《だえき》が気道へ入り込んで、しばらくはまともに呼吸をすることができなかった。背中をまるめてむせる僕を、相手はじっと見下ろしている。僕の動きが面白いのか、犬たちがしっぽをふった。この瞬間も自分たちが絶対的優位にいるのだと、僕に見せつけているみたいだった。

やっと呼吸が、荒いながらもリズムを取り戻した。勝手に涙の浮かんだ目をしばたたきながら、僕は必死でかぶりをふり、相手に伝えようとした。猿轡をはずされても喋れないことを、だけどこの状態で相手に知らせることはできなかった。

首をふり、音にならない呼吸音を絞り出す僕に、少女の後ろに立つひげ面の男が怪訝《けげん》そうな顔を近づけた。

「こいつ、ヴァユの密偵じゃないか?」

「このまぬけ面で?」

少女が、鼻だけでせせら笑った。

「だってよう、アスタリットの民間人が、こんなところにいるわけないだろ」

ひげ面の男が眉《まゆ》を持ち上げる。ごわごわと太い眉も、頭髪も目も、少女と同じ黒だった。アスタリットと周辺国で生まれた人間の髪や肌はおおむね灰色だ。周辺国の少数部族の特徴だろうか。言葉はアスタリットの標準語とまったく同じだ。

男のそばにも犬がいる。こちらは灰色の毛並みに白いぶち模様の、やや年取って見える犬だ。

――ペガウ犬国の物語が、頭の中に甦る。ペガウのある部族は、全員が自分の犬を連れているという……。

「お前、言葉はわかるのか？」

少女が尋ねる。狩りに慣れた獣のような、迷いのない声音だった。僕はうなずいて答える。身に着けていた荷物がない。ペンもノートも手元になく、しかも手を拘束されていては、どうすることもできなかった。ペンは、そうだ、使ってしまったんだった。文字を書くために持っていたペンを、僕は、人の体を傷つけるために使った。

「お前はヴァユの人間か、それともアスタリットの人間か？」

アスタリット。口だけでも、そう動かそうとした。ホリシイやみんながしていたのを、必死で真似した。

少女とひげの男が、顔を見合わせる。

「……こいつ、喋れないんじゃねえか」

男が言うと、少女が首をかしげて腰に手をあてる。ふてぶてしい表情には、だけど恐怖を呼び起こす冷酷さがあり、自分と歳の変わらない少女を、ひどく老獪《ろうかい》に見せた。かたわらの犬が、早く獲物に咬《か》みつきたいとばかりに低くうなる。

「ふうん。どっちの獲物も、人間の言葉を喋らないのか」

少女がそう言ったとき、小屋の入口の幕が開き、別の誰かが入ってきた。

「おばあが、そいつは〈話者《わしゃ》〉だろうと言ってるぜ」

まだ若い男は、入ってくるなりそう言った。片方の足を少し引きずっているその若者の後ろにも、尾の長い一匹の犬がいた。

「話者？」

三匹の犬たちが、互いを確認し合うようにゆるく尾をふる。ひげ面の男が眉間にしわを寄せると、若者が口を歪めた。

「龍は、人間の言葉を話さないんだろ。王室には龍と人の言葉をつなぐ話者がいるが、その役職には、生まれつき口をきけないやつが代々選ばれるんだそうだ。こいつが龍と一緒にいたということは、話者なんだろうと」

若い男の言葉に、ひげ面と少女が、険しい顔を見合わせた。

「だけどこいつは、メイトロンの人間じゃないだろう」

「俺は知らないよ。おばあがそう言うんだ。こいつの荷物に入ってたノートに、びっしり書いてある。ついでに言うと、こいつはアスタリットの人間だ」

若者が少女に投げてよこしたのは、僕のノートだった。

「アスタリットから王都へやってきて、龍と会話していたらしいぜ。おばあが読んだ」

少女がノートをぱらぱらとめくる。中身を読んでいるようすはなかった。ただ文字で埋まったページをつぎつぎにめくっているだけだ。やがてパタンと音を立ててノートを閉じると、少女は顎《あご》に手をあててしばらく考え込んだあと、口元へ言葉を浮上させた。

「……だから、王都から忌み子を連れ出したのか？　お前たちはメイトロンを足がかりにして、もう一度ヴァユと戦争をはじめるつもりなんだろう？　忌み子をそのために利用するのか」

黒髪を揺らし、ふたたび僕を見下ろす。話が唐突すぎて、相手が何を言っているのかわからなかった。

「肝心のところは、書かれていなかったらしい」

若い男の冷たい声に、ひげ面の男の目が殺気を帯びる。

「知っていることを、いまのうちに吐いておけ。それが身のためだ。ガキ相手にあまり気は進まんが、拷問の用意もできている」

男が僕に顔を近づけると、牙をむいた獣が迫ったかのような威圧感が、体の芯《しん》をすくませた。ひたひたと、恐怖が滴ってくる。イオのすがたも、ホリシイのすがたも、ここにはなかった。奇術師も──あのとき撃たれて、もしかしたらそのまま、死んでしまったのか？

人間たちの態度に呼応して、犬たちが僕に向ける気配がいっそう鋭くなる。

「星国がヴァユとの戦争をはじめれば、メイトロンの国土はまた、最も過酷な破壊を受けるだろう。第一王女を生け贄《いにえ》に、それを食い止める」

ヴァユとの戦争？　アスタリットの目的は、メイトロンを支配下に置くことじゃないのか？　誰がほんとうのことを言ってるんだ？　僕らは、アスユリの残した言葉を信じ、イオに導かれて進んできた。だけど……何かをまちがえていたとしたら？

男は何も言い返さない僕に小さく鼻を鳴らすと、立ち上がって少女にノートを押しつけた。

「はじめての狩りにしては、上出来だった。あとは星国の情報を引き出す」

仏頂面の少女の前を通り過ぎ、ひげ面と若者は出口へ向かう。まくり上げられた布のすき間から、真っ暗な闇がのぞいた。正確な時間はわからないが、夜更けごろなんじゃないかと思った。ふと思い出したように、ひげ面の男がふり返った。犬もそれにつられて、こちらを向く。

「どうせなら新年の祝いに、犬どもに振る舞ってやろう。それまで生かしておいてやってもいい」

男の顔が歪む。それが笑った顔だと、そのすがたが小屋から消えてから気がついた。犬たちも、二人の男とともに出ていった。残ったのは茶色い毛並みの犬と、黒い髪の少女だ。

鋭い視線を、少女が改めてこちらへ向ける。

「ほんとに口がきけないのか？」

僕はうなずく。長い黒髪が、肩の後ろへ払われた。

「殺しはしないが、このままだと拷問にかける。そういう手順なんだ。お前、手話は使えるか？」

今度は、首を横にふった。手を使う会話を、僕は習得しなかった。それよりも文字で書く方が、図書館で暮らすあいだはずっと意思の伝達が速かったからだ。少女が、意志の強そうな眉を持ち上げる。

「……じゃあ、どうやってほかのやつと会話してたんだよ」

頭へ手をやってそうつぶやき、そして舌打ちを漏らした。僕は懸命に、視線をノートにそそいだ。

「もしかして、これ？」

少女がノートの表紙に目をやった。慌てて、僕はつづけざまにうなずいた。少し気味悪そうに目を細めながら、少女がノートをぱらぱらとめくる。書き留めた物語の余白に、ホリシイとの会話に使った文章がある。僕が文字を書くことで言葉を伝達するのだとわかれば、ペンを用意してもらえるかもしれない。そうすれば、こちらからも質問することができる。イオたちの居場所を

——少なくとも安否を、確認することができる。

それを自分が知ったところで、意味がないのはわかっていた。いまの僕は立って歩くこともできず、自分を捕らえた者たちに対抗するすべは何ひとつない。それでも、確かめずに耐えていることはできなかった。

「……よし。書け」

少女が僕の背後へ回り、手首を縛《いまし》める縄をぐいと引っ張った。振動が折れた骨に伝わり、一気に脂汗が湧く。僕は座ったまままめまいを起こし、自分の口からよだれが落ちていくのを見た。

縄を解かれて前へかしぐ僕の肩を、相手は乱暴に押し戻した。痺れる手に、ペンが渡された。

それは僕のペンではなく、真っ黒な軸の、古そうなペンだ。……握らされた手が青く染まっていることを、このとき僕は発見した。青？　いつこんな色がついたんだ？

「まず、お前が何をしていたのかを書け。なんの目的でメイトロンにいたのか」

終わりかけのノートの白紙のページを見つけ、そこを開いて膝の上へよこす。キャップをはずすと、金色のペン先が現れた。写本士が持つペン先とは、規格のちがうものだった。震えて感覚が戻らない手で、紙の上へ載せると、ペン先からは深い緑のインクが現れた。僕の手を汚している色とはちがう。

『イオはどこだ』

僕の手は、そう書いた。

直後に、犬の鼻面が僕の右足をつついた。たったそれだけの振動で、全身を痛みがつんざく。息を止め、どこへも出てゆかない痛みをこらえた。

「訊いたことに答えろ。おかしな気を起こすと、反対の脚も折る」

声の抑揚をまったく変えずに、少女が言う。僕は頭をぐらぐらと揺らして、相手の言葉を了解したことを示そうとする。

『王都が塵禍に襲われた。写本士の任務で、書物を救いに来ていた。二度目の塵禍が来て、イオと一緒に脱出した。』

「写本士？」

そのとき小屋の入口の布が持ち上がり、仲間の一人が戻ってきた。片足をわずかに引きずって歩く、若い方の男だった。尾の長い犬がその後ろをぴたりとついてくる。

「写本士ってのは、よその国の本を盗んでいって、自分たちの都合のいいように書き換えちまうって連中だろう？　じゃあこいつは、メイトロンの本をかすめにやってきたってわけか。――おいノチセ、そいつにペンを持たせるな。俺みたいになるぜ」

若者はノチセという少女に、飲み物の入った木製のジョッキを渡した。少女は中身を少し舐め、臆《おく》さずに肩をすくめた。

「おかしな気を起こしたら、一本ずつ指を切り落として犬に食わせてやるさ。こいつ、喋れないし手話も知らない。字を書くしかできないみたいだ」

「はあ？　写本士ってのは、みんなそうなのか？」

若い男が、大げさに目を見開いた。

「嘘をついているのかもしれないけど」

「まあいい。おばあが、ノチセにつきそっててやれとさ。大晦日《おおみそか》に獲物は殺せないが、お前はかっとなると手を出すかもしれないからと。――信じられるか？　こいつは第一王女に案内させて、海の離宮へ向かっていたんだ。ネバーブルーインクとかいうのを、自国へ持ち帰るつもりだったようだ」

心臓が、ずくりとうごめいた。ノチセと呼ばれた少女は、眉間にしわを刻む。

「海の離宮……」

「ミスマルを呼ぶんだと。予備卵だ」

ノチセの髪が、肩の上で大きく揺れた。

「それじゃあ、もとの王家を存続させるつもりだということか？」

「そうらしいな。あそこで捕獲できて、ほんとうに幸運だった」

頭上で交わされる会話が、とても遠い。僕のノートはずいぶんくたびれて、もう残りのページもわずかだった。

『イオは、恵みをもたらす龍を呼ぼうとしただけだ。忌み籠りをしていない老人に会った。家がなくて、忌み籠りができないみたいだった。その人に約束した。ミスマルを呼んで、誰もこんな思いをしなくてすむようにすると。あなたたちが狙わなければならない相手は、イオじゃない。敵はアスタリットだ。』

線の震えを、文字の太さが補う。……このノチセという少女は、このペンで何を書いてきたんだろう。たっぷりとしたインク溜《だ》まりが、文字というより絵を描いているような感覚をもたらした。

男が、勢いよく失笑を漏らした。

「自分の国を売るのかよ。性根の腐ったガキだな」

嘲笑《あざわら》われても、何も感じなかった。何を書けば、この人間たちはまともに取り合おうとするんだろう？

『僕は、自分の国がどこか知らない。アスタリットのことも信用してない。』

頭上の気配が変わったのが、皮膚へ伝わってきた。顔を上げると、ノチセが驚愕《きょうがく》の表情を浮かべていた。犬たちが、それぞれに小さくうなる。

「へえ。まさか、こいつ……お前と同じじゃないのか？」

若者が言った。ノチセはまばたきを忘れて、僕と、僕の書いた文字を見比べている。何も言わないノチセにかわって、若者が僕の方へ身をかがめる。

「地下にいたのか？　子どもばかりで集められて。戦争が終わって、存在を忘れられて……何年か経ってから発見された。特殊な兵士として育て上げるため、あちこちから連れてこられたガキの、生き残りか？」

畳みかけるように尋ねる若者の声が、僕の頭の中を引《ひ》っ掻《か》き回す。

奇術師が言っていた。幼い兄弟たちがさらわれ、兵士に仕立てるための訓練を受けさせられたのだと。そう、それは他者から聞いた話で、僕の記憶じゃない。僕の記憶ははじめて空を見た八歳からはじまり、それ以前は存在していない。

憶えているわけがないんだ。あんな……

はっとして、息を止めた。何かが頭の奥から染み出しかけるのを感じ、みぞおちがひやりとした。鼓動が速くなり、骨折の痛みがそのぶん強く体内をめぐった。

「……どうだっていいよ。どうせもうすぐ始末するんだ」

ノチセが、僕の手からペンを取り上げる。ノートも一緒に。これで僕は、言葉を伝えるすべを失った。ふたたび両手が後ろへ回され、縄で体を縛られる。抵抗する力は残っていなかった。

「ネバーブルーインク。お前は、それを見つけようとしていたんだろう？」

ふたたび僕の前で膝を折ると、ノチセはどこへもつながらない黒をたたえた目で、僕を見据えた。

「いいことを教えてやろう。ないんだ。そんなもの、存在しない。教わらなかったか？　望みを捨てろと。何も望まず、任務を遂行しろ。お前も同じ訓練を受けたなら、幼いときに、そう叩き込まれただろう」

ノチセと若者が、言葉を交わす。だけどそれは、僕には理解できない言語だった。おそらくは、ペガウ犬国の古い言葉なのだろう。アスタリットに支配される前の。

不思議な響きの言葉で短いやり取りを交わしたあと、二人は犬たちを連れて小屋を出ていった。どちらも、もう僕のことをふり向くことはなかった。


時間はじりじりと滴っていった。

小屋の外に少なくとも一人、見張りが立っているのが、ときおり寒さに身震いする気配からわかった。

まだ夜は明けない。僕は柱に縛りつけられたまま、自分がまだ息をしていることを不思議に思っていた。僕は、しくじったんだ。イオをミスマルのところへ連れていくことができなかった。それどころか、ペンもノートも失い、ここへ捕らわれてしまった。もう、できることは何もない。イオは密猟者たちに利用され、ネバーブルーインクも手に入らない。アスユリの遺志を継ぐこともできない。

何時間が経っただろう。あるいは、まだ一時間も経っていないのかもしれない。

風が空の高いところでうなっている。小屋の入口の布が、何度かゆらゆらとはためいた。そのすき間から、外のようすをほんのわずかにうかがうことができた。土がむき出しの地面と、直線のない岩の柱。……ここは、採掘跡か何かだろうか？

ひらりと、入口から何かが舞い込む。雪かと思ったそれは、床へ落ちずに、はたはたとはばたいて舞う。白い翅の、それは白亜虫だった。奇術師の車を追い越して、海の方角へ飛んでいったはずなのに。

犬の吠える声が、はじめは遠くで聞こえた。吠える声はほかの犬に伝染して、やがて警報のように空気いっぱいに重なって溢《あふ》れる。

「――ん？」

外の見張りが声を発した。小さな疑問の声が、すぐに驚愕の叫びに変わる。何事かを叫びながら、見張りが小屋のそばを離れた。

なんだろう。風がさらに強まる。

龍の水の効力よりも体の限界が勝った、あの日の風みたいだった。僕とホリシイが動けなくなり、イオが……

あのときも、イオは何かを叫んでいた。そして僕は、夢を見たのだった。夢の中で、僕は透明な宮殿の中にいた。透明な、雨のようなガラスの建物の中に。メイトロンの古い物語にある宮殿そのもののような。

迷い込んだ白亜虫がひらひらと小屋の中をさまよい、柱に縛られた僕の手に下りてくる。車が襲われて逃げようとしたとき、イオとつないだ方の手だった。

王城の中庭で、二度目の塵禍が襲ったあのとき――あのときもすさまじい雨が降り、その場にいた僕たち写本士は、なぜか死なずにすんだ。

黒犬と密猟者に襲われたとき、イオは必死で叫んでいた。その聞こえない声に応えて、空が割れた。こちらへ飛来しようとしていた雨の粒は、まるでガラス玉のようだった。

玻璃《はり》の宮《みや》。メイトロン龍国の古い民話が、まるで見てきたかのように鮮烈に甦る。

イオだ。いままで僕たちの命を助けたのは、イオだったんだ。イオが中庭で泣いていた理由……それは、王城を、いや王都を、塵禍から守りきれなかったからなんじゃないか。イオが呼ぶ玻璃の宮で守りきるには、範囲が広すぎて、人が多すぎて。

どっと風が吹き込んで、思考が引きちぎられた。それと同時に、小屋の中へ駆け込んでくる人影があった。ノチセだと思ったその影は、あの少女よりもわずかに小さい。僕と同じ意匠で、色と腕章の模様がちがう制服を着た影——僕が良く知っている顔の。

「……当たりだ」

小さな声で得意げにささやく、それは、ホリシイだった。

僕がどれだけ驚いたか、安心したか、ホリシイは一瞬で読み取ったみたいに、にやっと笑ってみせた。新しく書いた物語をおそるおそる読ませたときみたいに、笑ったんだ。生きていた。もしかしたら、もう会うことも叶《かな》わないかと思っていたのに。

ホリシイはすばやく柱の後ろへ回って、縄を解こうとする。

「イオのところに行くぞ。ここの連中は、ペガウの密猟者だ。イオを助けて、一緒に逃げよう」

こともなげに、ホリシイがそう言う。書きかけの冒険物語の、つづきを促すみたいに。

ホリシイに目立ったけがはないようだった。あのとき、捕まらなかったんだろうか。撃たれたユナユナはどうなったんだ？　どうやって逃げ出して、ここまで来たんだ？　聞きたいことはたくさんあるのに、書くための道具がない。

「白亜虫の群れが、向きを変えてこっちへ来たんだ。ユナユナとそれを追ってきて、ここを見つけた。密猟者たちも予測してなかったみたいで、かなり慌ててる。いまなら逃げられる」

ホリシイの皮膚から、きつい緊張のにおいがする。縄が解けた。手首をさすりながら、だけど僕は首を横にふった。右足を指し示す。この脚では、一緒に逃げることは無理だ。

一人で行ってくれと、なんとか身振りで伝えようとした。文字を書かなくとも、ホリシイになら こちらの伝えたいことの大部分が読み取れるはずだ。でもホリシイは、一瞬で僕から目をそらしてしまった。

「わかんないよ、それじゃ。コボル、イオを呼べ。イオは、かなり厳重に見張られているはずだ。どこに閉じ込められているかわからない。お前の声なら、ほかの連中に聞こえない」

ホリシイはそう言うなり、左側から僕の腕を肩へ担いだ。僕のぶんの体重を引き受けてなかば引きずるように、移動をはじめる。痛みはすさまじかったけど、もう立ち止まることはできなかった。

小屋を出る。小屋というよりテントだった。そこはさまざまな形のテントがひしめく仮の集落で、どこかの窪地《くぼち》に存在しているらしかった。穴だらけの岩場は、やはり採掘場の跡地らしかった。岩壁に穿《うが》たれた、いくつもの坑道が見える。あそこを通って、平野のただ中へ出、車を襲ったのかもしれない。

空がうっすらと白い。白亜虫の群れが、テント群のすぐ上を旋回している。渦まく雲のように飛ぶ群れから、力尽きたのか、はらはらと落ちてくるものもある。この場所の上にだけ、雪雲が居座っているかのようだった。

あちこちにいる犬たちが、空に向かって威嚇の声を上げつづけていた。

車を追い越していった大群は、確かに明らかな意思を持って、どこかを、海を目指していた。その虫たちが、なぜこんなところへ来たのだろう？

旋回する白亜虫たち、まだはばたく力を持っているものたちが、雪崩《なだ》れるように下降をはじめる。なにが合図となったのか、僕に読み取ることはできなかった。下へ向けて、虫たちが舞う。白亜虫の群れが、真っ黒な上空から各々の軌跡を描いて、密猟者の集落へ降下してくる。

と、夜目にも白い虫の翅が、ぱっと明るく光るのが見えた。光はすぐに、赤と金に染まる。白亜虫の翅が、燃えていた。つぎつぎ降下してくる後続の虫たちは、はじめに燃えた仲間をめがけて群がった。

虫たちが白い紙のように、炎に包まれて燃えてゆく。はばたきが風を生み、火はあっというまに旋回する柱となって、夜空へ躍り上がった。

ホリシイがすばやく進む。身動きをするだけで、痛みが頭蓋や目玉を破裂させそうになる。それでも、イオのところへ行かなくてはならなかった。肩を貸され、ベルトをつかまれて、僕は痛みを息と一緒に吐き出しながらついていった。

あのノチセという子は、幼いころにさらわれ、兵士になるための訓練を受けさせられたという。

……その記憶があるんだ。発見される前の。

僕には何もない。ほんとうに同じ境遇だったのか、それすらはっきりしない。

記憶も、証拠もないけれど、想像できる気がした。自分の記憶なのか単なる想像なのか判然としないイメージが、脚の痛みとともに脳髄を這《は》い上がってくる。そこには、伝えられないまま埋もれた声がたくさんあった。発見されることのなかったたくさんの声が。もし叶うなら、もう一度書きたかった。ペンもノートも失った。だけど僕の中に、まだ書くべき言葉がある。

入り組んだ通路を、陰を選んで進む。辺りは騒然としていて、密猟者たちのほとんどは、テントに燃え移りはじめた火を消し止めるために奔走しているらしかった。犬の悲鳴が聞こえ、動揺が空気を揺るがせている。

〈――イオ〉

呼び声を発した。イオにだけは聞こえる声に、きっと返事をくれるはずだった。

〈イオ、どこにいる？　いま向かうから〉

ホリシイは僕の視線やかすかな反応を見逃すまいと注意を向けながら、テントのあいだを進んでゆく。大きな雪片のように、白亜虫たちが空中を揺らめきながら降りてくる。炎に身を投げ、明るく輝きながら飛ぶ。

〈……コボル？〉

夢の中で聞くような、かすかな返答があった。耳を澄ませ、方角の見当をつける。ホリシイに、イオの声がした方を指し示した。

「よし」

うなずいて、ホリシイは向きを転じる。僕を支えて歩くために、歯を食いしばって力を奮い起こしている。火のついた白亜虫があちこちに落ちて、不吉な花のように燃えている。

奥まったひとつのテントがある。ほかと雰囲気がちがうのは、そのテントの布地に、びっしりと何かの紋様が刺繡《ししゅう》されているせいだった。まじないめいた紋様の奥から、イオのささやかな返答は確かに聞こえた。

「――止まれ！」

怒鳴り声とともに、銃口がこちらを向いた。ユナユナを撃ったあの銃が、僕らに照準を定めていた。ひげ面の男が、舞い降りてくる白亜虫たちの向こうから、僕とホリシイをにらんでいる。

ホリシイが、すうとひとつ、息を吸った。

「撃つと、これが落ちるぞ」

左手をかかげる。その手に握っているものを見て、僕は思わず飛びすさりそうになった。足が無事なら、そうしていたにちがいなかった。ホリシイが指に握っているもの、それは土のボールそっくりな、塵禍のもとだった。

「アスタリット星国の秘密兵器だ。もし撃てば、即座にここは塵禍に呑まれる」

ホリシイの声は、いまにもひっくり返りそうだ。それでも相手の動きを制することには、成功していた。大きく目を向いた男は、引き金にかけた指をこわばらせる。

ひげ面の男に背を向けないまま、じりじりと後退する。ホリシイが先に僕をテントの中へ突き飛ばし、銃を構えたままの男めがけて固形の塵禍を投げつけた。叫び声をあげ、男がそばの岩陰へ逃げ込む。地面に落ちていた白亜虫の火が体に燃え移り、すさまじい悲鳴があがった。

星の誘導がないと、塵禍は動かない――ユナユナの言うとおりなら、あの塵禍は何もしない。ホリシイに相手を傷つけるつもりはなかったはずだが、男は体についた火を振り払おうとのたうちまわった。その悲鳴から逃げるように僕は尻《しり》もちをついたかっこうから身をよじってもがき、テントの中央へ顔を向けて上体を起こした。

チリン、と鈴が鳴る。

イオが床の上に転がって、こちらを見ていた。

〈イオ! よかった――〉

つづけようとした言葉が、消え入る。イオは白いマントではなく、頭陀袋《ずだぶくろ》のようなものを着せられ、床に横倒しになっている。充血した目からは涙が垂れ、額が赤黒かった。細い顎は震えて、これからお終《しま》いを告げる者の顔みたいだった。

つづけてテントへ入ってきたホリシイの動きが、ぴたりと止まる。

イオの後ろの暗がりに、誰かいる。

白い蓬髪《ほうはつ》、しわまみれの顔の、老人だった。あのトーチカの老人が現れたのかと、一瞬目を疑う。が、それは同じ人物ではなかった。首や手に、たくさんの数珠つなぎの飾りをつけ、顔や首に入れ墨を彫った、それはきっとノチセたちが〝おばあ〟と呼んでいた人物だ。

しわくちゃで小柄な老人は、脚のない椅子に深々と背中をあずけて座っていた。僕らが入ってきたことにまるで動揺を見せず、目を伏せたまま口を動かして何か言う。ぼそぼそと低く這う言葉の意味までは聞き取れない。ペガウ犬国の古い言葉だ。

〈……コボル。もう無理だ。イオは、ミスマルのところへ行けない〉

イオが泣いている。床の上に投げ出された手は、両方ともやっぱりぼろぼろだった。いや――あかぎれじゃない。イオの手には、無数の裂傷が走っているのだった。僕の心臓がこわばる。この連中にやられたのか？　いや、イオの手には、前から傷がついていたんじゃないか？　僕はいつもマントの下にあるイオの手を、ちゃんと見ていなかった。

〈そんなことない……ここにいちゃだめだ。行こう、イオ〉

イオがかぶりをふる。するとそのわずかの身動きで、チリンチリンと鈴が鳴った。頭陀袋のような布地に、小さな鈴がいくつも縫いつけられ、イオが動くと音が鳴るのだった。王城の中庭に吊《つ》り下げられていた、たくさんの鈴と同じに。

テントの布地の刺繍とつながる紋様が、床一面に描かれていた。円形につながるその紋様の中心に、イオは横たえられ、その後ろに老人が座っている。まるであのときの、イオが処刑されかけたという中庭での光景のつづきみたいだった。

〈いやだ。この音。イオのせいで、また死んだ……あのとき海に流されて、イオは消えていたらよかった〉

額は赤黒いのに、頬は真っ白だった。瞳だけを大きく見開き、イオは短く浅い呼吸をくり返している。

〈イオだけでいい……死ぬのは最初から、イオだけでよかったのに〉

腹の底に、全身の血を湧き立たせるほどの感情があふれた。僕は、猛然と腹を立てていた。

イオが何をしたっていうんだ。ただ生まれてきた、それだけのことをなぜ誰からも呪われなくてはならないんだ。

アスタリットはまちがってる、だけどメイトロンもおかしい。

大きな、揺るぎない存在だと信じて疑わなかったもの。それらがこんなにも脆《もろ》い約束の上に成り立っていることを、僕は図書館を離れてはじめて知った。まったくはじめて訪れた異国の、滅びた王都で。さらにそこから逃げ出した道の途上で。

図書館でたくさんの本に仕え、なんの心配もなかったころには、もう戻れない。僕も仲間の写本士たちも、そしてイオも、簡単に揺らいで崩れ去る化け物の背中の上に生まれて、どうにか生きてきただけだった。放っておいたら、化け物同士の喰《く》らい合いが何もかもを奪い去ってしまう。そんな場所で生きていたんだ。

「その子を返せ。手出しをすると、ここで塵禍を使う」

ホリシイが、もうひとつの固形の塵禍をかかげる。時間がなかった。さっきの脅しも、いつまでもつかわからない。

老人は微動だにしない。そのかたわらに、影がのそりと起き上がった。影の犬。イオを追い続けていた、黒犬だった。真っ黒な輪郭を揺らめかせる犬は、背中を盛り上げて牙を見せつけ、僕たちを威嚇した。

「……この子どもは、さなぎだ」

老人が、ゆっくりと口を動かした。公用の言語で話す。手を伸ばし、傷まみれのイオのてのひらを上へ向かせる。鈴が揺れて、イオが顔を歪めた。

「これから成体に変化しなくてはならない。……メイトロン龍国では、この子どもを龍とは認めなかったが、われわれはちがう」

枯れ枝みたいな指が、わきに置いた皿からすくい取った膏薬《こうやく》を、イオの手に塗り込む。イオが逃れようと身じろぎすると、鈴が音を立てて動きを封じた。

「この龍を連れ帰り、龍国を戦争好きの大国の手に渡らないようにする。そうしてペガウの人間と犬たちと、すべての周辺国を救う……龍は玻璃の宮に人をかくまい人を救う、よき獣だからな」

まただ。どこへ行っても、イオは誰かに利用される。誰もかれもが、この子を利用することしか考えていない。

「……どいつもこいつも、イオのことをなんだと思ってるんだ」

塵禍を持つ手を前へかかげたまま、ホリシイがゆっくりとイオに近づく。老人は目を伏せ、動かない。——動けないんだ。深々と椅子にもたれた体の、膝から下が左右どちらもなかった。

「イオは、メイトロンの人たちを助けようとしてるんだ。ペガウを救うのは、イオの役目じゃないだろ」

ちがうんだ。そう思うけれど、ホリシイに伝えることができない。

イオはもっと遠くまで行きたいんだ。世界中のいろんなものを見に行きたいと、そう言っていた。ミスマルを呼んだら、イオにはここにとどまっている理由なんてない。

〈イオ。生き延びよう。塵禍のことも、イオのされたことも、ミスマルのことも……誰かへ伝えなくちゃ〉

〈……伝えたって、どうにもならない〉

イオが喉に力を込め、小さく息を吸う音がする。

〈伝えなければ、いつまでもこのままだ〉

僕は話しながら、耳を澄ませる。白亜虫たちの羽音はまたつづき、それは上から聞こえる——このテントの屋根に、群がってきている。

〈イオは、世界中を見に行くんだよ。いろんな場所で生きている人や、生き物を〉

イオが唇を噛む。すすり泣きながら、それでも何かを自分の中へ引きずり寄せるように。

影の犬が、脚に力を込める。こちらへ飛びかかる姿勢を取る。が、その輪郭は危うく揺らぎ、口からは異常な量のよだれが滴りつづけていた。

ホリシイは罵《のの》り言葉を鋭くささやくと、犬より先に動いた。駆け寄って異形の犬の額に、こぶしを叩きつける。その手にはポケットから抜いたペンが握られていた。

影の体を拡散させる犬に吹き飛ばされて床を転がり、ホリシイは起き上がりざまにイオを担ぎ上げた。鈴が騒ぎ、イオの尾が苦しげにのたくる。逃げなければ。這ってでも逃げようと、僕は腹をくった。ここから逃げさえすれば、あの鈴をはずしてあげられる——

と、何か白いものが視界にひらめいた。白亜虫が入ってきたのかと思った。が、それはひらひら舞う虫ではなく、もっと鋭利な形をしていて、ホリシイの太腿《ふともも》に、深々と突き立っていた。

ホリシイが叫び声を絞り出し、イオを担いだまま床へ倒れ込む。イオの体が床で跳ね、縫いつけられた鈴が一斉に揺れた。

切断された膝で立ち上がった老人が、流れるような動きでホリシイの身動きを封じていた。引き抜いた短い刃物を、今度は首をめがけて振り下ろそうとする。

その手を、誰かの足が蹴り上げた。

ごとんと重い音を立てて、刃物が床へ落ちる。

「これ以上は殺させません」

なめらかな声。部屋の隅の暗がりから、音もなく現れたそれは、奇術師だった。確かに胸を撃たれたはずのユナユナが、サーカスの奇術みたいに登場した。ちゃんと生きて、自分の足で立っている。

「ここを見つけるのに手間取って、遅くなりました。申し訳ない」

穏やかな表情のその顔には、けれどサーカスでは見せるはずのない冷汗が浮かんでいた。額にペンを刺された黒犬が輪郭を取りもどし、襲いかかるため体を立て直そうとしている。

僕とイオとホリシイ。動けない三人を連れて、ここから逃げるのは不可能だ。

〈やめろ〉

イオがささやく。それを聞く者は、僕しかいない。

小屋の戸が開き、銃を構えた男たちが入ってきた。顔面を焼けただれさせたひげ面の男が、目をぎらつかせる。腿から出血してのたうつホリシイを確認して、銃口は奇術師に向けられる。後ろで犬たちが吠え、逃げ道は完全に失われた。

引き金が引かれる、まさにその瞬間だった。

イオの尾が、激しく床を打ち据えた。

〈やめろやめろやめろ！　これは、この者たちはイオのだ〉

どこにそんな力が残っていたんだろう。鈴の音をまとったまま、イオは床を蹴って駆ける。涙で顔中をぐちゃぐちゃにしながら、その目が凶暴に光っている。イオは男の持つ銃に、ためらわず飛びかかっていった。イオの紅い鱗が残らず逆立つ。

〈殺すな！　これはイオの、友達だ！〉

僕の耳はそのとき、激しい雨の音を確かに聞いた。鈴の音よりも荒々しく空気を揺るがす雨音が響き、その響きがイオの体を包んだ。

伝えなくてはならない。ほんとうは、もうとっくにわかっていた。それなのに伝えてこなかった。イオだ。誰が認めなかろうと関係ない。

〈イオは龍だよ。イオはずっと、僕たちの龍だった〉

イオの雨雲色の目の奥に、稲光が閃《ひらめ》くのが見えた気がした。尾に生えた鱗が、ぴきっと音を立てた。

そうして、それは目の前で起こったんだ。

小さくて痩せっぽちのイオの体が、膨れ上がった。紅い爪の生えた手が、ひげ面の男の頭部をわしづかみにする。紅い鱗に覆われたあと脚が、単発銃の銃身を握り込む。長く伸びた尾が、いま一度床を打ち据えた。

緋色と真紅の鱗をまとった一匹の龍が、炎のように身をくねらせ、鳥に似た脚を踏みしめている。

鈴のついた頭陀袋は、紅い鱗に引き裂かれて脱ぎ捨てられる。イオのその変化に、呼び起こされたみたいだった。

記憶が腹の底から、脳天へ向かって滴り落ちる。

――とても人間には見えないな。

その言葉をかけられたのは、僕だけじゃなかった。親から離され、生まれた土地からさらわれて、集められた子どもたち。

――残りは全滅か。

地下の広い部屋で。子どもたちは戦争が終わってもそのまま、そこへ閉じ込められつづけた。鍵がかかったままだった。外へ出られず、世話をする者などなかった。

暗い施設に閉じ込められたまま、一人ずつ、ほかの子どもは死んでいった。大人たちは誰も来なくて、食べ物もなくなって、そして耐えがたいほど寒かった。最後まで生きていたのは、僕ともう一人の子どもだけだった。一緒にしぶとく生きていたその子は、僕の首を絞めた。

その子はいつも、戸棚の前にうずくまっていた。僕を殺すと決めて立ち上がったとき、蝶番《ちょうつがい》の外れた戸棚のすき間から、もっと小さい子どもの寝顔が見えた。痩せさらばえた、それは死に顔だった。食べ物の取り合いじゃないのは、それを見たときにわかった。死んでいるあの子どもを、守ろうとしてたんだ。だけど、お腹が減りすぎて、教わったことは恐れずに人を殺すことばかりで、もうまともな判断ができなかったんだと思う。あるいは、もしかすると――

僕を一人っきりにさせないでおこうとしたのかもしれない。

そうだった。僕の喉は、あのときにつぶれたんだ。飢餓状態で衰弱していたのに、ものすごい力だった。

僕は無我夢中で身をかわして、相手を肘で突いた。いや、もう体力がなくて、教わった通りにはできなかった。それでもあの子は大きくよろけて、薬品の残骸が載ったテーブルの角で、頭を打って——

発見されたとき、見えたのはとけ残りの雪と、ガラスの温室だった。扉は外からしか開かなかった。温室のしおれた野菜だけでも、手に入れることができていたら、あんなことは起きずにすんだのに。すぐそこに、手入れをされないままの貧相な野菜が、ほんのわずかだとしても、あったのに。……

龍は雨雲色の目を光らせ、世界に対する怒りを見せつけるかのように牙を噛みしめる。

〈コボル〉

イオの声だ。イオの声でしゃべった龍が、こちらを見る。

紅い鱗と紅いたてがみの龍におののいて、密猟者たちはつぎの動作に移れずにいる。

長い尾が、咬みかかってくる黒犬を薙《な》ぎ払う。そのひと振りで、黒犬の体は真っぷたつになった。首と胴を切断されると犬の体はどろりとした墨に変わり、床に落ちて動かなくなった。

「龍だ……さなぎが孵《かえ》った」

密猟者の長《おさ》は枯れた声でささやくと、這いつくばって笑い出した。同じ床で影の犬が、犬だったものがこときれている。

「飛べ。ペガウへ飛んでゆけ。お前の血を、アスタリットに渡すな」

ふたたび紅い尾が空気を裂き、床を打ち据えた。敷物が裂けて木くずが飛び散り、老人の言葉をとぎれさせた。

華奢《きやしや》な体に力を込めて龍が暴れると、銃を持つ密猟者たちが、つぎつぎになぎ倒された。勝ち誇ったように龍を見上げる老人の手に尾が振り下ろされ、その手はおかしな形に折れ曲がる。まだ走れる犬たちは、悲鳴を上げて散り散りに逃げた。

「イオ……」

呆然《ぼうぜん》と名前を呼ぶホリシイを、ユナユナが助け起こしている。

僕は肘で体を支え、必死で龍の顔を見上げた。

龍の目がこちらを見る。雨雲色で、深く澄んでいて、怖がりのくせに決めたことは曲げようとしない、イオの目だった。

ぼう、と風がうなる。

外から悲鳴が聞こえる。ざ。ざ、ざ。恐れを知らない翅音が近づく。

白亜虫だ。その音にイオが首をめぐらせ、首筋の鱗を炎のように揺らめかせる。小屋の天幕が揺れる。白亜虫の群れが、この小屋を襲撃しているのだった。アスタリットの飛空艇を落としたときと同じ勢いで。……虫たちは、何かをしようとしているみたいだ。人間の思惑の外で、命懸けの何かを成し遂げようとしている。

ガタガタと、小屋の骨組みが揺らいだ。虫たちに崩されるかもしれない。

〈コボルと、また会う〉

イオが言った。

龍が動き出す。長い体を支えるにはいかにも華奢な四本の脚を繰り出し、鱗をうねらせる。メイトロンの龍に、翼はなかった。翼がなくても、空気の中を泳ぎ上がり、全身を完全に宙に浮かべた。そうして狙いをさだめ、激しくぶつかって小屋の天井を揺るがした。二度、三度。龍はテントの屋根を全身の力でもって殴打する。とうとう穴が開くと、尖《とが》った木片がところかまわず降ってくる。

夜の空が、とても遠くに見える。

黒い空を、銀河のように白い虫たちが飛び交っている。龍がひときわ大きく体をくねらせ、天井の穴から外へもがき出る。

イオが夜空に浮かび上がると、虫たちは攻撃をやめた。何匹かの燃えている白亜虫が、龍の鱗を照らし出す。虫たちはまるで、龍を迎えに来たかのようだった。

年が生まれ変わる夜空で、紅い龍と白い虫の群れが円舞を演じる。白亜虫の群れの流れが変わった。人間の目にはとらえきれない紋様が、くっきりと黒い空に描かれる。

そうしてふたつの流れは、絡まり合いながら視界の外へ流れていった。風のうなりが遠ざかり、やがて、きな臭い静けさが戻る。

イオは、行ってしまった。ミスマルのところへ行ったんだ。

畏《おそ》れと安堵《あんど》が一気に押し寄せ、僕はいつまでも頭上の穴を、イオが作った空を見つめていた。

ユナユナが、ホリシイの足を縛って出血を抑える。

「……あの子が退路を作ってくれた。いまのうちに、逃げましょう」

ユナユナは僕を担ぎ上げ、ホリシイに手を貸して立ち上がらせる。体勢の変化が、すさまじい吐き気を呼んだ。

僕らが外へ出ようとしたとき――別の足音が、迫ってきた。

第7章　玻璃の宮

「……お前たち、よくも」

声とともに、敵意がこちらへ向けられる。小屋へ駆け込んできたのは、ノチセだった。倒れている仲間たちと長《おさ》を見やり、ノチセが殺気立つ。即座にノチセの犬が、ユナユナめがけて躍りかかろうとする。しかしユナユナの投げたものが、犬の鼻面をはじいた。老人の手から蹴《け》り落としたナイフだった。

かん高い悲鳴を上げて、犬の体が吹き飛ぶ。それに怯《ひる》むことなく、ノチセが一気に走った。ホリシイがよろめきながらも、すばやく体を離す。ユナユナの動きを邪魔しないためだ。担ぎ上げられている僕は、ただじっとしていることしかできなかった。

自分のナイフを握ったノチセの手が、迷わずユナユナの腹部へ突き出される。身をひねって切っ先をかわしながら、ユナユナはノチセの腕をつかんだ。動きを封じようとするユナユナに、ノチセが飛び上がって頭突きをした。嫌な音がし、ユナユナの鼻と口から血が流れ出た。

メイトロンの龍は、紅《あか》いんだって。

サーカスのはりぼてのドラゴンを、僕たちは一緒に見上げたのだった。あの作り物の龍より、イオはずっと立派だった。立派で、美しくて、一人ぼっちのままだった。

ぱきん、と乾いた音がした。ユナユナが、ノチセの手首の骨を折っていた。獣のようにうめき、それでもノチセが、反対の手でもう一本の小さなナイフを抜くのが見えた。

「どこにもない……あるもんか。お前たちの探しているものなんて、存在しないんだ！」

きれいな軌道を描くナイフが、ユナユナの腹すれすれをかすめる。ナイフをよけた奇術師の横合いから、鼻面を傷つけられたノチセの犬が飛びかかった。首筋に食いつきかけた犬の顎《あご》を、ユナユナはすんでのところでかわす。そのまま後退し、僕を床へ降ろそうとする。が、倒れている密猟者の体が、ユナユナの足元をぐらつかせた。

わずかのすきをつないで、身を低く構えたノチセが懐へ突っ込もうとする。

カチ、と頭の中で音がした。それを合図に、僕は折れた脚の痛みを完全に遮断する。

そうだ。教わったじゃないか。痛みも恐れも感じるなと。両脚を振り回して、ユナユナの肩から飛び降りる。折れた脚は使わずに、体を前へ出す。目。喉《のど》。ノチセの急所だけがくっきりと見える。一撃で致命傷を与えることが接近戦では肝心だと、まだ簡単な字も書けなかった僕たちに、施設の大人は教えたのだった。痛みと懲罰とご褒美を使い分けながら、小さな体で特殊な作戦に参加できるようにと。結局はそうやって育てた子どもたちを、地下施設に閉じ込めたまま放置したくせに。

体が勝手に動く。僕は自分がノチセの目玉を抉《えぐ》り出すため指を突き出すのを、僕自身の背後から幽霊にでもなったように眺めていた。僕が、叫んでいた。声を出して、肉体の枷《かせ》をはずすためにわめいていた。

喉はつぶれたんだと思っていたのに。なんだ、声を出せるのか。こんな声はいらなかったし、人を殺したらイオに会えなくなると思った、だけど邪魔をするものを排除しないと、こっちがやられてしまう。

歪《ゆが》んで伸びた時間をかいくぐり、僕はノチセの命をへし折ろうと手を伸ばす。あと一秒足らずで、決着はつこうとしていた。

でもその瞬間は、とうとう訪れなかった。

轟音《ごうおん》とともにまき上がったテントの布地に吹き飛ばされ、僕とノチセはもろとも横ざまに倒れ込んだ。

「――見つけた！」

叫び声が、意識をいまの僕に呼び戻した。聞き覚えのある声と、テントを破壊して乱入してきた乗り物。ヘッドライトを煌々《こうこう》と光らせた鯨油《げいゆ》バイクに、二人の人物がまたがっている。バイクから床へ降りてきたのは、ニノホだった。セピア派の制服、勇ましく揺れる長い髪、まちがいない。

「よくここがわかりましたね」

袖《そで》で鼻と口の血を拭《ぬぐ》いながら、ユナユナがニノホに呼びかけた。ニノホは臆《おく》することなく、サーカスでしか会ったことのない奇術師に向かって答える。

「川をたどれと、館長から聞いてきたから。あなたの車の周辺をしらみつぶしに探し回ってたら、遅くなってしまった」

エンジンを停止させずに、ハンドルを握っているのはユキタムだ。

「ひどいな、何があったんだよ」

片手をハンドルから離し、ユキタムが手の甲で口元を覆う。血のにおいに顔をしかめているのだ。

呆気《あつけ》に取られて、僕は這《は》いつくばったまま、何も反応することができなかった。

「――イオはどこ？　ここから、白亜虫《ブランカー》と一緒に何かが飛んでいくのが見えたけど」

ニノホがテントの中へ、鋭く視線を走らせた。

行ったよ、と僕は伝えようとした。ニノホたちの見たそれが、イオだ。だけど僕の喉はまた音を出すすべを忘れ去っていた。僕に話せる言葉がすぐ伝わる相手は、もういないのだった。

「殺し屋ども！」

ノチセが唾《つば》を吐き捨てて叫ぶ。その肩を押さえたのは、あの老人だった。イオに折られた手を腹部に寄せて隠しながら、ノチセのかたわらへ這いずってきた老人は、無言でノチセの動きを制し、ゆっくりとかぶりをふる。それでもノチセはおさまらなかった。

「殺したんだ。お前たちが、周辺国に住む人間たちを殺して回った！　まだ殺したりずに、新しい戦争をはじめようとしている。このままですむと思うな、死神の手先どもめ」

猛《たけ》る犬のように唾を垂らしてわめくノチセに対して、ユキタムが怯んだ色を見せる。肩を押さえられたノチセに、けがをした犬がよろめきながら寄りそった。

「仲間を殺されたのは、こちらも同じだ」

ニノホはノチセを見下ろし、床に崩れてもう動かない影の犬に一瞥《いちべつ》をくれた。

「これ以上、殺戮《さつりく》のための大きな嘘をのさばらせないため、われわれは来た。殺すためじゃない」

この場で人に向けられたどのナイフよりも鋭利で冷ややかなまなざしで、ニノホはペガウの密猟者の娘を見下ろす。震える呼吸音が、ノチセの喉から漏れた。

「……嘘だ」

「嘘じゃない」

「ニノホ」

　バイクから降りたユキタムが声をかける。

「行くぞ。こいつら、早く手当てしないとまずい」

「そう」

　ニノホの返事は、ぞっとするほど冷たかった。

「アスタリットにいる権力者の思い通りにはならない。ヴァユとの戦争は起こさせない」

　ノチセを睨《にら》みつけながら、ニノホが決然と言った。その声に引っ張られるように、僕は顔を上げる。イオが壊した天井の向こう。空の上で年を越した月が、真円に届かない欠けた形を白々とさらしていた。

「……嘘だ」

「嘘つきはわたしたちの国の大人たち。その嘘を全部書いてやるわ。やつらが教えた技術で。すでに仲間の書いたものを、アクイラ翼国へ流してある。塵禍《じんか》についての情報も他国へ渡した。旧植民地だからといって、周辺国はアスタリットの言いなりになるだけじゃない。下手をすると、アスタリットは手を組んだ敵国に囲まれることになる」

　ニノホの言葉は、脅しではなかった。ニノホは、自分の発した言葉がノチセに伝わることを願っていた。僕にはそれがひしひしと伝わってきて、その願いに押しひしがれそうだった。

「そんなことをして、お前たちになんの得がある」

「わたしたちは、これ以上まちがえたくないだけ」

　ノチセが歯を食いしばると、それに合わせるみたいに、月の輪郭に流れてきた雲が震え、やがて消えた。

「……ノチセ。猟を終えよう」

脚のない老人が、静かにそう告げた。

古い年が、音もなく新しい年に入れ替わってゆく。


どうやって密猟者たちのキャンプを脱出したのか、憶《おぼ》えていなかった。

採掘場を出るには蛇行する長い坂道を上る必要があり、その上に、ライトを消した小型輸送車が一台、待機していた。

運転しているのは、モルタだった。ユナユナが操縦していたのとほぼ同じ型の車に、僕たちは乗せられた。

座席へ横たえられた僕に、ニノホが水筒を近づけた。その水のにおいが、一瞬にして僕を正気づかせる。イオがくれた、あの水だった。吸い寄せられるように容器に口をつけ、疲れで自由に動かない両手で器を支えながら、水をあおった。あふれて頰を伝った水が耳へ入る、それすらよろこびをともなった。たちまち全身のしびれと痛みが溶けて、洗い流されてゆく。

「すごいな、龍の水ってのは」

運転席からふり返ったモルタが嘆息する。反対の座席で、同じようにホリシイが水を飲み、勢いづきすぎてむせていた。

「もっと味わって飲みなさいよ。ノラユが全部飲まずに、大事に保存しておいたんだから」

ニノホがあきれたように肩をすくめた。

密猟者たちのキャンプを離れ、充分な距離を走ると、モルタは車を停止させた。ありったけの照明をともした輸送車の中で、僕たちは治療を受けた。

折れた脚にどんな手当てがされたのか、そこだけ記憶がきれいに消え去っていた。手当てを主導したニノホがびっしょりと汗をかき、青い顔をしたホリシイが口を押さえて胃の中の龍の水を吐き戻さないようにしていたので、かなり手荒な治療をしたのにはちがいなかった。

処置が終わると、ふたたびモルタは車を発進させた。ユキタムは自分の鯨油バイクにまたがって、車の横手を並走している。

「こんなにがりがりになって」

寒さを思い出した体が震えはじめる。ニノホは僕の顔や首を拭い、軍用毛布を顎までかぶせた。

「とんでもないのに捕まってるんだから。たまたま白亜虫が騒ぎを起こしてくれたからよかったけど、わたしたちだけじゃどうにもならなかった」

口角を持ち上げるニノホの面影が、以前とはどこか決定的にちがって見えた。僕の顔もそれくらい、変わってしまっているんだろうか。

「おや、あの虫たちの火は、たまたまではなくわたしがつけたんですよ」

長い脚を折り曲げて座席の隅に座るユナユナが、口の横に皺《しわ》をならべて頬笑んだ。

後部座席にごちゃごちゃと詰め込まれていた荷物はない。これは、タイヤを傷つけられたユナユナの車とは別の車なんだ。もちろん、館長の天帝鷲《わし》が入っていた檻もなかった。あのとき、シルベは壊れた檻からもがき出ていたけど——風切り羽を切除されて飛べないから、いまもあの近くにいるんじゃないか。それとも、密猟者の犬たちにやられてしまったのだろうか。

まるで、そう考えたのを読み取ったみたいだった。ユナユナが自分の足元へ視線を落とし、静かな声で言った。

「……死なせてしまいました。密猟者たちに襲われたとき、撃たれたのはわたしではなくシルベです。わたしが撃たれたように、あの場の者たちに見せかけた。欺かなくては、切り抜けられそうになかったので。かわいそうなことをしました」

「これ、その近くで拾った」

ニノホが、ポケットから取り出したものを一旦《いったん》両手に包み、僕の方へ差し出した。……ペンだった。密猟者の一人の足に刺した、僕のペンだ。ペン先はひしゃげ、踏みつけられたのか、軸が割れてインクが流れ出てしまっていた。

「……つぶれちゃってて、もう書けそうにないけど」

ニノホが口をとがらせる。ホリシイのペンも、黒犬を止めるためにつぶれてしまった。

ペンを取り返してくれた礼を言おうとしたけれど、僕の喉は、ほんのかすかな音すらも出さなかった。ペンを使わず言葉を交わせるイオは、行ってしまった。

「ニノホたち、どうやって戻ってきたんだ?」

ぐったりと座席にもたれて、ホリシイが訊《き》いた。運転しているモルタと、ニノホとユキタム。助けに来た写本士は三人だけで、ノラユとモダのすがたはなかった。

「救援に来た飛空艇で、一度アスタリットへ帰った。図書館へは戻れなかったの。そのまま軍の管理下に置かれることになりそうだったんだけど、わたしの父が逃がしてくれた」

ニノホはそこで、ふいと視線を窓の外へ向けた。

「わたしたちがしようとしていることに、気づいたみたいだった。……嫌な人だと思っていたけど、まだほんの少しなら良心が残っているみたいね。ノラユとモダは、残してきた。あの二人は治療を受けなくてはならなかったし、それに、アスユリやわたしたちのしようとしたことの証人が必要だから」

　そのあと、ホリシイがいままでの自分たちの道のりについて話した。イオがどうなったかも、見たままに説明した。ニノホはひどく驚いていたけれど、決して否定はしなかった。

　しばらく、ホリシイの話を頭の中で整理するように黙っていたニノホは、座席にかけているユナユナに、鋭い視線を向けた。

「あなたのほかに、何人いるの？」

　ユナユナが、明るい色の目をニノホへ向ける。

「アサリス館長は、自分の手足となってくれる人間に、ネバーブルーインクを探させていたんでしょう……アスタリットの隠し事についても。ほかにも仲間がいるの？」

　ユナユナは、自分よりずっと若い写本士に対して、気休めの笑みを浮かべたりはしなかった。

「いまは、わたしをふくめて六人。サーカスの団員もいれば、別の仕事を生業にしている者もいます。サーカスの団員以外の者と、わたしは会ったことがありませんが」

「その人たちは、いろんな場所にいる？」

「ええ、各地にいると聞いています」

「危険なことをしてるんですよね」

　ニノホの口調は硬かった。

「そうです。その価値があると思った者だけが、アサリスのもとで動いています」

「アスユリのように」

　そこで一旦、ニノホが言葉を切ると、ホリシイが心配そうに先輩写本士と奇術師を見くらべた。

「わたしは、アサリス館長のやり方が好きじゃない。あの人はアスユリを誘導した。アスユリが自発的に館長の手足になりたいと考えるように。それって、国民を操作して戦争をやりたがる連中と、何がちがうの?」

ユナユナは眉《まゆ》ひとつ動かさず、穏やかな表情で聞いている。その顔は少しだけ、悲しそうだった。ニノホがほつれた髪を耳にかけた。

「わたしたち全員、写本士の資格を失うかもしれないわね。でも、それでもかまわない。アスリのように犠牲になる者を、もうこれ以上出したくない」

このまま海を目指し、イオと合流して、海の離宮にあるネバーブルーインクを手に入れる。そうしてアスタリット星国の行ってきたことを書き残す。永遠に消えないように、二度とまちがえないように。……そんなにうまくゆくとは思えなかった。僕は、ずいぶん疲れていた。イオが龍のすがたになって、自分で飛んだ。それだけで、もう充分、この無謀な道のりの目的は果たせた気がした。

だけど……

また会う。イオは、そう言ったんだ。

「イオを追いかけて、ネバーブルーインクを手に入れましょう」

決然と、ニノホが言う。イオを、まだ一人ぼっちにしないですむんだ。いまはそれだけが、絶望せずにいるための足掛かりだった。


メイトロンの新年は、呆気にとられるほどのまぶしい朝陽を引き連れてきた。輸送車の中まで、鮮烈な陽射しが切り込む。

車は半島の北西側のルートを走っていて、一度は離れた川が、幅を緩やかに広げたすがたで景色の中へ戻ってきていた。イオとともにたどったあの川と同じかはわからないが、海を目指す流れにはちがいない。川面に朝陽が反射して、川はすっかり金色に染まっていた。

ヴァユ空国の海岸線とつながる陸地の端、その向こうの深々とした緑色の海の上を、白いひと筋の線が飛んでゆく。同じ群れなのか、あるいはまた新たに別の場所から飛んできた群れなのか。真っ白な龍のように、白亜虫の一群が飛ぶ。

密猟者のテントから飛び去るとき、白亜虫たちは、まるでイオを慕って飛んでいるみたいだった。車と並走するように飛ぶ群れが、道の正しさを示している——そう思えた。

ノチセと戦おうとしたときに甦《よみがえ》った僕の声は、ふたたび出なくなっていた。でも、かまわない。もう声は二度と出なくていい。発見される前、僕は一度死んだんだ。いまの僕の手は、誰かを攻撃するためのものじゃない。文字を書くための手だ。

そして、僕の声を聞いてくれる唯一の友達は、この道の先にきっといる。

『イオに、いろんな物語を教わった。』

自分のペンを失った僕に、ニノホは金色のリングとキャラメル色の軸の、自分のペンを貸してくれた。それに、モルタを殴って表紙に傷がついたノートも。ニノホが貸してくれたペンとノートで、僕は書いた。

『書き留めきれなかったこともある。帰ることができたら、思い出して全部書く。』

同じ色のセピアインクで、文字の太さも同じなのに、ニノホのペンは僕のペンよりずっと走りが速く、線を制御するのが難しかった。

「そうね。無事に帰れたら」

ニノホはどこを見るとも知れない視線を車窓の外へ投げかけて、静かに、しかし深い声音で言った。

「……もしも、国へも図書館へも帰れなくても、自分たちの頭と体さえあれば書くことはできる。どんな道具を使ってだって」

白亜虫の群れが細い光の帯となって、空を渡る。

そのとき、かちりと頭の奥で音を立てて、違和感が鍵《かぎ》を開けた。

白亜虫は文字を食べる虫だ。イオは確かにたくさんの物語を知っているけど、それをひとつとして自分で書き留めてはいなかった。それなら――あの虫たちは、何をめあてに飛んでいるんだ？


川はなだらかな波を抱き込みながら、海へと流れ込んでいた。

岩だらけの海辺を、白亜虫が旋回している。密猟者たちのところで相当数が燃えて死んでしまったせいか、その数はまばらだった。

朝陽が真正面から射していて、そのまぶしさが平衡感覚を失わせた。

僕とホリシイは、どちらも体を支えられながら車を降りていた。

「ここ……なのか？」

ホリシイがつぶやく。

イオが海の離宮と呼び表していた場所。メイトロン王室の、もう一人の龍であるミスマルがいる場所。

そこには、何もなかった。

ただゆったりと幅を広くした川が、海と融合しているだけだ。離宮と呼べそうな建物も、辺りに見当たらない。

「ここで合ってるのか？　どこか、別の場所なんじゃ……」

ユキタムが周囲を見回す。

ここで合っているはずだ。イオは、きっとここへ来た。だけどそれじゃあ、いまはどこにいるんだろう。

〈イオ〉

呼びながら、片足で前へ進もうとする。やはりよろめく僕を、横から支えたのはモルタだった。

「いるんだろ。この近くに。捜そう」

こちらを見ないで、モルタがそう言う。僕はうなずいた。

僕たちは、約束を果たせるんだろうか。ネバーブルーインクを見つけ、アスユリの遺志を継ぐことができるのか。ホリシイが打ち明けた夢は叶《かな》うのか。世界を見てみたいと言った、イオの夢は。

アスタリットの権力者に好き勝手をさせない、そのために来たのだと、ノチセに告げたニノホの言葉は、嘘にならずにいられるんだろうか。

岩場によじ登り、ニノホとユナユナは周囲を歩きまわった。イオのすがたも、離宮らしき建物の片鱗《へんりん》も見つからない。

「けがをした人たちは、一旦、車に戻りますか？　傷口をきちんと洗った方がいい」

ユナユナが言って、川の水を汲《く》もうと、車から薬缶《やかん》を運び出した。一度沸騰させるつもりだ。

川べりにひざまずいたユナユナが、ふとその手を止めた。

「みなさん、これ……ひょっとして」

背中をかがめ、水の中から何かを拾い上げる。腕を伸ばしてそれをかかげた。

「鱗《うろこ》です。おそらく、あの子の」

つややかな真紅の、それは確かにイオの鱗だった。僕の心臓が、不安定に跳ねる。イオの足の裏に生えていた鱗の一枚に、それは見えた。この辺りの岩を踏んで、剝《は》がれてしまったんだろうか？　鱗の付け根には、青い色がにじんでいる。それは僕の手についていた青い汚れと、同じ色をしていた。

ユナユナが、さらに川面《かわも》を指さす。僕らはその後ろからのぞき込んだ。

川の水は、驚くほど透明度が高かった。ずっとかたわらを歩いてきた川だけれど、こんなに完《かん》璧《ぺき》に澄んでいるのははじめてだ。その川水の中に、何かが自然物ではありえない陰影を刻んでいる。

透明な階段だった。

海の離宮。この水の下に――イオは、いるのかもしれない。

「どうする？」

ユキタムが、ニノホとモルタの顔を見比べた。

「無理だろ……確実にここなのかもわからないし。水の中になんて、入れるわけが」

モルタが、ちらりと僕とホリシイをふり返る。脚に怪我を負った僕たちでは、移動そのものが困難だ。

「コボルはイオを呼んでみて」

ふり向いて、ニノホが指示する。僕はうなずき、ユナユナから渡された鱗をポケットにしまうと、イオの名前を呼んだ。みんなには聞こえない声で、何度も何度も。

返事はなかった。そのかわり、しばらく経って、川の水に変化が生じた。こぽこぽと、気泡が川面ではじけた。ひとつじゃない、いくつも、絶えることなく。

その気泡にとまろうとするかのように、空から白亜虫が舞い降りた。一匹、二匹とつづく。川面に触れると、水に濡《ぬ》れた虫は飛べなくなる。何も書かないまま捨てられた手紙のように、やがて際限なく虫たちが透明な川のおもてに自ら落ちてゆく。流されてゆかずに、その場にとどまる。川の流れが、遅くなってゆく。虫たちが水面を埋め尽くしたころ、川は完全に静止した。

〈……イオ？〉

何かの、誰かの意思が、川を操り白亜虫を動かしている。

〈来たよ。僕たちも来た〉

やがて静まっていた水が、深いところからさらさらとそよいだ。複雑なさざ波が干渉し合い、水面に落ちた白亜虫たちの翅《はね》を躍らせる。モルタやユキタムが、驚愕《きょうがく》の表情を浮かべて僕と川を見比べた。

そして、水が退いた。

川の水がうねりながら場所を開け、ガラスの階段を空気の中へさらした。その動きによって生じた波が、対岸へ、下流へ、海へと伝わる。白い虫たちが底へ底へと吸い込まれてゆく。

「……行こう」

ニノホが言った。ふり返って、奇術師と向かい合う。

「あなたは、ここにいてもらえますか。救助が必要になるかもしれない。もしわたしたちに何かあったら、それをアサリス館長に伝えに行ってください」

ユナユナは逡巡《しゅんじゅん》しているようすで、すこしのま、黙っていた。まったく作りのちがうその顔がどこか、メヅマさんに似て見えた。

モルタが何も言わずに、僕を背負った。ユキタムがホリシイに肩を貸し、そうして僕たちは、川の底へつづく階段を、下りていった。


底へ着くまで、何時間もかかった気がした。ガラスの階段は川床を通過してさらに下へつづき、地中へ潜っていった。

ふり向くと、奇術師のすがたはもう見えなくなっていた。退いていた川の水が閉じ合わさり、透明な天井が帰り道をふさいでいた。なぜか水は重力に従わず、僕らの上に流れ込んではこなかった。


階段の終わりへ着くと、そこは暗くて広い洞窟《どうくつ》になっていた。王族の使う離宮だとは到底思えない、天然の洞窟だ。……おそらく、ここは龍のための空間なんだ。

ニノホが蓄電獣脂《ちくでんじゆうし》の灯《あか》りを高く掲げ、地底の空間にかざした。

何千という反射が、僕たちの上を交差した。

全員が絶句しながら、まぶしさのただなかに突っ立っていた。海へ流れ込む川の下、岩だらけの洞窟には、白々と透きとおった水晶の柱が、大きいものも小さなものも傾きながら入り組み、小さな照明を幾重にも反射していたのだった。

巨大な水晶が交差する地下空間は、さながら迷路だった。

どちらへ進めばいいのか、階段を下りた地点からは見当もつかない。空気は重く澄んで、しんと静かだ。不用意に踏み込めば、戻ってこられなくなりそうだった。

迷宮じみた暗がりの奥から、かすかな響きが届く。

僕は顔を上げ、全身の感覚を澄ませた。いま、確かに聞こえた。すすり泣くようなイオの声が、水晶の奥から聞こえてきた。腕をめいっぱい伸ばして、声がした方角を指さす。モルタは何も言わず、僕が示した方へ向かって歩き出した。

こんなところに、ネバーブルーインクがあるんだろうか。同じ疑問を、全員が抱いているにちがいなかった。僕はなかば、インクを探すことを忘れていた。僕が会わなければならないのは、見届けなくてはならないのはイオだった。

「あっ」

ユキタムに助けられながら苦しげに歩を進めていたホリシイが、声を上げた。

この空間にいままで存在しなかった紅い色が、水晶の柱の上から降りてくる。

立ち止まり、ニノホが照明をかざす。林立する水晶よりもずっと静かな気配で、イオはそこにいた。ひときわ荘厳で巨大な水晶の柱が交差するその上に、紅い龍が体をまるめ、細い尾を時計の鎖のように垂らしている。

王城の中庭で、樹の上のイオを発見したときと同じかっこうで、僕は友達を見上げた。そのすがたは、会ったときとは変わっている。小さな女の子のすがたじゃなく、イオは細長い体を延べた、龍そのものだ。だけどその目は、もとのイオのままだった。

イオの両目はまどろみかけているように半分閉じかかり、僕らのすがたを見ても、まるで驚いているようすはなかった。

〈来たよ、イオ。みんなで来たんだ〉

僕は一心に呼びかけた。イオは冷たそうな石に尾を垂らしてもたれかかり、ぼんやりとした視線を投げかけるばかりだ。声を必要としない友達の返事は、なかった。

「……ほんとうに、あの子なの？」

ニノホが僕に耳打ちをした。僕は、はっきりとうなずく。

「わたしたちのこと、怖がってるのかな」

それにはどう答えればいいのか、僕にはわからなかった。ただ、イオのようすはおかしかった。疲れはてて動けないのだろうか？　それとも、どこかにけがをしているのだろうか？

イオはその場を動こうとはしない。ひしひしと、苦い焦りが胸にせり上がってきた。僕たちにちっとも興味のなさそうなイオの顔。弛緩《しかん》しきったその雰囲気は、僕の知っているイオのものではなかった。だけど僕はそもそも、イオのことを何も知ってなどいなかった。イオからたくさんの物語を聞き、一緒に長い距離を歩いたけれど、この一人ぼっちの友達のことを、僕はまだほんとうには知らないんだ。

ひとつの国の王族の子どもとして生まれるのが、どんなことなのか。望まれるとおりの龍のすがたで誕生しなかったことに落胆されるのが、どんな気持ちか。殺されかけている最中に、住んでいる城からも街からも生きた人間が消えてしまっているというのが、どれほど恐ろしいことなのか――

僕はまだ、イオのことを想像しきれてすらいない。

〈また会うって言ったよね。ちゃんと来たよ。イオに、会いに来た〉

呼びかける。もはや返事を期待してなんかいなかった。

地下洞窟の暗がりから、かさこそと音がする。とてもかすかな音が、重なり合い、岩肌を撫《な》でるように響く。

イオがゆっくりとまばたきをした。まぶたが下がると、そのまま眠ってしまうのではないかと不安になった。水晶の手前に垂れた細い尾が、ぱたりぱたりと揺れ動いた。

「……白亜虫だ。こんなところにまで」

ホリシイが小さく声を上げた。

林立する大小さまざまの水晶の向こうから、凍りついた枯葉の音をさせて、小さな白いものたちがさまよい出てくる。白い翅、顔のようなまるい器官。白亜虫の生き残りが、四方から僕たちを取り囲んだ。大群をなして空を渡っていた白亜虫たちは、移動のはてにほとんどの仲間を失い、岩の上を力なく這い進んでくる。

衰弱した白亜虫たちの、その後ろ。イオが身をあずけている交差した石の陰――水晶のくぼみに満ちた水に浸って、ひと抱えはありそうな卵があった。水と水晶の台座の上で、ほのかに翡翠《ひすい》色がかった卵は、あらゆるものからの干渉を受け入れずにひっそりと立っている。

〈ミスマル〉

声がした。はっとして、僕はイオに視線を戻す。水晶の上で、イオはゆっくりと尾をふっていた。紅くて細いイオの尾が、澄んだ石に触れて硬質な音を立てる。

〈ミスマルが、生まれない。イオが呼んでも、卵が孵《かえ》らない。ミスマルがいないと、メイトロンは龍のいない国になってしまうのに〉

まどろみに半分浸った顔のまま、イオは龍の顔でそう言った。

〈だ、だけど、イオが――〉

イオが、いまや正統な龍のすがたになっている。

〈こんなもの、ほんとうじゃない。イオはほんものじゃない。ほんものなら、どうしてこんなにたくさん、死なせたんだ？　イオがまちがって生まれたんじゃないなら、どうして王都のみんな

は、死ななければならなかったんだ〉

激しい嘆きが、しだいにその声にふくまれていった。

〈ミスマルがいないと……イオは、誰も助けられない〉

「コボル、イオは何か言ってるの？」

ニノホが龍から視線をはずさないまま、尋ねた。僕は、うなずいて返事をする。

「あ、あの龍が、イオなのか？　ほんとに？」

ユキタムがささやく。刺激して龍が暴れることを警戒しているのだった。僕は、それにもうなずく。手に力を込めて、モルタの背中から下りた。左脚だけで体を支え、イオのそばへ行こうとする僕に、ニノホが書くための道具を押しつけた。

「説明して。あの子はなんて言ってるの？」

僕はニノホのペンからキャップをはずして、ノートの上を走らせた。

『あそこにある卵が、イオが王都へ呼ぼうとしていたミスマル——だけど、生まれていたはずのミスマルが、卵のままなんだ、って。』

イオがため息をつく。その音は、遠くで吹く風の音に似ている。

「ネバーブルーインクはどこ？」

ニノホがイオに問いかけた。イオの尾が、作りかけの首飾りみたいに揺れる。

〈ない。ミスマルが生まれていないから——インクもない〉

僕はイオの言葉を、そのまま書き記した。

しばらくのあいだ、空気が無表情に硬直した。

インクがない。……それじゃあ、完全な無駄足だったんだ。イオが、僕らがここまで来たことも、アスユリがしようとしたことも、無駄だった。僕たちはまた、嘘だらけの国へ帰り、嘘が起こす破壊に巻き込まれてゆくしかない……

はたはたと、白亜虫たちがイオの前足にすがりつこうと集まってくる。が、一羽としてはばたいて上昇することはできなかった。

「――畜生！」

ユキタムがそばの岩の角を蹴りつけた。

「何もない、だと？　ここまで来て、納得できるかよ。そのインクのために、どれだけ死んだと思ってるんだ？　ふざけるのも大概にしろよ」

「落ち着いてよ、ユキタム。もっとちゃんと考えないと」

ホリシイが慌ててなだめようとする。

「考える？　ちゃんとってなんだよ？　わかってるのか、全部無駄になるんだぞ！　このままじゃあ、メイトロンも、アスタリットも取り返しのつかない状態になる。……アスユリのしたことも、みんな意味がなくなるんだ」

ユキタムは次第に語気を弱め、頭をかきむしりながら岩の上へ座り込んでしまった。悔しさに顔を歪めるユキタムに、ホリシイはなんと声を掛けたらいいのかわからないみたいだった。

「ほかの可能性はないわけ？　まだ生まれていないっていうだけで、ミスマルという龍は、死んだわけじゃないんだから。きっとこれから生まれる」

僕には、ニノホがただの気休めを言っているとしか思えなかった。これ以上、目の前で誰かが絶望するのが嫌で、だから無理やりにでも可能性を考えようとしている。それが余計に、すでに望みが見込めないという証拠に思えた。

「イオ、その手はどうしたんだ？」

ふいに、ホリシイが尋ねた。龍の前足を手と言い表したのは、すがたが変わってもイオを前と同じ存在だとわかっているからだ。

捕まるときに傷つけて、密猟者の長に薬を塗られていたイオの手。僕はポケットにしまった鱗をつかみ出す。イオの足の裏の鱗が剝がれて落ちたのだと思っていたけれど……これは、前足の鱗なのか？　旅をするあいだにぼろぼろになっていたイオの手。龍の水を汲むため、何度も水にさらしていた手……その手から汲まれる龍の水は、ほのかな青い色をしていた。

僕はノートの文字で埋めたページを一枚破り、白亜虫たちの上へ投げた。ひらひらと落ちてきた紙片は、龍によじ登ろうと試みる白亜虫たちの翅の動きに阻まれて、やがて岩の上へ打ちやられてしまった。文字を食べようと寄ってくる虫は、一匹もいない。

白亜虫は文字を食べる虫だ。それなのにこの虫たちは、ずっとイオのあとを追っていた。イオは本もノートも、メモの一枚すらも持ってなどいないのに。

文字じゃないんだ。白亜虫たちが食べているのは――

どこまでもあとを追い、大群での渡りまでして求めてきたものが、いま虫たちのすぐ目の前にある。イオの傷口から、滲《にじ》んでいるもの……

〈――イオ。ネバーブルーインクだ。君が、そのインクなんだ〉

僕は伝える。指先が痺《しび》れて、全身が一気に冷えてゆくのが感じられた。

イオが眠そうだった目を見開き、頰の鱗をぴりぴりと鳴らした。

〈インク？　イオはインクじゃない。インクはミスマルと……〉

途中から、イオの言葉は凍りつくように力を失っていった。

そのインクは、最も高貴な獣とともに生み出される。

龍として生まれるはずだったイオ。はがれた鱗と、傷口の、深く青い血液。

〈イオ。イオの血だよ。……イオの血が、ネバーブルーインクだ〉

僕が告げると、イオの目にはっきりと恐れが浮かんだ。身をあずけている水晶にしがみつき、前足の爪を、イオは固く握りしめる。

〈……なんでだ？〉

途方に暮れた、弱々しい言葉だった。イオは足に力を込めて、巨大な水晶の上へ上体を起こす。長い首の先の頭が、危なっかしく揺れた。

〈イオは、メイトロンを助けられなかった。生まれ方からまちがっていた。たくさん、死んでしまった〉

それはイオのせいじゃない。

〈もうたくさんだ。誰のことも助けられない。それだけでもう、たくさんなのに、なんでイオの血がそんな特別なものである必要がある？〉

僕はイオの言葉を、書かなかった。

かわりにみんなのために書いたのは、自分がイオに向けて放った言葉だった。

『ネバーブルーインクは、イオの血だ。』

イオが喉の奥に力を込める小さな音が聞こえた。ノートをのぞき込んだニノホ、ホリシイ、モルタが一様に呼吸を控える。

「確かなのか？」

モルタに、僕はうなずくことはできなかった。まだ何もかもが憶測だ。それでも一斉に顔を上げて注視する写本士たちに、イオは警戒しきって尾を震わせた。

龍の喉が、悲しげに鳴った。遠い雨みたいな音だった。

〈……コボルも、イオを殺そうとするのか〉

その言葉に、怒りは込められていなかった。イオにはもう、悲しむ力がわずかに残っているだけなんだ。

〈そんなことはしない。僕も、仲間のみんなも絶対に。だけど〉

僕はイオの目を、龍のすがたになってももとのままの雨雲色の目を、まっすぐ見上げた。

〈僕たちは、自分たちが知ってしまったことを、このままにしてはおけない〉

地下洞窟の中は懐かしいにおいがすることに、このとき僕はようやく気がついた。かすかで深い、インクのにおい。図書館の、写本室のにおいと静けさが、ここには確かに宿っている。

〈イオの血がネバーブルーインクだったとしても、いまさら、もう何もできない〉

イオの目が、苦しそうにこちらを睨んだ。

〈できなくなんかない。伝えなきゃ。僕たちがしくじっても、その先に生きている人が必ずいる。その人たちに伝えなきゃいけない〉

〈伝えて、どうなるんだ？　いますぐに助けることができないのに〉

もどかしかった。僕たちが教わってきたこと、後世のために書き残すのだという教えそのものは、たとえ写本士たちのさせられてきたことが大きな虚構であったとしても、きっとまちがってはいない。イオにそれを伝えたいのに、うまく言葉を手繰り寄せることができない。

「……ここまで来て、こんなこと、ありかよ」

モルタが横を向いて吐き捨てるように言う。誰もがうつむいて、膨れ上がる徒労感に耐えていた。

ずるりと、龍が交差する水晶から這い下りてきた。白亜虫たちが、その体にまつわりつこうとはばたく。イオの体は瘦《や》せっぽちで、だけど僕たちよりも大きい。細長い龍の頭部が、こちらへ近づいてきた。

イオが、折れて手当てを受けた僕の右脚のにおいを嗅《か》ぐ。僕は手を伸ばして、イオの頭に触れた。なめらかで冷たい、水のような皮膚だった。

イオがすり寄せてくる頭を、腕を伸ばして撫でた。ちょうど馬の頭くらいの大きさで、だけど温かくはない。鱗の一枚一枚にまで、雨の温度の悲しみが宿っていた。

〈イオ。イオの血を――ネバーブルーインクを、使わせてほしい。ずっとイオといる。イオが苦しくならないようにする。もし、血が足りなくなったら、僕のをあげるから〉

イオの喉を、空気が通ってゆく。僕の体にすりつけた頭をもたげ、上を向いて、イオは鳴き声を上げた。

得体の知れない感覚が心臓を揺さぶるのを感じて、僕は戸惑った。それというのも、その音はあまりに異質で、耳がすぐに感知することができなかったからだ。

龍のすがたをしたイオが口を開けている。尖《とが》った牙《きば》、白い口蓋《こうがい》と舌をむき出しにして、その口から音を発していた。それはかん高く、不安定に震える、未知の楽器の生み出す音のようだった。音が僕らをつらぬいて、洞窟の上へ、高く高く上昇してゆく。僕たちにそれは見えないのに、地上よりももっと高い地点で展開される現象が、龍の発した音に反応するのが感じ取れる。

階段の上の川の向こう。地上で、さらに上で、雷鳴がうなる。その音が地下洞窟にまで届いて、まもなく雨音が世界を打った。

たちまちのうちに、僕らの下りてきた階段を水が駆け下りはじめ、細い筋だった水の流れはつながり、滝となって流れ込んできた。岩と水晶を水は速やかに侵食してゆく。イオが王都を襲う塵禍を止めた、あの雨とは比較にならない勢いだ。

「に、逃げろ！」

ユキタムが怒鳴ったときには、足首近くまで水が来ていた。

〈イオ！〉

必死で呼びかける僕に、イオは悲しげな、超然とした視線をよこすだけだった。

〈……出口はない〉

イオの声が、深く響く。

〈お前たちは、なすべきことを知ってここへ来た。それを、イオは助けることができる。成し遂げさせよう〉

知らない響きだ。若々しい、それなのに幾千年分もの時を感じさせる、耳では捉《とら》えられない声。

とめどなく入り込む水は、僕らの膝《ひざ》まで達しつつあった。冷たいのに、冴《さ》え冴《ざ》えとした生命力を感じさせる水だ。その水がこの勢いのまま増えつづければ、僕たちはここで一生を終えることになる。

僕たちを抱え込んだまま、地面が揺れた。

地面や岩壁から生えた水晶が、突き出される剣のように動く。それらひとつひとつの天然石が、正確な直線とつややかな面でできているのを、僕は不思議な気分で見上げていた。熟練の彫刻家が、空気を一切ふくまない氷を使って生み出したみたいだ。

それらの水晶が隆起し、かみ合い、組み合わさって、僕たちの周囲を取り囲んでゆく。そのあいだも地揺れはつづいて、振動で立っていられなくなった。かちゃん、とごくかすかな音を立て、ニノホの持っていた照明が落ちた、あるいは水没した。

誰かが悲鳴を上げたかもしれない。だけど完全な暗闇の中で、それは聞こえなかった。

雨が降っている。メイトロン龍国を潤しつづけてきた雨が、猛々しく降りつづけている。


いつ雨がやんだのか、僕はまったく知らなかった。

いつ、辺りが明るくなったのかも。

目を醒《さ》ますことで、自分がいままで眠っていたことを知った。

体中から、痛みが消えていた。僕は清浄な空気を呼吸しながら、足を踏み出した。折れていたはずの右脚が、難なく一歩を踏み出す。不思議なことに、立ったまま眠っていたらしかった。

頭上には、屈折した空がある。そう見えたのは、透明な天井だった。僕は自分が生きていることを確かめるため、改めて息を吸い、明るさに目が慣れるのを待ってゆっくりと周りを見回した。

建物の中にいることは確かだった。けれど、その建物はこれまで見たどんな建築物とも似ていなかった。天井、柱、床、壁、すべてが透明な石でできている。あるいはガラスかもしれない。

真っ先に記憶に甦ったのは、発見されたときに見えた、ガラスの温室だった。雪がとけ残っていて、空気はちょうどいまと同じに、ほのかに甘い味がした。

あの場所だ、と、直後に気づいた。イオが僕らを助けるために、何度も呼び出した玻璃《はり》の宮《みや》。

いま僕は、はっきりと目を醒ましてその中にいるんだ。

床に足を踏み出すと、下に見えるものが動いていることに気がついた。

自分がめまいを起こしているのかと思ったが、ちがう。透明な床の下を、水が流れているのだった。流れの下には小石か何かが沈んでいるけど、床の素材が光を屈折させて、はっきりと確認することはできない。

僕はここに、一人でいるんだろうか？

その疑問が脳裏に浮上したとたん、どういうわけかそれまで忘れていた不安が、孵化《ふか》したての虫みたいにぞろぞろ胸から湧いて出た。

痛みが消え去った足を繰り出し、僕は不思議な建物の別の部屋を探そうと急いだ。最初の部屋を出て廊下を進みながら、耳を澄ませた。誰かの声が聞こえてくることを祈りながら、神経を張りつめた。

これは、現実だろうか？　それとも、夢を見ているのか。現実であるなら、誰もいないのはおかしい。イオは、ホリシイたちは、どこなんだ。……もし夢なら、僕はあの地下洞窟で、かなり危険な状態でいるにちがいなかった。水が流れ込み、地揺れが起きたあの場所で、現実の僕はいまにも死にかけているのかもしれない。だからこんなに静かで明るい夢を見るんだ。——そう考える方が、自分の生存を信じるよりもほんとうらしく思えた。

ふっと、雪のにおいが嗅覚《きゅうかく》に届く。僕は廊下を折れて、そのにおいをたどった。

廊下の先に部屋がある。扉はない。床下の水の流れは、その部屋から生まれているように見えた。

〈コボルが来た〉

声だ。はっと息を呑み、残りの廊下を一気に走った。血液を入れ替えられてしまったみたいに、うまく力の入らない足を必死に動かした。

高々とした天井は、やっぱり透明だ。図書館へ帰ってきたのかと、僕は一瞬錯覚を起こした。

天井まで届く書架。梯子《はしご》。写本台。何もかもが透明だけど、図書館にあったものとそっくりだ。

そして、それらに囲まれて、制服を着たみんながいた。

図書館とちがうのは、広い床の中央に、痩せっぽちの紅い龍がいることだ。

〈イオ〉

僕が呼ぶと、龍はなめらかに頭部を持ち上げた。その目が、こちらを見る。

〈……イオ、何度もこれを造ってくれていたよね？　僕たちを助けるために〉

うなずく龍の頭部を、手を伸ばして撫で、自分の額を押し当てた。紅い龍のかたわらには、水晶の台座に支えられたあの卵があった。ミスマルはまだ生まれていない。だけど、イオのそばにいた。

ホリシイが、いつもの調子で僕の背中を叩《たた》く。

「また命拾いしたな。ここ、俺もなんとなく憶えてるよ。夢なんだと思ってたけど、ほんとうだったみたいだ――玻璃の宮だよな？」

ホリシイの声は、だけど、ちっともうれしそうではなかった。むしろ重々しい何かの決意が、その声には滲んでいた。いつのまにか写本士のみんなが、僕の周りへ集まってきていた。ニノホ、ユキタム、モルタ。みんないる。

「コボルを無理に起こしちゃいけないって、イオが教えてくれたの」

ニノホが肩をすくめると、長い髪が背中で揺れた。その手に、数枚の皺の寄った紙がつかまれている。めちゃくちゃな筆圧で書かれた線が、紙の上をのたくっている。アスユリのノートと同じ、深い青のインク。ネバーブルーインクで、たどたどしい文字が連ねられていた。

『こぼるはあしがおれたからひどいからおきるのをまて。』

僕がいないあいだ、イオは文字を書いてみんなに伝えようとしていたんだ。僕やホリシイがノートに物語を書き留めるのを見て、いつのまにか文字を覚えたんだろうか。

「イオが、助けてくれた……わたしたちは、メイトロン龍国の人間じゃないのに」

イオはニノホの長い髪に、そっと鼻面を近寄せる。

「イオの血を使っていいと、教えてくれたよ」

ニノホが差し出す一枚の紙には、イオの青い文字がインクをどうすべきか指示していた。

〈書け。ネバーブルーインクはたくさんある。イオの血を使え〉

僕は顔を上げ、仲間の写本士たちを見回した。みんなの顔。みんな、何年かずつ年を取ってしまったように思えた。だけどそれは恐ろしい印象ではなくて、火のともった蠟燭《ろうそく》がいよいよ明るく自分の芯《しん》を燃やしはじめたみたいに、力強かった。

イオがみんなを見回し、僕の前で視線を止める。ホリシイたちは、互いにわずかな目配せを交わした。

「使っていいんじゃないか。ほかならないメイトロンの王族の龍が、そうしろと言っているんだ」

そう言ったのは、モルタだった。

「インクと紙は充分にある。書くための技術は、俺たちが持ってきた」

ユキタムもうなずく。

水晶でできた書架。そこに収まっているのは、本ではない。大量の白い紙だ。近くへ行って、一枚を手に取ってみた僕は、思わずその紙を取り落とすところだった。

紙じゃない、白亜虫だ。四角い紙のすみに、白亜虫の翅の中央の器官の顔の影が、透かし込んだように浮かび上がっていた。翅の白さを保ったまま命を終えたらしい虫たちが、四角い紙になって棚に詰まっている。白亜虫は紙でできているというユナユナの言葉は、ほんとうだったんだ。だけどペンが足りない。僕とホリシイ、それにユキタムは、持っていたペンを壊してしまった。

「これを、使えるんじゃないかと思って」

ニノホが手にしたものを差し出した。細い氷柱のようなガラスの棒が五本、てのひらの上に載っている。ペンだ。玻璃の宮は、そこにいる者の必要とするものを揃えている——古い物語のとおりに。これは、ガラスでできたペンだった。

「インクをつければ書ける。太さもそろっている」

真水みたいに透明なペンを、僕は一本つかみ取った。太さはいつも使っているものよりも頼りないけれど、先端はねじれながら細まっていて、インクをつければ確かに文字を書けそうだった。

〈ここには、誰も来ない。コボルたちがなすべきことをなし、玻璃の宮を必要としなくなるまで〉

イオが隣へ首を延べてくる。

〈……時間がかかるよ。イオの血を、そのあいだ、たくさん使うことになる〉

〈時間はかかる。それでも今度こそ、イオは正しいことに力を使える〉

イオが瞳《ひとみ》をふせる。かたわらの卵を見つめる龍の瞳の中には、ほんとうの雨水がたたえられているかのようだった。

〈イオは、お前たちのためにここを造った。お前たちは、別の者たちのため書き残す〉

イオのまなざしは超然としながら、親しげだった。いつもの、イオの目だった。

白亜虫からできた紙を書架に戻し、僕は紅い鱗の龍に向かってうなずいた。

誰にも、異論はなかった。

そうして僕たちは、長い長い仕事に取り掛かった。

まずしなくてはならなかったのは、ガラス製のペンに手を慣れさせることだった。セピア、ブルー、玄《くろ》。ペンの慣らしには、それぞれが持っている自分たちの流派のインクを使った。三つの流派のインクに浸すと、ガラスのペンはそれぞれの色を一層深く、一層澄んだ色に見せた。やがて全員が共通の書体を書けるようになると、ペン先を丁寧に水で洗い、いよいよネバーブルーインクを使いはじめた。

白亜虫からできた紙に、僕たちは黙々と書きはじめた。

メイトロン龍国で起こったことについて。アスタリットから来た僕らが見聞きしたことについて。この国で生まれたイオとミスマルについて。ここで戦った人々について、死んでいった者について。アスタリット星国がついていた、嘘について。

途方もなく時間と手間のかかる作業だった。僕らは一人残らず、自分の力不足にぶち当たった。それでも、決してやめようとはしなかった。イオはネバーブルーインクをペンに与えつづけ、僕たちは書きつづけた。

休むときには、水晶のくぼみから水を飲んだ。溜めてあるのは龍の水で、ほかに食料はなかった。全員が龍の水だけを飲んで、生命を維持した。

玻璃の宮を囲む川の両岸には暗い緑の森が見えたけれど、人も獣も、鳥さえもすがたを見せることはなかった。玻璃の宮は、ほかのどの土地とも地続きでない空間に建っているのだった。

もしも外から僕たちを観察することができたら、静止した絵か、一瞬で消える水面の波紋のように見えるんじゃないかと思う。捉えようのない、あるいはとるに足らない現象に。

僕たちはどこでもない空間で、まだ存在せず、誰にも読まれていない書物そのものになっていた。それらを紅い龍と、そして翡翠色の卵が、見守っていた。

一日に一枚ずつ、イオは自分の鱗を剝ぐ。体内のネバーブルーインクを取り出すために。ペンが走る。どのペンからも、同じ色の文字が生まれる。同一の大きさ、同一の書体で、一文字としてまちがえることなく書物のページを作ってゆく。

一枚、また一枚。

文字で埋まったページと、剝がれた鱗が積み重なってゆく。

くくりの飾り文字を書いたのは、僕だった。僕が書くのはふさわしくないと思ったけれど、お前が書かないでどうするのだと、みんなが言った。見習いのうちは、くくりの文字を書かせてもらえない。だからこれが、はじめてのお終《しま》いの文字だった。

すべてのページを順番に重ね、糸で綴る。イオの紅い鱗をつなげて、表紙にした。

こうやって、本が完成した。

第8章　ここにしかない青

書物というのは、どうやって発見されるのだろう。

紙とインクの連なりを束ねて綴《と》じ、表紙ではさんだ、その形の中に隠れているもの。時間をかけて書物の形にするべき何かを、人はどんな手段で、発見しつづけているのだろう。

〈発見〉されたとき、僕たちは一人として口をきくことができなかった。龍の水だけで維持してきた体は全員が激しく消耗し、ひたすら書くことだけに残りの力をささげたために、僕以外の写本士たちも声の出し方を忘れてしまったのだ。

メイトロンの海へ流れ込む川の残骸《ざんがい》のそばに、僕たちはいた。水がほぼ干上がりかけた川の、干からびた土と石の下のわずかなスペースに、埋もれていたのだった。僕たちを助け出したのはメイトロンの治水工事従事者たちで、折り重なって衰弱している僕たちを、大慌てで掘り起こした。その瞬間のことはよく憶《おぼ》えていないけど、まぶしさと新鮮な空気の冷たさに頭がとろけそうになったのだけは、はっきりと思い出せる。

どこからかライムガムのにおいがして、それで僕は、自分たちが戻ってきたのだと知ったんだ。

みんな、ひどく衰弱していた。無残に瘦《や》せたすがたに、僕らを見る誰もが驚きを隠せないでいた。まともに声も出せず、痩せさらばえて、それでも僕たちは生きていた。

アスタリット国軍へ身柄を引き渡されるまでにずいぶんとてこずり、結局帰国するまでに二か月近くかかった。

玻璃《はり》の宮《みや》は跡形もなく消えていて、完成させた本だけが、僕たちのもとにあった。

イオはいなくなっていた。どこへ行ったのか、いついなくなったのか、誰も知らない。玻璃の宮で僕らに書くための時間を与え、ネバーブルーインクを与えて、イオはすがたを消してしまった。

真っ先に声を取り戻したのは、ホリシイだった。

「イオなら、大丈夫に決まってるさ」

収容されたアスタリットの病院で、白濁色の栄養液をストローですすりながら、ホリシイは言った。

「むしろ、あの場にいなくてよかったんだよ、きっと。もし一緒に発見されてたら、イオはまた望んでもないもめごとに巻き込まれてた」

本が完成し、僕たちを守っていた玻璃の宮が消える瞬間。あのとき、川を泳ぎ下る龍の影がふたつ絡み合っているのを、僕は確かに見たと思った。僕らが救出されたあと、干上がった川の地下から、卵が見つかったという話は聞かない。明かされていないだけかもしれないけれど。

僕はまだベッドで横になっている時間が長く、仲間たちがつぎつぎに回復して退院してゆくのを、病室から見送ってばかりだった。

「具合はどう？」

病室の入口に人影が立ち、さらりと細い三つ編みが揺れる。入ってきたのはノラユだった。

「夜中までこっそり書いてるから、病院の人が困ってたよ」

差し入れに持ってきてくれた新しいノートを、ノラユはベッドのサイドテーブルに置いた。すっかり長く伸びた髪を、ノラユは一本の三つ編みにまとめていて、かがむと髪の先が乗り手のいないブランコのように揺れた。

『ありがとう。』

僕は膝《ひざ》の上のノートに書く。文字はネバーブルーの青ではなく、セピア色だ。いま使っているこれはニノホに借りているペンだ。先に退院したニノホは、自分は新しいペンを調達できるからと、もともと使っていたペンを置いていってしまった。

「これなら食べられるかと思って、持ってきたよ」

ノラユは病室に置かれた椅子にかけ、紙袋からよく熟れたスモモを取り出す。暗紅色の表皮がつややかで、いまは何度目の夏だったろうと、何度も数えた時間を僕はもう一度確かめずにはいられない。

「ほかに必要なものはない？　多少遠くへだって買いに行けるから、遠慮しないで言ってね」

「俺はミントチョコレートがほしいな。一ダース入りの」

歩行訓練を兼ねた散歩から戻ったホリシイが、すかさず要求した。ふり向くノラユの横顔の線は、もう子どものそれではなくなっている。

「もう。甘いものの差し入れは控えるようにお医者さんから言われて、それで果物にしたのに」

「ちぇっ」

いかにも子どもらしく舌打ちをして、ホリシイが自分のベッドへ移動する。ニノホもユキタムもモルタも週のはじめに退院し、病室に残っているのは僕ら二人だけだ。

「こっそり買いに行ってきてよ。いまじゃノラユが、図書館一のスピード狂なんだろ？」

「ニノホが復帰したら、二番手になるけどね」

ノラユは落ち着いた微笑を浮かべる。小柄だった体は、すっかり大人に成長している。二十一歳になっているから、正真正銘の大人だ。

六年間。僕たちは玻璃の宮にいたらしい。

そのあいだ、僕らはまったく年を取っていなかった。僕らを取り残して外界の時間は流れ、アスタリット星国の統治体制は、地崩れを起こしかけていた。

四度の塵禍《じんか》被害を各地に引き起こしたオラブ総統が、暗殺されたのだ。首謀者は判明せず、犯人も見つかっていないという。……ただ、アスタリット国民のあいだには、真夜中に真っ黒な犬が忍び込んで総統の喉《のど》を咬《か》み裂いたのだといううわさが、事実とも虚偽ともわからないまま流れつづけている。

「今日は、一人じゃないんだ。もう一人、あとから来る」

「もう一人？」

ノラユの言葉にホリシイが反応するのを、まるで待ち構えていたかのようだった。コツ、と杖《つえ》の先で床を鳴らし、ほっそりとした影が病室へ入ってくる。本棚の静かな気配を身にまとったまま、現れたのは館長だった。僕とホリシイは、ベッドの上で思わず姿勢を正す。

「やあ、見舞いに来るのが、すっかり遅くなってしまった」

アサリス館長が、変わらない穏やかな声で言う。僕たちのベッドへ近づいてきた館長に、ノラユが立ち上がって椅子をすすめた。館長の衣服から、天帝鷲《わし》のにおいがしなくなっている。シルべは、メイトロンの平原で死んだんだ。

でもどうしてわざわざ、館長がこんなところまで来たんだろう？　中央にある軍の病院は、図書館からは車を使っても三時間近くかかる。先に退院したニノホたちが図書館にいるのだから、いまになって見舞いにやってくる必要もないはずなのに。

ちらりと目配せをしてきたホリシイの顔が、引きつっていた。僕の腹の中にも、じゅわりと音を立てて不安が広がる。ほかのみんなよりも長期間、龍の水で命をつないでいた僕とホリシイは、そのぶん回復が遅れている。そのことを咎《とが》められ、図書館からの除籍を言い渡されるんじゃないか——同じ想像を、どうやらホリシイもしているらしかった。

「きみたちの持ち帰った本を、老師たちと一緒に読ませてもらったよ」

館長の声が、僕とホリシイの混乱を一気に鎮める。僕は無意識にペンにキャップをはめ、ノートを閉じて握りしめていた。

発見されたとき、紅《あか》い鱗《うろこ》表紙の本を持っていたのは僕だった。本を両腕で抱え込み、大人たちが引きはがそうとしてもびくともしなかったらしい。自分ではそのことを憶えていないけど。

館長は見えない目で午後の病室の空気を読みとるかのように、ゆっくりと顔をめぐらせた。

「あの本が、アスタリット星国を変えることになりそうだ」

声音に変化はなく、その表情も、古い書物を時間をかけて紐解《ひもと》こうとするときと同じ、静かなままだった。だけどその言葉は、僕には雷鳴に等しく響いた。ホリシイも、口をわななかせている。ノラユは館長の後ろに立ち、控えめに視線を伏せていた。

「オラブ総統の暗殺事件後、現政府を維持しようとする勢力と新政府を打ち立てようとする勢力とが争いつづけている。暗殺の黒幕がいまだに不明のままなので、アスタリット国民は揺れたままだ。そんな状態が、もう六年つづいている」

杖の柄の上でかさねた手が、言葉をこの場へつなぎとめるように軽く握られる。

「きみたちの本が、オラブ総統とその側近たちのしてきた不正義を、この国が行ってきた他国への暴力を暴いた。信じるか否かにかかわらず、それを多くの人が知ることになる。知ることが、やがて、この国の流れを大きく変えるだろう」

どくんと、心臓が大きくはねた。口の中が一気に乾き、僕はノートを握る手に、ますます力を込めた。

イオの血を使い、イオの鱗で覆った本。……あの本は、こうして利用されるために書いたんだったか。僕たちはメイトロンで、それまで知らなかったことを知った。それを、残す必要があると信じた。決して消えないよう、いままで写本士たちが書いてきた書物のように失われてしまわないように。だけどそれが、いまは手の届かないところで大きな出来事を動かすきっかけになろうとしている……いや、されようとしている。

館長がアスユリにネバーブルーインクを探させたことの、これは延長なんだ。

「それって……いいことですか？」

ホリシイが声を少し震わせた。興奮を抑えようとしているのかもしれない。

館長はかすかな笑みを浮かべながら、言った。

「きみたちの本にとっては、あまり幸せなあり方と言えないかもしれない。だがこの国は、変わらねばならなかった。わたしはそのために、図書館長に就任することを選んだんだ」

窓から入る陽差しが、ほのかな朱色を含みはじめる。ノラユはずっと同じ姿勢でたたずんでいて、なんだかそれは、命令を待つ兵士みたいに見えた。

「盲目の異国人を国立図書館の館長に据えたのは、書物による知の伝達を終わらせようとした、われる。図書館が無力化したと見なされれば、政府からの枷《かせ》は緩む。ネバーブルーインクを手に入れ、消えない記録をこの世に残すチャンスが訪れるにちがいないと。そしてその賭《か》けに勝った。多くの代償を払って。——わたしは館長を辞職する」

ノラユの表情がちっとも変わらないので、この報《しら》せを聞くのは、僕らがはじめてではないとわかった。

「周辺国を呑《の》み込み、ただ力によって強くなろうとするこの国を、止めることが目的だった。わたしにとって、何人かの仲間たちにとって。つぎにこの国で名前のない星と話す権限を握る者は、アスタリット国民と他国の人間たちを、もう少し大切に扱おうとするだろう。きみたちの本が、今度は力を持つ者たちの枷になる」

外で、鳥が鳴いた。病院の敷地内の木に巣を作っているコマドリだ。しばらくのあいだ、誰もしゃべらなかった。館長のもたらした報せと、その意味を受け止めるには、この午後だけでは足りないはずだった。

「館長をやめちゃったら……どうするんですか?」

ホリシイの発した問いは、まるで親しい友人か、先輩写本士へでも向けるような口調だった。

館長が、今度はにっこりと笑う。

「図書館からは距離があるけれど、廃業している印刷所を、格安で買い受けることができそうでね。もちろんまともな機械もないから、何もかも一からはじめることになりそうだが。そこで、本を作れるようにするつもりだよ」

僕は、手の中のノートを開く。目の前の相手に伝えるべき言葉を、探ろうとする。けれど結局、ページを閉じた。

「早く退院できることを願っているよ」

館長が椅子から立ち上がり、僕とホリシイにやっと見舞いらしい言葉をかけると、病室を出ていった。

「それじゃ、またね」

ノラユがそのあとについてゆく。

太陽がわずかずつ傾きながらも、まだまだ夜へは転がるまいとしている。差し入れのスモモが、長い夏の午後をつややかに映していた。


消灯時間を過ぎても、僕はペンを動かしていた。

まとまりのある文章を書いているわけではなかった。物語の切れ端らしき文字の連なりもあったし、自分の考えのかけらもあったし、字体の練習をくり返しているだけのページもあった。

重い物体が、手から落下した気分だった。館長の話が、まるで重力ごと吹き飛ばしてしまったみたいで、体が妙に軽く感じられた。アスタリットが変わる。ほんとうなんだろうか？　ほんとうなのだとしたら――イオに、すぐにでもそのことを伝えたかった。それなのに僕にも、ほかの誰にも、イオの居場所もその安否もわからないんだ。

イオはありったけの血を差し出し、もう死んでしまったんじゃないか。

僕らが結局、イオを特別な存在として扱い、何もかも搾り取ってしまったんじゃないか。何度否定しても去来するその考えが黒々と頭いっぱいに広がり、何か書いていないと、どうにかなってしまいそうだった。

使い終わったノートと読みかけの本で囲ったスペースにシーツをかぶせたテントで、蓄電獣脂《ちくでんじゆうし》の細い灯《あか》りを頼りに、僕は毎晩こうして書いていた。脳が勝手に真っ暗になるまで。外では夏の虫が鳴いていて、隣のベッドでホリシイが寝返りを打つ。……と、眠っているとばかり思っていたホリシイが、ふいに、こちらへ話しかけてきた。

「コボルさ、退院したあと、どうする?」

僕は小型照明の灯りを消し、すっぽりかぶっていたシーツから顔を出す。暗さに目が慣れると、ホリシイが頭の後ろで手を組み、天井を見上げているのがわかった。

「図書館に戻るか? ほかのみんなは、どうするんだろう」

真っ暗なので、僕は何も返事ができない。ホリシイはかまわずに、しゃべりつづけた。

「俺、館長についていこうかな。ユキタムに怒られるかもしれないけどさ。印刷所でたくさんの本が作れるようになったら……コボルの書いた本を売る。そうして、この先アスタリットや周辺国でたくさんの人が読めるようにする。自分の夢を叶《かな》えるんだ」

ホリシイはそれを、ずいぶんゆっくりと、ためらいながら言ったんだ。僕はうなずいたけど、暗いのでたぶん見えなかったと思う。

もうここは、玻璃の宮の中じゃない。時間は確実に、動きつづけているんだ。


写本室は変わらず静かだった。

葉皮紙《ようひし》の上をたくさんのペンが走る音、ときおりページをめくる音。髪を短く切ることをさだめられた十四歳以下の見習い写本士が、十人ほど増えていた。正式な写本をまださせてもらえない見習いたちを、三人の老師が後ろから見守っている。

老師たちのそばで、新しい葉皮紙の束をかかえ、まだ危なげな見習いたちの手元にくまなく視線を向けているのは、ノラユとモダだ。二人はそれぞれの流派の老師の後継になるべく、指導のための修練を積みはじめたんだ。

モダの顔から、いつも何かを警戒するようなあの怯《おび》えの表情は消えていた。かわりに、やや悲しそうに眉《まゆ》の下がった柔らかな面差しが、別人のように背の高くなった体の威圧感をきれいに中和していた。

白亜虫《ブランカー》が食い荒らした本が運び込まれることは、もうなくなった。虫たちはイオのインクを引き受けて本になり、もう新たに文字を——インクを食べる必要はない。あるいはどこかで卵を産んで、また発生するのかもしれないけれど。それは、いまは誰にもわからない。

セピア派の新入りたちに指導をしていたナガナ師がこちらを向き、軽くうなずく。それを合図に、僕は音を立てないようドアをくぐって、廊下へ出た。

「どうかな、体のあんばいは」

歩きながら、ナガナ師が尋ねる。琥珀《こはく》色に染まった手には、革表紙の本が一冊抱えられている。ナガナ師にちゃんとついてゆこうとするのだけど、写本士の平服は、病院の寝間着よりも体の自由を制限した。任務で着ていた制服はぼろぼろになって処分され、僕はまた、丈の長い平服に革のサンダルを履いている。

ナガナ師の問いに答えるため、僕はこっくりとうなずいた。ナガナ師は満足そうに目を細め、二階へと階段を上がる。

図書館の二階の窓辺。いまはここが、僕の居場所だ。

窓のすぐ下に置かれた机に、ナガナ師が手にしていた本を開いて載せる。

「さあ、でははじめよう」

僕は椅子を引き、革を張った本の表紙に向かい合う。中に書かれた文字はすべてセピア色で、途中からページは白紙になっている。これは、僕の書きかけの本だからだ。ページのあいだにはさんだメモや追加の原稿のために、本来よりも分厚くふくらんでいる本をめくり、ペンを握ってつづきの文章にたどり着く。

僕の手は、もう前のように正確な書体を書くことができなくなっていた。体がうまく回復できなかったせいなのか、それとも自分に書ける一生分の文字を、玻璃の宮で書ききってしまったからなのか。いずれにしても、病院から図書館へ戻ったとき、もう僕は写本士として働くことができなくなっていた。そのかわりに、二階のこの窓辺で、物語を書くことを勧められた。

ナガナ師は僕が書きはじめるのを見届けて、そっとまた写本室へ戻る。日が暮れて窓から入る光が足りなくなるまで、僕はここで一人になる。普段、この本は、ナガナ師が持っていなくてはならない。メイトロンから帰国した僕たちには、監視がついているからだ。僕たちの書いたあの本はアスタリットを動かすきっかけになったけれど、軍の機密を暴いた僕たちが危険な行動に出ないよう、見張られている。もちろん、書いたものもだ。問題ない、と、ナガナ師は言った。まずいと判断されるものがあれば、翻訳するすべを教えてやろう、と。

安心して書いていい。どんな暴力のさなかにあっても、人と一緒に存在してきた物語や道具や歌は、形を変えてでも生きながらえようとする。それを僕は、メイトロンで知ったんだ。

いま書いている章は、終盤にさしかかりつつあった。

僕がいま使っているペンは、ナガナ師から新たに与えられたものだった。さすがにいつまでもニノホのペンを借りているわけにはいかなかったので、ナガナ師が若いころに使っていたペンを調整し、譲ってくれたのだった。深い琥珀色の縞《しま》模様の軸に入っているインクは、以前のセピアインクの色とは微妙にちがっている。

葉皮紙の上から失われるさだめのインクを使う者は、もう一人もいない。新しく作られたインクは、流派によって滲《にじ》みやすかったり、逆に粘りが強すぎたりと、欠点もあるけれど、少なくとも時限式で消えたりはしない。三つの流派の写本士たちは、それぞれの新しいインクの癖と格闘しながら、記録や物語をこの世にとどめるため、手を動かしつづけていた。

この物語を書いたあと。さらにつぎの物語を書いたあと。図書館が本を作る場所でなくなるそう遠くない未来に、僕はどこで何をして生きてゆけばいいだろう。そのことも、常に考えていなくてはならなかった。

ペンの音は、立ち止まったり走り出したりをくり返す。そのささやかな音は、書架を埋め尽くす古い本たちの守る静寂に、生まれるそばから吸い込まれていった。

「まだ信じられない。ついこのあいだまで、寒くてたまらなかったっていうのに」

長い髪を揺らして歩きながら、ニノホが思考の湯気を吐き出すように言った。

「みんなが大人になってるのも信じられないし、自分が六年間も水だけで生きてたっていうのも信じられない。あんなに大きな出来事があったのに、日常があまり変わっていないのも」

「信じられないっていうなら、あの本がいまだに戻ってこないってことの方が、よっぽど信じられないだろ？　あれは、俺たちの作った本なのに」

僕とホリシイ、ニノホ、ユキタム、モルタ、それにノラユとモダ。一緒にメイトロン龍国の任務に行った七人で丘を下り、歩いてゆく午後の道は、あらゆる方位がまぶしかった。今日は休日で、みんなでメヅマさんの店へ行くところだ。

写本士の中で一番背の高かったモルタを、いまではモダが追い抜いてしまっている。ノラユの身長はニノホよりやや低いところで止まっているけど、落ち着いた物腰は、ニノホよりずっと大人びている。小柄だったモダやノラユに僕らはすっかり追い越され、取り残されてしまった。だけど僕らにとって、何より奇妙な感じがするのは、この中にアスユリがいないということだった。

「本はいずれ、図書館へ戻されるだろう」

モルタが目をすがめ、夏の空を睨《にら》む。そのまま視線を後ろへやったのは、通行人を装った監視者のすがたを確かめるためだろう。監視者との距離によって、モルタたちは話の内容や声の大きさを変えている。

「アスタリット星国に変革をもたらした本として、国立図書館に所蔵されるはずだ」

「あるいは禁書扱いになって、闇に葬られるかもな」

ユキタムが肩をすくめる。

僕はそれでもかまわない気がしている。少なくともあの本によって、これから書かれる書物が消えてしまうことはなくなったんだ。それに……塵禍が誰かの住む土地を破壊することは、もうない。少なくとも新たにアスタリットの名前のない星と話す者は、これまでのように人知れず星に指令を与えることはできない。塵禍の正体は、おそらくこれから多くの者が知るところとなる——アスタリット星国人だけではなく、周辺国の人々もそれを知るだろう。

アスタリット星国は、周辺五国の上に君臨してきたその力を失う。

ある人たちにとって、僕らの暴いたことはそっくりそのまま脅威でしかない。この先、多くの人にとっての不利益をもたらすかもしれない。それでも僕たちは、僕は書いた。永遠に消えることのないインクで、この世界に書き残した。

ふと、鼻の先を湿ったにおいがかすめた。ふり向くと、東の空に低く灰色の雲が流れてきている。だけど空気は太陽の熱にやられて動くことを忘れており、雨が降るとしても、買い物をすませて図書館へ帰り着いたあとだろうと予想できた。僕たちはひしめくように、雑貨店のドアをくぐった。

「あの人たちにも何か買うように言ってよ。いつも遠くから見てるだけじゃなくってさ」

店へ入るなり、レジカウンターの奥に座っている店番が、不愛想な声で言った。腰を悪くしたメヅマさんにかわって店に立つ彼女は、メヅマさんの姪《めい》だ。

「あいつらとは、口をきいたことないよ」

ホリシイが棚を物色しながら、舌を出す。僕が棚からチョコレートの包みを取って持ってゆくと、売り物の新聞を読んでいた店番は面倒くさそうに目を上げた。

「溶けるよ」

僕はただうなずいて、お金を払う。発行が再開されたばかりの新聞は、紙もインクも質が低く、店番の指は真っ黒になっていた。

「ご苦労だわよね、あんなのにつきまとわれて。あたしなら、卵でも投げつけてやるけどな」

不愛想な店番からソーダ水を買い、奥にいるメヅマさんに挨拶《あいさつ》をすると、店の外で栓を開けた。表情が判別できるかどうかぎりぎりの距離を保って、男女二人組の監視者が見ているけれど、かまわなかった。

「アスユリに」

瓶をかかげて、ニノホが言う。

「みんなの前途が無事でありますように」

ノラユが引き継いで告げる。

太陽は征服者の角度であらゆるものを照らし、僕たちが傾けるソーダ水の瓶も透明な液体も、その中ではぜる気泡も、永遠に存在するかのようにくっきりとまぶしかった。

「明日は一日、荷造りだな」

大きなげっぷのついでのように、ユキタムが言う。

「一日もかからないよ。どうせそんなにたくさんの私物なんてないんだし」

ホリシイが手の甲で口を拭《ぬぐ》う。

「ニノホは、無茶しないようにしてね」

ノラユの真剣な声に、ニノホが口をへの字にする。

「アスユリそっくりね、ノラユ。無茶するわよ、もちろん。やったことのないことをするんだから」

そうして残りのソーダ水を飲み干すと、ニノホはからかいと労《いた》わりを半分ずつ混ぜたまなざしを、僕に向けた。

「あんたも無茶するんでしょうね。てっきりコボルは、ナガナ師のあとを継ぐんだと思ってたのに」

僕は、曖昧《あいまい》に視線を下ろす。セピア派の写本士の導き手は、僕じゃなくてふさわしい誰かが担うだろう。ナガナ師は人を育てるのが上手だから。

今日で、このメンバーが集まるのも最後だった。ホリシイはアサリス元館長の呼びかけに応じる形で、明日、アスタリット西部にある印刷所に行く。印刷所で働く意思のあるほかの写本士数名と一緒に、当面は住み込みで働くことになるそうだ。

「ニノホより、俺たちの心配をしてくれよ」

六年の歳月を経験したノラユとモダにくらべると、ユキタムの声も表情もずいぶんと子どもっぽく見えた。

「これから行く先々で、こいつに振り回されることになるんだから」

ユキタムが、親指でニノホを指し示す。

「弱音を吐くなら置いていく。わたしなんかよりずっと怖いものに、たくさん出会うことになるはずだから」

ニノホの返事は、決然としていた。ニノホとユキタム、モルタは、アスタリット星国を離れる。写本士を辞めて、塵禍や戦争の被害を受けた土地、そこにいる人々を助ける活動をするのだという。アサリス元館長の仲間だった人々、奇術師のユナユナと同じに秘密裏に動いていた人たちの協力を得られるよう、話はつけてあるという。……アスタリット星国人を、被害に遭った人々がどこまで受け入れてくれるかはわからないけれど。ペガウ犬国の犬遣いたちの協力を引き出すこともできるかもしれないと、ニノホは冗談とも本気ともわからない口調で言っていた。

「コボルに手紙を書くね。何が起きているか、誰に出会ったか、みんな知らせる。それを本に書いて」

「そして、印刷所で大勢の読める本にする。いつかは世界中の人が読めるようにするんだ」

ホリシイは誇らしげだった。玻璃の宮でひたすらに一冊の本に取り組み、それを完成させて、みんなじっとしていられないんだ。僕も早く、もっとたくさん書きたかった。

それと同時に、大切なものを持たないまま帰ってきてしまったという、ぽっかりとした喪失感があった。アスユリは、犠牲にならずにすんだんじゃなかったのか？　イオを、僕たちは助けることができたんじゃないのか。もっとうまく立ち回っていれば。もっと知恵があれば——

僕らがしたことは、アスタリット星国に起きているこの変化は、正しいことだったんだろうか。正しいことなら、なぜ犠牲者が出たんだろう。

いくら考えても、答えは出なかった。何もしなければ、もっとたくさんの犠牲が出つづけていたんだ——そう思うことで自分を納得させそうになるたび、それを否定しなくてはならなかった。犠牲の重みをくらべる資格なんて、僕にはない。

空がきっぱりと青い。だけど風に乗って雨のにおいが鼻腔へ漂い、これから天気が変わることを知らせる。

自分が生まれるはるか前に書かれた書物を手本にし、古い時代から伝わる洗練された字体を学び、遠い時間の中で書かれた本を写本してきた。僕たちはそうして、これまでとちがう道を進みはじめる。僕は今日、みんなに伝える言葉を、ひとつも書いていない。その場で書く短い文章では、何もうまく伝わらない気がした。

ざあ、と強い風が吹く。まだ遠いはずの雨が、鼻の先をかすめた。思いがけず冷たいしずくが、ソーダ水の飛沫《ひまつ》と混じり合う。

声が聞こえたのは、そのときだった。

雑貨店の屋根の向こう、暗い灰色がにじむ遠い空から——懐かしい声がした。

〈……イオ？〉

僕は自然と言葉を発していた。あたりまえみたいに、友達の名前を呼んでいた。

きらきらと光りながら降ってくる雨に、みんなが顔を上げる。この雨を降らせる者が誰か、声が聞こえなくても、みんなも知っていた。

ひとにぎりのはぐれた雨雲が、雑貨店の上に影を落とす。その雲の中からガラスのようなしずくを身にまとい、丘のふもとへと延びる道の上に、上空のにおいを連れて、一匹の紅い龍がうねり下りてきた。しっぽを引きずり、鳥に似た足で不器用に着地する。

雨雲色の大きな目が、こちらを見た。

イオだった。細い体の紅い龍が、夏の陽差しの中に立っている。

僕は喉を使わずに、だけどありったけの力でイオを呼びながら、走った。向こうで監視者たちが何か叫んでいるが、かまわなかった。イオが頭をもたげると、紅い鱗が順番に光を宿す。

全力で駆け寄る僕に、イオが紅い尾をふり上げて頭をすりつけてきた。イオの力が強すぎて、僕は思いきり尻《しり》もちをつく。ソーダ水の瓶が落ちて、残っていた中身がすっかりこぼれてしまう。

雨と、かすかな雪のにおいがする。猫のように喉を鳴らす、それは、まちがいなくイオだった。

〈どこに行ってたんだよ、イオ。もう会えないかと思ったよ〉

みんなも駆け寄ってくる。ニノホがイオの首にしがみつき、額をすりつけた。イオのこのすがたをはじめて見るノラユとモダは目を見張り、自分たちの見ているものをなんとか受け入れようとしている。

〈イオは、疲れたのでずっと眠っていた。やっと元気に戻ったら、みんながいなくて心配した〉

ちっとも悪びれない調子のイオの声は、記憶にある響きそのままだ。体を覆う鱗は、玻璃の宮にいたときよりもつややかだった。はがした鱗も再生したらしく、小柄な龍の体には新しい力が満ちていた。

〈い、いなくなってたのは、イオの方じゃないか〉

ホリシイも、ニノホもユキタムも、イオに言葉をかける。どうやってここへ来たのか、まさか無事でいたなんて、また会えると思っていなかった——だけど僕の耳は、イオの言葉を聞き取ることに必死で、みんなの声をまともに捉《とら》えられていなかった。

〈イオは、海にいたのだぞ。玻璃の宮が必要をなくしたので、川の流れに乗って海まで行っていた。すぐ川が干上がってしまうから、その前に海に行ったんだ。どうしてコボルたちは来なかった？〉

僕は、思わず笑った。もし一緒に海へ流されていたら、僕たちは生きて発見されなかったにちがいない。

〈コボルは、もう元気か？　ホリシイも、ニノホたちも〉

〈うん。元気だよ。みんな、元気だ。生きてる〉

そっと、ノラユが進み出た。手を伸ばし、恐る恐る、イオの首に触れる。

「……ずっとお礼を言いたかった。あのとき、水を飲ませてくれてありがとう。あなたが助けてくれたので、こうして生きている。そして……アスタリットは、変わることができそう」

イオは長い尾を体の周りにからめ、頭を低くして、猫に似た姿勢を取った。

〈……メイトロンは、もう前とはちがう国になったみたいだ〉

イオが言う。僕は、うなずいた。

〈でも、ちゃんと人が生きている。これからきっと、新しい形に立ち直ってゆくよ。アスタリットもそうだ〉

〈それはいいことか？　悪いことか？〉

イオと僕は、まるでずっと一緒にいたみたいに、当たり前に会話をしていた。懐かしい、喉を使わないやり取りで。

〈わからないよ。……でも、またイオと会えた〉

イオはしばらくのあいだ、僕の顔をじっと見つめていた。龍の体が連れてきた通り雨は蒸発をはじめ、高らかに青い夏の空の下、イオの瞳《ひとみ》の色はますます濃く、みずみずしい。

〈コボルは、イオの話した物語を本にしたか？〉

〈してる途中だよ。体が、まだうまく動かないんだ。だけど、たくさん書いてる〉

〈それはよかった。イオは行くことにしたので、それを伝えに来た〉

龍がなめらかに尾をくねらせる。

〈ミスマルが、生まれたんだ。コボルたちが本を作り終わったときに……玻璃の宮で守られたから孵化《ふか》できたんだと、ミスマルが言っていた。ほんとうかは知らない〉

僕はうなずく。やっぱり、あのときミスマルはイオと一緒にいたんだ。

〈二匹も龍がいたことがないから、メイトロンで新しく政《まつりごと》をする者たちは慌てているみたいだ。慌てることなんてないのに〉

その言い方が軽やかなので、イオとミスマルはきっと仲がいいのだと思った。イオに、警戒せずにすむきょうだいができたんだ。

〈イオとミスマルが、メイトロンの守護存在なんだね〉

〈メイトロンは、また龍のいる国になった。だけど、王族も話者《わしゃ》もいない。作り直さなくてはならないものだらけだ〉

迷いのない声に、僕はイオがもう途方に暮れていないことを知った。

〈アスタリットにも、ずっと伝わる物語があるだろう？　アクイラにも、ペガウにも、トトイス

にも、ナビネウルにも、そしてヴァユにも。……イオはこれから、そういう物語を知りに行くことにした〉

イオと僕の会話は、ほかのみんなには聞こえていない。それでも、誰も説明を求めず、ただここに一緒にいた。みんなの控えめな言葉とそのあとの沈黙が、イオが現れたことへのよろこびを表していた。

まだ遠くにあった雨雲が、雑貨店のすぐそばまで迫っている。イオの起こした風が、雲を連れてきたのかもしれない。雨粒が、僕のつむじへ落ちてくる。威勢のいい、夏の雨だ。

雨の線が陽光と絡み合いながら、イオの紅い鱗を飾った。

〈話者が教えてくれたよりもたくさんの伝説を、自分で知りに行く。そして——いつかここへ帰ってきて、みんなコボルに聞かせる。そうしたらコボルは、イオの話を紙に書くだろう?〉

僕は、頬を伝って流れる雨を拭う。

〈うん。必ず書くよ。書いて、それを誰かが読めるようにする〉

イオが頭を傾ける。大きな目を細めて、その顔は確かに笑っていた。

行ってしまうんだ。イオも、ホリシイも、ニノホやユキタム、モルタも。そうしてノラユやモダ、僕も——それぞれに、この世界でなすべきことを発見した。天気雨の空へ、イオがすっくりと首を延べていて、このときやっと僕は、あの本を書いてよかったと思えた。

〈これ、イオにあげるよ〉

包みを解いてチョコレートを差し出すと、イオが喉を鳴らした。ほんとうに、猫みたいだ。イオの口にチョコレートは小さすぎたけど、その顔は幸せそうだった。満足げに鼻から噴き出す息を浴びて、僕は笑った。声は出せなかったけど、うれしくて体中で笑った。

世界は変わってゆく。僕たちの書いた本は、ほんの少しだけその変化の向きに影響した。生まれ方を蔑《さげす》まれていた龍の子が、顔を上げていられる方に。

〈それじゃあ、行く。行くけれど、必ずコボルとまた会う〉

イオはくるりと首をくねらせると、ふせていた体を起こし、空に向かって長く咆哮《ほうこう》した。高く澄んだ若い龍の声が、雨を降らせる空へまっすぐに届く。

そうしてイオは、飛び立った。翼は必要なかった。メイトロン龍国の龍は、翼がなくても空気の中を上昇できるんだ。

声を聞きつけたメヅマさんの姪が、店の中から慌てて出てきた。だけどそのときにはもう、イオは気流に乗って高く飛翔し、ひとすじの紅い線にしか見えなくなっていた。

僕たちはずいぶん長いあいだ、イオが旅立ったあとの空を見上げていた。まるでそこに、未知の読み解くべき物語が綴《つづ》られているみたいに。

そうだ。これからのみんなのことを、物語に書こう。つぎに会ったとき、イオに話して聞かせられるように。アスタリットの写本士として育ち、その変化の渦中を生きている僕の仲間たちが、これから何をし、どんな人と会うのかを。

雨は透きとおって、陽の光を幾百にも屈折させる。

僕は消えることのない物語たちを、これから自分のペンが紡ぐだろう文字の連なりを、その光の屈折の中に思い描いていた。

本書は書き下ろしです。

日向理恵子（ひなた　りえこ）
1984年、兵庫県生まれ。児童文学作家、日本児童文学者協会員。「雨ふる本屋」シリーズなど児童書ジャンルをメインに活躍する。2018年から刊行した冒険ファンタジー「火狩りの王」シリーズが大きな話題となり、同作は23年にアニメ化された。他の著書に「すすめ！図書くらぶ」シリーズ、『魔法の庭へ』『日曜日の王国』『迷子の星たちのメリーゴーラウンド』『星のラジオとネジマキ世界』など多数。

ネバーブルーの伝説《でんせつ》

2023年 7月21日　初版発行

著者／日向理恵子《ひなたりえこ》

発行者／山下直久

発行／株式会社KADOKAWA
〒102-8177　東京都千代田区富士見2-13-3
電話　0570-002-301（ナビダイヤル）

印刷所／旭印刷株式会社

製本所／本間製本株式会社

●お問い合わせ
https://www.kadokawa.co.jp/（「お問い合わせ」へお進みください）
※内容によっては、お答えできない場合があります。
※サポートは日本国内のみとさせていただきます。
※Japanese text only

定価はカバーに表示してあります。

ISBN 978-4-04-113635-5　C0093